凌翔阅读丛书

留得住的浪漫

刘正权 著

中国社会出版社
国家一级出版社·全国百佳图书出版单位

图书在版编目（CIP）数据

留得住的浪漫 / 刘正权著 .—北京：中国社会出版社，2017. 11

（凌翔阅读丛书 / 凌翔主编）

ISBN 978-7-5087-5814-5

Ⅰ. ①留…　Ⅱ. ①刘…　Ⅲ. ①小小说—小说集—中国—当代　Ⅳ. ①I247. 82

中国版本图书馆 CIP 数据核字（2017）第 256479 号

丛 书 名：凌翔阅读丛书
丛书主编：凌　翔
书　　名：留得住的浪漫
著　　者：刘正权

出 版 人：浦善新
终 审 人：王　前
责任编辑：张　迟　　**责任校对**：赵易星

出版发行：中国社会出版社　**邮政编码**：100032
通联方式：北京市西城区二龙路甲 33 号
电　　话：编辑室：（010）58124856
销售部：（010）58124850
网　　址：www. shcbs. com. cn
shcbs. mca. gov. cn
经　　销：各地新华书店

中国社会出版社天猫旗舰店

印刷装订：北京楠萍印刷有限公司
开　　本：147mm×210mm　1/32
印　　张：9. 75
字　　数：203 千字
版　　次：2017 年 12 月第 1 版
印　　次：2017 年 12 月第 1 次印刷
定　　价：49. 80 元

中国社会出版社微信公众号

目 录

Contents

第一辑

心灵的花香

这辈子做好您儿子

父亲不是个受人尊重的人，一直不是。

这跟他的目不识丁无关，七十岁往上数的乡下老头，认字的可以用罕见来形容。父亲一辈子跟文化沾边的事只有两样。一是大集体每年年底在超支单上签上自己名字，为这个不算长脸的事，父亲花了三天时间才学会写自己的名字，一个字一天工夫。把那些横撇竖捺绑架到一个方块里，对父亲来说，比耕田耙地不会轻松到哪儿。父亲弄出了一身冷汗，骨子里，他更倾向于出一身热汗，那样每个毛孔是透爽的。打那天起，父亲对文化人的尊崇到了无以复加的地步。二是父亲的五个子女中，居然有一个靠文化吃饭了，成了作家。这让他每次看我时，目光中总有藏不住的怀疑，这是那个曾经骑在他脖子上撒尿淘气的小儿子吗？

呵呵，忘了告诉大家一声，父亲的那个作家儿子，是我。

父亲不受人尊重的理由很多。固执是首当其冲的一个，暴躁是当仁不让屈居第二，忝列第三的，应该是没尽到父亲责任。不能再往下排了，再排下去，父亲就一无是处了，做儿女的，得学会给父亲留点脸面，书上都说了，天下无不是的爹娘。

但我还是想违背一下做儿女的原则，说说父亲的不是。

就从父亲的固执说起吧。父亲的固执，使我们一家的生活一再跌入谷底。从我记事起，我们一家就生活在贫困交加中，好在那时大家都穷得一个模式，你家一年到头看不见四两猪油，他家同样从春到秋望不见一块新布，而我家呢，连猪油新布这种词都避之不及，不敢想，一想那日子就被抽去了精气神。

父亲当过不到一年的生产队长，不是他多有能力，而是他除了勤扒苦做，还是会憨吃苕干，干活不惜死力的那种。队员们本以为，找了一个不偷懒的人当队长，干活时可以少背上一个人的活路，孰不料，父亲以自己的苦做苕干要求所有的队员向自己看齐。

五个指头伸出来是有长短的，乡下有句老话，吃不过人是各人的饭碗，做不赢人是各人的手段。吃不过父亲也做不赢父亲的队员们就使出手段，把父亲的队长拿了下来。

人生的辉煌至此结束，父亲是不甘的，好在生产队很快解体，包产到户。父亲对家里生产安排独行专断。结果是，高产杂交稻进入农村五年后，父亲才接受这个新生事物，他是以家庭经济五年入不敷出为代价换来的这个认识。

一步落后步步落后的父亲被两个哥哥冲天的怨气拉下马来，大权旁落。

那时他五十岁，古人说的知天命的日子到了。

父亲没有知天命，也没有顺应天命，他的脾气无端暴躁起来，沾不得酒，酒似乎成了他杀世的仇人。

一沾酒就吼叫咆哮，为此吓哭了几次刚出生的侄儿，哥嫂口中就有了微词，分了家过也就罢了，还不让他带孙子。没见识过父亲暴躁脾气的村里人很意外，在他们眼里，父亲是个和善的人，树叶掉下来都怕砸了头的那种。

对父亲这种反常，冯小刚电影《非诚勿扰Ⅱ》里一句经典台词可以诠释，说什么是穷人，恨自己穷过的人，翻身了最想干的，就是变本加厉使唤人。

换言之，父亲是个懦弱的人，他在家里的暴躁，是要掩饰自己在外面的懦弱。

明白了这点，我深为父亲悲哀。

可惜，这种悲哀的日子老天爷都吝啬着，不愿意多给我几年。

一向勤扒苦做、憨吃苕干的父亲过了六十以后，做不赢一个人，也吃不过一个人了。

先是心脏有了问题，再就是腿脚，肿得像牛膝。请医生看了，说是年轻时做得狠了，静脉曲张导致，用了药，腿不肿了，那血管却吓人地暴起。我臆想，是不是父亲的暴戾之气都钻进血管里潜伏着了。

这个时候的父亲，脾气已经难得地温和了。医生严重警告过，想多活几年，就少发脾气，他的心脏比家里喂养的肉鸡强不了多少，承受能力极为脆弱。父亲亲眼看见一只肉鸡因为隔壁人家办喜事，一个响炮吓得当场死亡，连扑棱一下翅膀挣扎的意识都没有，父亲当时脸就白了。

我是在父亲脸色真正白如锡纸时赶回的乡下。他住院，我回来护理，说护理有点自欺欺人，是母亲行使护理的职责。我的回来，是担心父亲突然就走了，好歹我是文化人不是，父母在不远游这类古训不遵也就算了，病榻前总得有点端茶递水的模样吧。

父亲七十有三了呢。

居然叫父亲熬了过来。那晚，我在病房里百无聊赖陪床看电视打发漫漫长夜。是一个家庭伦理剧，里面有一个场景，比较煽情的那种，一对彼此仇视多年的父子冰释前嫌抱头痛哭，已是弥留之际的父亲问那个儿子，说你恨我不？

儿子泣不成声说，不恨，如果有下辈子，我还要做你的儿子。

我对这种桥段向来是不以为意的，所以没看出半分泪点。父亲忽然不看电视了，转头看我，看得我很不自在。末了他从枕头下摸出一本书来，我写的，他带到医院不是自己看（他只认得我的名字），他是向医生护士炫耀他有一个作家儿子的。

父亲把书扬了一下，冲我谄媚地说，如果真有下辈子，我会做好一个父亲的。

我心里，忍不住酸了一下，父亲不是会讨好子女的人，他一定是觉得亏欠我的太多，因为家贫，初中未曾毕业的我就辍学务农，连我结婚，父亲都没拿出一分半毫作为帮衬，连一向自诩不嫌贫爱富的媳妇为此都腹诽过父亲。

我站起来，把枕头替父亲抬高了一些，说，干吗要等下辈子，下辈子想做好父亲的人多了去，您只记住一点就够了：这辈子，我会做好您儿子。

记忆中的老味道

吃要原味的。

黄小宁举起勺子，示意丁武志吃盘子里的凉糕，很好吃的，一天最低可以卖出五百碗。

盛凉糕的明明是盘，咋叫碗呢？丁武志不解。

这个问题黄小宁倒真没想过，可能，老辈人就这么叫的吧。

不然，村口的广告牌上敢大言不惭打上这么一句话吗——回到回不去的老家。

村叫莫愁村。

据说这里大部分的建筑材料都是老物件，黄小宁是相信这个据说的，在这里，她居然有了恍如隔世的感觉。

才三十出头的黄小宁还不配拥有怀旧的情怀。

但她跟母亲的感情，旧了，如同厨房用久了的抹布，每一个皱褶里，都藏着污垢，每一条纹理里，都暗埋龌龊，任凭清洁剂怎么强力去污，也只能去污，那些细菌的生命力是顽强的，总在暗暗滋生。

如同黄小宁对父爱的渴望，也是顽强的。

哪怕面对一个不堪的男人。

不堪的男人，有不堪男人的好，父亲在母亲眼里，一直是不堪的。

最起码，给了黄小宁似曾相识的感觉。

丁武志不认为自己有多么不堪，端人碗，受人管，老祖宗流传千年的至理名言，有错吗？

错的是黄小宁，她把一个男人对一份美食的馈赠，看成对嗟来之食的顺受。

凉糕呈半月形躺在盘里，如刚出浴的美人，冰肌玉骨，自清凉无汗。凉糕下面是浅浅的一层红糖水，那种清新的甜，一点也不起腻。丁武志抿着嘴巴把勺子含在嘴里，可以想象得出，他舌尖的味蕾正一点一点舒展开来。

不起腻？黄小宁摇头，这世上就没有不起腻的东西。

有的。丁武志抬起头，勺子轻轻在舌尖上划拉一下，很认真看一眼黄小宁说。

愿闻其详。黄小宁支起下巴，做洗耳恭听状。

家啊。

呵呵，黄小宁笑出眼泪来，你一定没结婚吧。

我儿子，都会打酱油了。丁武志用勺子轻轻将盘底的红糖水舀了一勺，淋在刚刚被挖了一道的凉糕口子上。

那你还抛家弃子出来？

抛家是有，弃子却未必见得。

有点意思。黄小宁忽然觉得，这碗凉糕请得真值，眼前这个男人，肯定有故事。

却是个很悲催的故事。

丁武志的儿子还真是会打酱油了，可事就出在打酱油上。

丁武志爱人那天炒菜，酱油用完了，儿子自告奋勇要去打酱油，多余的钱店家给了一包方便面，谁也没有在意。

孩子回家把方便面拆开，看见里面有个小纸包，好奇心强的孩子捏着纸包对着灯光看了又看，也没看出里面装的是什么。他以为是有小纪念品呢，就张嘴咬了下去，啪一声响，纸包里的东西突然迸进了眼睛，顿时火烧一般，孩子捂着眼睛号叫起来……

打那以后，孩子再也不提打酱油的话了，他的一只眼睛，废了。

同时废掉的是丁武志爱人，无穷无尽的自责，让她神经发生错乱，进了外省一家精神病院。

黄小宁就想起来，这座城市，有家很出名的精神病院。

每周，我会带儿子去看她。丁武志笑一下，不再说话，很努力吃那盘凉糕。黄小宁明明白白看见，有滴泪水落了下来，也可能，是汗。

泪水再多，终究汇不成一条河。

你完全可以不带孩子去的，瞎了一只眼睛的孩子，加上一个神经病的妈妈，孩子的心理阴影面积，会翻倍。

阴影面积，有就有呗，只要家完整。丁武志摇头，残缺家庭的感情生活，你不懂的，就像这碗凉糕，相比市场卖的那种加了化学添加剂的凉糕，看着不透亮，口感却是原味的。

你意思，家也需要原味的？黄小宁问。

是啊，真希望孩子妈妈早一天出院，丁武志把盘里最后一点红糖水舔干净，无限神往地说，那样我们就可以回家了。

他爱人那样子，只怕一辈子回不去老家的。丁武志走后，有熟悉他的人跟黄小宁说，那个女人他们见过，每周一次。丁武志会带她来吃凉糕，女人是文疯，不打人，不骂人，就是见不得孩子，六岁大的孩子，一见就哭着喊着往上扑。

六岁孩子，正是可以打酱油的年龄。

黄小宁眼里一瞬间有了泪，六岁，她出门打了酱油回家，家里再也没了那个叫爸爸的人。

母亲趁她不在家，将父亲扫地出门。

原因再简单不过，虚荣的母亲，不喜欢只晓得腻着老婆孩子热炕头的父亲。

今天，是黄小宁父亲三周年忌日。父亲在世，特别喜欢吃一碗凉糕，这是黄小宁对父亲最原始的印象。母亲对父亲这个嗜好极为不屑，说那是穷家小户人才有的记忆。

穷家小户的记忆不好吗，有老味道萦绕的啊。

父亲，应该是一个家的记忆中，最老的味道。

五个南瓜窝子

吃完团年饭，刚生燃火盆，雪就一团一团砸下来了。

我猫在火盆前烤火，双手夸张地在火苗上抓来抓去。新婚才三个月的妻偎在我身旁，把手笼在袖子里。妻是城里人，正月初五要上班，妻不想让同事闻见她手上烤过火的柴火味儿。

城里人总有一些让乡下人看不惯的习气，或者毛病。

妻就或多或少有这些毛病，比方说她看不惯家里那只白公鸡动不动就在母鸡背上折腾的流氓习气，也讨厌那只白公鸡时不时飞起来在她手里抢食的土匪行径。有一次妻恶狠狠踢了白公鸡一脚，用刚学会的乡下话骂它，“想赶刀啊，信不信我剁了你。”

娘当时吓白了脸，怀了毛毛的媳妇要吃鸡是天经地义的。爹倒没吓白脸，轻描淡写补了句，“它可是妻妾成群的主，剁不得的。”妻从那回才发现乡下的农户，家家都只喂一只大公鸡。

鸡都能给惯出毛病来，何况是人。

我夸张地咳嗽一声，啪地吐出一口痰，在脚下。我是故意障妻的眼呢。然后伸出脚使劲一旋，地上就多了一个湿圈圈。我不是故意恶心她，是让她早点适应乡下的生活，说句不怕丢脸的话，我的亲戚都是这样随便惯了的，虽然我眼下成了城里人。但，人不能忘本，是吧。

我也不想妻在亲戚眼里显得太生分。

爹烤了会火，又咳嗽了一通，开始脱我给他买的大头靴，换上一双大胶鞋。我问爹，下这大的雪，换鞋干啥去？

爹没言语，娘插了句，能干啥，挖南瓜窝子呗。我想起来了，老辈人传下的规矩，三十吃了团年饭挖的南瓜窝子，第二年结的南瓜又大又圆，家里有几个人就挖几个，来年一家人才会幸福大团圆——迷信不是。

爹扛了锹出门，雪风一下子灌进院子，我抱了一下膀子，看了眼妻，妻不说话，只是偎得更紧了。

咳嗽声渐渐被风雪淹没了。

我想起了爹的病，看过不少医生，也说不出名堂来，想是年轻时做得狠了，痨伤，又不舍得医，结果就落了根。我大学毕业后，日子好过点了，给爹抓过不少药，也吃了不少偏方，还是没效果。爹有时咳嗽狠了，痰里带血，身子弯成一张弓，头能触着地。给他开药的医生都死了好几个，可爹的病依然活着，比爹活得更顽强更有决心。

我终于磨磨蹭蹭找了双旧胶鞋套上脚，顺着爹的脚印走了出去。爹的脚印很淡，很轻，像是怕惊动谁似的。一米七的男人，体重才一百来斤，干瘦一直是爹给我的印象。打我晓得写作文开始，我的文字中始终有一个干瘦的父亲，实在愧对我的读者了，我没能力让父亲丰满起来，尽管小时候的老师和后来的编辑都夸赞我说文中父亲这个角色一直都写得很丰满。

但我清楚，丰满不属于父亲。

找到父亲时，父亲已挖好了三个南瓜窝子，第四个也挖了一半。我接过锹来，说，年年不是只挖三个吗？

爹咳了一下，风雪不失时机地钻了进去，爹咂了一下嘴，“你媳妇不算家里人啊。”

她啊。我苦笑了一下，“城里人不信这个的。”我的意思是让他别费这个心了。

“我信。”爹横了我一眼，腰一弯，咳嗽加剧了。

“我挖，我挖不行吗？”我嘟嘟哝哝甩开膀子干了起来。

毕竟年轻力壮，没十分钟我就挖好了一个，抬起头，爹已在寻第五个窝点了。

我说回去吧爹，爹犹豫了一下，要不再加一个小的？小的？我一怔，跟着明白了爹的意思，“您不怕别人笑啊，孙子还在肚子里，没影的事呢。”也是的，妻肚里的孩子，是黑是白还不分晓呢，爹嗫嚅了一下，我怕挨不过明年呢。

我看了看爹，说，瞧你这话，太不吉利了，谁不知道破罐子经摔呢。

经摔的爹却真的不经摔了，路上摔了几跤才到家。娘问爹咋了，爹说得很掩饰，酒喝多了，加上雪滑，摔几跤不算啥。

年一晃就过去了，五月端午时，我的儿子出生了，八个月，早产，乡下有说法，叫养七不养八，说是八个月的孩子不如七个月的好养。我才不信呢，媳妇也不信，我们抱着孩子乐呵呵的。

爹娘却眉头不展的。爹说，要死死我吧，冲一下孙子的关煞。又是乡下的迷信说话，人要戴重孝才能免灾，孙子戴爷爷的孝，当然是重孝了。

爹竟真的过世了，身体不好加上忧虑孙子，就像饱经风霜的枯枝，加上雪雨一欺，咔嚓一声就折断了。

爹死前拉着娘的手，只说了一句，记得挖南瓜窝子呀。爹过世不久，我把乡下房子变卖了，把娘接进了城，挖南瓜窝子，哪儿挖去。

有娘在身边的日子真好，甚至是安逸，我家的洗衣机都成摆设了。娘还买了砂罐给妻煨汤喝，喝得妻的嘴一天比一天刁，在外面吃饭，从来不尝一口高压锅压出来的汤，说是寡淡，没味儿。

日子有滋有味地过，转眼又是腊月三十了，依然下着雪。吃了团年饭，我和妻躲在卧室里逗小家伙看电视，娘在客厅和厨房穿梭着。

我喝多了黄酒，尿急，出来上卫生间，一看，娘没了，人呢，我寻到阳台上，看见娘正弯腰在地上鼓捣着，阳台上不知什么时候多了四个小花盆，娘正用铲刀翻土，往里面点种南瓜子。

风雪在没有封闭的阳台肆意飞舞着，娘没有发现我。

我退了回来，从口袋里摸出一包烟，走进娘的睡房，在爹的遗像前，用打火机点燃三根烟，竖在桌子上。

我知道这是迷信，但我想象爹正有滋有味抽着它们，甚至都听见了爹的咳嗽声。

干爹的秋风

据说我从娘肚子一出来，就冲接生婆射出了一泡尿，当时我奶奶脸色就变了，这娃只怕不好养呢，奶奶冲接生婆嘀咕着说。

接生婆也是一脸的凝重，她不光会接生，还能过阴，是乡村那种能通阴阳两界的巫医。听了这话，她二话没说，净了手便在我家神柜前上了三炷香。

香燃完了，结论也出来了，这娃子太娇贵，不光犯将军剑，还犯阎王关，得送娘娘轿，得拜送子观音，先过了神这一关。然后过周岁时，还得认干爹，随干爹姓，抓周那天，要从干爹胯下过一遍，而且，这干爹还得是个狠人。只有一身匪气的人，才能镇住阎王派来勾小孩魂魄的梦婆婆。

看来，鬼也怕恶人。我的干爹，就是这样一个恶人，打我晓事起，我就不喜欢他，自己明明有爹有娘，却要跟干爹姓，太别扭了，这是其一。其二是，干爹名声臭，是打架闹事的祖宗，我爹呢，偏偏又是那种竹叶子落下来都怕打破头的老好人，两人能坐在一张桌子上吃饭才怪呢。

好在干爹不在乎我爹的饭菜，他是向着我奶奶的面子呢，奶奶做得一手好米酒。干爹小时候没娘疼，隔三岔五跑我奶奶家里讨米酒喝。一句话，因了这层缘故，干爹很喜欢我。

干娘干老子，一年一个花袄子。干爹虽说没成家，但花袄子却还每年给我缝一件，这在当时，很难得。同龄的孩子中，能穿上新袄子的只有我一个，剩下的都是捡哥姐的穿，哥姐都是捡爹娘改小的穿。那年月的人穷，穷得很没有志气。

在我眼里，干爹就没有志气，奶奶常数落干爹说，饿死不做贼，气死不告状。干爹呢，不光做贼，还告状。他做贼不光限于偷鸡摸狗还捞鱼捕虾，当然，我是最大的受益者。干爹匪气不假，对我这个干儿子却真没有二话。至于告状，就不问对方是谁了，你扣他工分他告，你少分他口粮他闹，一句话，闹得人见人怕。

每次分口粮，光棍里就他一个敢要二份。

干爹要得理直气壮的，我干儿子那份，不该要？以后还指望他给我养老送终呢，不放秋风，哪来的夜雨啊。

指望我给你养老送终，才不呢。我嘟囔说，你那恶名只怕连带家人都讨不上媳妇，这方圆十里八村，谁不晓得你浑啊。完了我还冲干爹一撇嘴，那时我晓点事了，不愿他拿我当幌子。

干爹听了哈哈大笑，笑得脸上横肉一抖一抖的。干爹蹲下身说，我儿你太没出息了，好好读书，读到城里找媳妇，这方圆十里八村哪家女娃配得上我儿啊。得，干爹真把我当龙卵子了。

可能是吃干爹偷的鸡啊鱼啊什么的多，我的大脑硬是比别的伙伴好使，上小学时，成绩老拔尖。拔着拔着要上初中了，初中选苗子，在我们小学，要一个名额进快班，大队书记的儿子也想进，不用说，没我的戏了。

干爹听说了，拿了刀子找大队书记，你想掐我儿的前程吧，老子先掐了你的前程。

大队书记这回没松口，你掐了我也没用，名额是乡里给的，你有能耐去乡里讨。

干爹虽横，却也只限于横行村里，乡里有特派员，挎着枪的，那时候还没有派出所。特派员大多是从部队上转业下来的，真刀真枪地杀过人，干爹杀过鸡杀过狗，杀人他还没那个胆量。

这点大队书记心里有数，果然干爹冲乡里那方向望了望，手一松，刀哐啷一声掉在了地上。

干爹摸黑去的我家，那时通知已经下来了。我一个人关上门在里面号啕大哭，哭完了就撕书，撕我命根子样宝贝的书。

干爹没能喊开门，我冲外面骂，包括我爹一块骂，人家是爹，你们也是爹，两个爹不如人家一个爹，换我早跳了襄河。我们村在襄河边，襄河又名汉江，是长江的支流。

对，襄河。干爹眼里一亮，出去了。

第二天，襄河下游漂起来一具尸体，不是干爹，是大队书记的儿子。

不用说，是干爹做的，其实干爹只想把他按到水里呛一顿出出气，没料到，一个旋涡把他卷走了。

警察抓走干爹那天，我去乡里报名，进了那个只有吃商品粮子女才能读的快班。

不用严刑逼供，干爹什么都招了，临刑前一天，上面的人问干爹，有什么要交代的吗？

干爹说，把我儿名字改了吧。

为什么要改？上面的人很奇怪，又不是你亲生的，操那么多心干啥？

不想让别人日后知道他有这么个干爹呗。干爹居然还笑着又补上了一句，不想连带他找不着城里媳妇呗。

上面的人叹了口气，想不到你到死了还说出句人话。

干爹也叹气，我不是人，不能让我儿也跟着不是人吧？

因为干爹的要求，我本来的姓才回到了作业本上。

刑场离我们村不远，那时候的规矩，人在哪儿犯事，就在哪儿枪毙，干爹成了我们那儿第一个被枪毙的恶人。

听爹说，干爹临死前，是很想我去为他送一口米酒上路的。

干爹要了秋风，我却没能给他喂了一口米酒，那样的场面，打死我也不会去的。

我要去的，是我向往的城市。再后来，干爹就不再在我记忆中凸显了。

去年，我在书上读到一篇叫作疯娘的文章，心里当时无端地一慌，擦擦眼，干爹的人一下子站在了我面前，好歹我也是靠文字谋生的人呢。

什么时候用手里的笔为干爹下一场夜雨呢？

清明时节，我回了趟老家，干爹的坟还在，坟上一棵弯杨树，很匪气地挺立在孤山岗上。

我把一本杂志摊开，用米酒一页一页湿透，然后点燃一堆火纸，一页一页烧给干爹。

上面有我的两篇文章，后一篇用的是我现在的名字，前一篇用的是干爹活着时的名字。

我知道干爹一辈子不愿翻书，但有米酒清香的书，他或许会翻一下的。干爹应该还记得奶奶的米酒和我的名字的，我想。

幺叔的江湖

人在江湖漂，哪能不挨刀！这话，是幺叔拍着胸脯对我说过的。说这话时的幺叔还很瘦，排骨一根根向外支棱着，用我娘的话来说，老幺啊，你衣服要脏了，沾上水在胸前揉两下就行了，不用找媳妇的！

娘这样说，是担心她幺弟将来讨不上女人做媳妇呢，太瘦的男人在乡下是让女人看不上眼的，上坡下岭肩扛手提的农活，没个好身板，能行？老话咋说的，身大力不亏呢！

眼下，不幸的是我却挨了刀，四十刚不惑，肠胃出了点让人疑惑的毛病，非动刀见血才能摆平。想想也正好，我跟妻子结婚快二十年，正经在一起的日子没几天，正好借病休跟妻子温存温存。计划双休日出门晃一晃的，偏偏，早上一睁眼，窗外飘起了雪花。

妻子本不想出门的，怕我吹不得风，就笑了笑，也好，咱们可以捂被窝的。

捂被窝是老家的土话，我望着打小在城里长大的妻子发了一会呆，妻子白了我一眼嗔怪说，咋了，不认识了？

我说你让我想起了幺叔，没上大学前，我每年寒暑假都跟幺叔捂被窝呢。

暑假捂，你不怕身上炸痱子啊？妻子一惊一乍的，也难怪，她不知道我跟幺叔的江湖。

我娘生我的时候，幺叔刚满了月，娘和闺女一同坐月子的，在那时的乡下不稀奇。这样一说你就明白了，幺叔只比我大一个月，但辈分却生下来凭空比我高出一截，这其实是个吃亏事，在老家，除了苕以外，有点灵性的猪啊狗啊都晓得长辈是不可以跟晚辈争吃争喝的。

好歹，肥水没流外人田。奶奶只好认了这个理，幺叔不认不要紧，爷爷的巴掌会提醒他长辈的身份。

吃不好，幺叔的眼就老是睁不开的模样，越长大越细，最后眯成一条缝了，在乡下，这叫篾片眼，长篾片眼的孩子，出息不大！奶奶便叹口气，把幺叔的心头肉待遇取消了。

我和幺叔见风长，长到上学的年龄，幺叔瘦而长的脖子上就吊了两根书包带子，螳螂似的在前头引领我走在上学下学的路上。

老师笑他说，小幺是牛投胎的吧？幺叔很神气地一扬头，就是牛，我也是老子出青谷关时座下骑的青牛！幺叔说这话时江湖豪气十足，足是因为他考了双百分，老家学校有史以来的第一个双百分呢！幺叔听校长夸过，这孩子，没准日后就是黑王寨里一道风景呢。

我的老家在一个叫黑王寨的地方。

三年级的山里孩子还不知道风景的另一层引申意义，隔壁成三冲幺叔前看后看左看右看，也没看出个啥不同来，成三就挤了眼说，屁，黑王寨能出风景？我娘说了的，穷山恶水出刁民！

我娘跟成三娘为一只鸡蛋吵过嘴，我就火了，指着成三鼻子骂，你娘才是刁民，养野汉子的刁民！成三娘是跟别人开后门借种生的成三，成三爹一直对他们娘儿俩爱理不理的。闹得成三娘很没面子，感觉寨子里就个个是刁民。

骂人怕揭短，成三嗷的一声就冲我扑上来，我早做了准备，用书包里的三角尺往他脸上一戳，就听成三哇一声号叫起来，用手捂住了鼻子，血从指缝往外冒。

晚上，我没敢回家，在野外游荡。幺叔找到我时，腿一瘸一拐的，幺叔说，回去吧，没事了。

我脖子一梗，才不回呢，娘会下死手打我的。

不会了！幺叔掀起裤腿说，你看。

看什么呢？我一低头，吓一跳，幺叔瘦骨伶仃的麻秆腿上青了一块又一块，像被鬼摸了。

是成三打的？我问。

不是，娘打的！幺叔苦着脸，努力挤出一丝笑来。

你又没动手，奶奶打你干吗？我不大相信幺叔的话，他看过那么多古代豪侠的书，会吃这个闷亏啊。

祸是因我起的啊，再说，我当幺叔的，能好意思让侄儿吃亏？幺叔轻描淡写补了一句，我跟娘说是我揍的成三，祸就因我而落了，就这么简单。

半信半疑回了家，娘果然没打我，娘只说了一句，以后，少跟你幺叔学坏。

第二天上学，我等幺叔来帮我背书包，幺叔出来了，背上却是一个箩筐，奶奶的声音从里屋追出来，不学好是吧，给我把猪侍弄好！

幺叔手里一把小铲刀很委屈地望着我，我没敢望幺叔，倒是幺叔，大大咧咧走过来，拍了拍我的头，说人在江湖漂，哪有不挨刀呢？你给幺叔好好读书！幺叔说这话时手里还拿着本翻了不到一半的七侠五义，是从说书老五那儿借的。

幺叔是想告诉我，篾片眼的人也讲义气的，在山里，讲义气的人是有出息的。

最终，我成了黑王寨有出息的人，被寨子里敲锣打鼓送到乡里，幺叔一路上背着我的行李，背出一脸的喜气来，一步不落地跑在我身边，他学《岳飞传》里马前张保，马后王横呢。送我上车时幺叔的脖子伸出老长，那眼光要能拐弯的话，也一定拐过了九曲十八弯。

因为想起幺叔，这个双休日显得温暖起来，正捂被窝和妻聊得起劲呢，门铃响了！妻嘟囔着嘴下床，开了门，我听见妻的惊叫声，幺叔，怎么是您啊？这么大的雪！

什么，幺叔？我一激动从床上爬起来，真是那个给我童年江湖梦的幺叔来了。

幺叔局促不安地站在门外，手里的提篮上搭着一方白白的毛巾，因落了雪，白得厚重了许多。幺叔看了看地板，在外拼命跺脚，雪泥掉下来几块。幺叔哈了口热气，冲妻子眨了眨篾片眼，说赶大早出的门呢，路滑，城里门牌又难认，鸡蛋也破了半斤，不过不要紧，我都用雪擦干净了。

妻一低头，果然提篮下还有水的滴答声，江湖上人有这么拘谨的吗？

进了屋，幺叔把双手放在膝盖上，看我，看完了又指了指我肚子，还疼不？

我递过烟，幺叔接了，熟练点上，刚吸一口，忽然慌慌张张摁进烟灰缸，说，戒了，你幺婶不习惯闻烟味！我这才想起幺叔讨上了媳妇，是成三的妹子，成三妹子脸上麻，但再麻也是女人。我看了看幺叔的手指，黄黄的。

我不好揭穿幺叔就问他，家里还好吧？幺叔说，好！好！就是化肥老涨价不好，种子太金贵不好。

我说，就不说那些烦心的事了，找开心的说吧幺叔！在成人眼里，最开心的莫过于回忆童年往事了，这点幺叔不会不知道。

开心的？幺叔挠了挠耳朵，没有假农药了，上学不收费了，种地不交农业税了，算不算开心的啊？说到上学，幺叔眼里明显暗淡了一下，目光飘向我的书房，书房里有什么，难道那儿有幺叔的江湖不成？

我很想听幺叔聊聊过去的往事，可往事被桌上的酒菜给淹没了，幺叔在酒席上一直闷声不响的。我说幺叔你说话啊！幺叔停下筷子，出门时你娘交代过的，食不言睡不语，不能叫你媳妇说俺们寨里人不懂规矩！这话是媳妇去了厨房幺叔冲我一挤篾片眼小声说的。

我的心一下子痛了起来，伤口有血渗出的样子。

临走时，幺叔犹犹豫豫在门口好久，欲言又止，妻心细，妻就追问了一句，幺叔你是不是还有事？

幺叔挥了挥手，喉结上下滑动了又滑动才憋出一句话来，也没事，就是来看看，你们这样客气我很知足了！这是幺叔的话吗？那个老子出青谷关座下骑的青牛呢？我心里一酸，知道幺叔的江湖从此除了地里的五谷，就剩下了家中的油盐酱醋。

反　串

宋幺姑在黑王寨那一方，一直是个场面人物。

场面人物宋幺姑其实是个男人，之所以叫幺姑是有渊源的。其一，宋幺姑身子单薄，细腰长颈，走路屁股一扭一扭的，幺姑相十足；其二，宋幺姑嗓子尖细，标准的娘娘腔，张口必甩兰花指；其三，也是最主要的，宋幺姑居然男生女相。

不叫幺姑叫他啥，何况他又一生不娶，天生就对女人没多大兴趣，阴阳人一说，离黑王寨太远，乡下人都善良，想不出如此刻薄的字眼。

男生女相得追溯到宋幺姑上小学的时光。

那年上面派了个下放知青到黑王寨小学教音乐，姑娘是一所戏剧学校毕业的。

报到第一天，碰上唇红齿白的宋幺姑正和一群小子在操场上疯闹，女教师盯着宋幺姑看了又看，黑王寨的孩子多邋遢，很少宋幺姑那样眉清目秀，穿着齐整的。末了，女教师爱怜地一摸宋幺姑的小头说，乖乖，乡里也有这么俊的女娃！

女娃！宋幺姑心说，还老师呢，男女不分！跟着宋幺姑调皮地一吐舌头，冲女教师挤了下眼，从从容容地掏出小鸡鸡，对女教师做了个鬼脸，一泡尿便喷射而出。

乡下的孩子，野。

宋幺姑虽长得秀气，但野性未泯。

女教师半天没回过神，回过神就只想起旧日戏剧中常用的一个词来——反串！

宋幺姑若在舞台上反串花旦，足可以乱真。一泡尿就这么改变了宋幺姑的命运。

压腿，吊嗓子，拿大顶，这些舞台上的基本功开始伴随童年的宋幺姑度过蛙鸣鸡啼，伴随少年的宋幺姑走过水秀山清。

三五步千山万水，四六人万马千军，多壮行色的人生啊！锣鼓声中琴弦那么一响，风走鹤行，人心激荡，一段曲子下来，能让沉醉戏中的宋幺姑看出历史河流的颜色，听出岁月深处的动静。

人生如戏，戏如人生。宋幺姑明白了，自己就是为戏所生的。

偏偏那是个样板戏走红的年代。宋幺姑被推上台，演铁梅，没铁梅的英武；演江姐，没江姐的豪情；演阿庆嫂，缺阿庆嫂的干练。

一甩手，是兰花指微翘。一举足，是莲花步轻移。

这哪里是英姿飒爽不爱红妆爱武装的中华儿女，分明是封建社会的残毒余孽。

宋幺姑刚进县剧团，就被打发回寨里来，种地。

肩不能扛、手不能提的宋幺姑一下子有了穷途末路的茫然。

好在乡下人年关爱唱戏，有老辈口传相授的，什么站花墙、秦香莲、夫妻观灯，也有自编自演的本寨一些故事。一句话，腊月一到，人们便求队长，安排宋幺姑唱戏吧。

宋幺姑一年的工分就在这两个月挣足了。

那是何等的场面啊，老少黑压压一群人就在锣鼓声中引颈瞪望着宋幺姑从幕后现身。

宋幺姑出台，多是青衣装扮，回头四顾，扭腰摆臂，一副心思重重模样。宋幺姑是张不得嘴的，声起色出处，婉转缭绕，似北空出月，如凤鸣梧桐，乡里一年的殷实与富足便是眼前的舞台了，便是宋幺姑戏中的人文了。

破四旧的声势是浩大的，宋幺姑被上面派来的工作队剃了光头，游街。

宋幺姑的眸子一下子暗淡了下去，走路也不再顾盼有姿了。宋幺姑把自己关在屋里写检查，稿纸用了几厚本，墨水用了几大瓶，却不见认错求宽恕的只言片语。

再以后，没人理会他了，毕竟，宋幺姑是贫民身份；毕竟，黑王寨人对批地富反坏破四旧没太大的激情。

宋幺姑的日子一下子淡出了舞台，逢年过节，人们总要在宋幺姑门前站上几分钟，哪怕听一听宋幺姑唤鸡赶鸭的声音，也是一种享受呵。

日子脱贫了，又温饱再小康了，大戏轰轰烈烈唱起来了，后生姑娘都想亮亮嗓子，却没了言传身教的人。宋幺姑的嗓子早破了，一个行将就木的人，能指望他个啥？

偏偏宋幺姑还指望上了，前去探望宋幺姑的人居然从宋幺姑手里拿到了几个失传的剧本，稿纸都发了黄，下边还印有公社革委会的字样。

宋幺姑在生活中也反串了一把，当年的交代材料成了今天的宝贵剧本。

开演那天，宋幺姑被安置在戏台下正中的位置。

琴弦声四下漫开，宋幺姑眸子一亮，他仿佛看见，历史的河流又有了颜色，岁月深处又传来回响。

宋幺姑就这么驾鹤西归在云端上，无须的白面上布满莹光。

搭　桥

市幼儿园举办搭积木比赛，说是为了培养孩子们动手动脑的能力，当然，既是比赛，就得隆重不是。

怎样才能算隆重呢，请领导讲话？那些严肃的空话孩子们不喜欢。真正能让孩子们起劲的事儿，莫过于上电视了。

好在不难，这个城市虽不算大，但经济实力不容忽视，有电视台不说，台里的设备还可以现场直播。园长和台长一商量，就直播，园长曾经是台长的同桌，是台长想把她头发盘起的同桌。

摄像机镜头下忙碌的孩子们，像炸了窝的小麻雀，叽叽喳喳地忙碌着，有板有眼地忙碌着，没人望着镜头傻笑，他们都想搭出最漂亮的图案，最后能定格在大家心目中的图案。

既是比赛，就得评奖，摄像机开始忙碌起来，主持人也开始即兴采访。

这些积木作品中，有豪华的宫殿，有漂亮的四合院。有欧式的教堂，还有……还有什么呢，主持人走到一组作品前，不知该如何表达了。

主持人眼前出现了三道积木搭成的圆拱。

一个小男孩正怯生生地望着她。

主持人愣了片刻，还是把话筒递了过去，能告诉阿姨你搭的是什么吗？

桥。小男孩不假思索一指地面，三座桥。

主持人笑了笑，如果说两座桥的话她还可以理解，那第三座能算桥吗，有那么微型的桥吗，它还没有两指长呢。

这是一个从乡下来的孩子。园长说，他爸爸是一个建筑工人。

哦！主持人来了兴趣，能告诉阿姨为什么要搭三座桥吗？

小男孩看了看镜头，脸红得不行，小男孩指着那个中号的桥说，我家住在山坡上，四面环沟，一有山雨下来，就不能出门，我想在沟上架座桥，把妈妈背出家门，让她看看山外面的世界，妈妈腿不能动，一辈子没下过山。

主持人鼻子一酸，眼光移向另一座桥，小男孩指着那座大号的桥自顾自说了下去，这座桥我想搭在山脚下的小河边，我们山里人出门都得靠一条渡船。那次我跟爸爸进城，渡船坏了，十几个过河的人等了两天两夜船才修好，大家又冷又饿，纷纷骂娘，有几个小朋友还哭了……小男孩顿了顿，冲主持人一笑，不过，阿姨我没哭，真的没哭。

主持人点点头，阿姨相信你没哭，那这个干什么用呢？她用手指指着那个不到两指长的微型小桥。

这个吗？小男孩沉吟片刻，我们山对门邻居家的小妹妹有先天性心脏病，不能跟我下山玩。听爸爸说要做心脏搭桥的手术，我想把这座桥搭在她心脏上。

主持人不说话了，只是使劲将小男孩搂在怀里，小男孩给弄得莫名其妙，小男孩说，阿姨，我对门的小妹妹太瘦太小，这座桥挤在胸口会不会让她心里更疼呀。

不，不会的！主持人再也忍不住了，泪花溅落开来。

当天的电视直播画面就定格在这三座桥上，很多人都流下了泪。

小男孩年底回家时，意外地发现两座桥架起来了，一座在山脚下的小河边，一座在自家门口。并且，小男孩还发现对门的小妹妹居然推着躺在椅上的妈妈一起在桥上等他。

小男孩还小，小男孩当时没听见，主持人阿姨在直播结束前的一句话，其实，我们每个人心中都应该搭建这样一座桥。小男孩只记得在场的大人们都哭了。

承　诺

他是在准备关手机时接到这个电话的，当时手机正显示着电量不足，而且已到了即将自动关闭状态。

他笑了笑，这电池倒通人性，他的人生不也是到了自动关闭状态吗？

关闭前接上一个电话应该是不会引来大帮债主的。

电话通了，居然是个女孩子，居然叫了他一声爸爸。呵呵，叫爷爷也没用，眼下他拿不出一分钱打发别人，挥金如土的日子，以后只能在奈何桥上回想了。

认错人了吧？他说。

没有，那边很肯定，说爸爸我只想见一见您，为十五年前一个承诺，我在漫不经心咖啡屋等您。

手机恰到好处地断了电源，他点燃最后一根烟，一个人穷困潦倒时，居然有个不相干的女孩子叫自己爸爸，呵呵，真的像某些电视剧开篇说的，本剧故事纯属虚构，如有雷同，实属巧合吗？

巧合吗？他不信，应该是对方弄错了才对，他摁灭烟头，起身，漫不经心咖啡屋离这儿就一站路，坐公汽得一元钱，一元钱他已经没有了。但一个将死之人，是应该纠正自己人生最后一站错误的，稀里糊涂当人家爸爸，孟婆会给自己的那碗忘魂汤加重药量的。

十五年前，呵呵，他的嘴角不自觉咧开，算是笑了吧，那时，他给过多少人承诺啊，作为本市最大的民营企业家，他的每一句承诺都是举足轻重的，都是可以让垂死之人抓住的救命稻草。

眼下，他能伸手抓住什么？

摇摇头，他走上街头，也就十分钟的光景，他走进了漫不经心咖啡屋，这时离喝咖啡的时光还早，要找一个单身女孩并不难。他信步走了进去，目光只一扫，就把那个女孩给拎了出来。

他不言语，径直走过去，坐下，看着这个叫自己爸爸的女孩，只看得女孩脸上窘了起来。

我不记得有你这么个女儿的，他往背后一仰头说。

您是贵人，当然不记得了。女孩咬了咬唇说。

贵人？他自嘲地一笑，她的电话再迟来几分钟，他就应该成为鬼人了，鬼门关那边的人。

见他这样笑，女孩脸上挂不住了，说您当然不会记得一个清洁工的女儿。

清洁工？他怔了一下，开始在脑海存储库的名单中扫描，的确，他记忆中没跟清洁工打过交道的。

女孩再一次咬了红唇，非得让我提起爸爸的名字？

他点点头说，当然你不想提我也不会反对。

女孩眼神恍惚了一下，说，傅世成，就是我爸。

傅世成发黄的脸蛋一下子就浮现在他眼前了，一个曾经在他公司做过门卫的男人，一个长期病痨的男人，依稀记起来了，他女人曾拖着一辆垃圾车来给他送过东西。

有一回，垃圾车里就坐着眼前这女孩。

那次他送客商出门，见女孩鼻涕眼泪一大把在车上哭，有损于公司形象呢。

当时他就脾气很不好地吼了一句，哪来的野孩子。

记得傅世成当时诚惶诚恐跑出门卫室的，后面跟着他的女人。

听说是傅世成的女儿，他眉头皱了一下，怎么不送孩子上幼儿园？

家里没多余的钱，准备多挨一年，直接上学前班的。女人看了看傅世成，手足无措地说。

上个学得几个钱？他嘴角撇了一下，冲身后的财务科长说，把这孩子上学的费用给列到公司账上。

其实，这账没必要列，他随便吃一顿饭都比这账多几倍，当牙齿缝漏了一口的，事后他跟财务科长开玩笑说。

女人是感激涕零的，按着女儿给他磕头说，您就是她再生父母呢，让她长大了孝敬您。

他是有子女的，只是眼下都卷进了这场金融危机里惶惶不可终日，没想到啊，没想到。他叹口气，问女孩，你娘呢？他知道女孩爹已经过世好多年了。

娘也过世了。女孩眼里起了雾，跟着从身上掏出一笔钱来，抽出一张一百的，把剩下的全推到他面前。

这是我孝敬您的。女孩说。

孝敬我？他一怔，有那必要吗？

有。女孩挺了挺脊梁，我答应过娘的，上班第一个月工资交给您，留一百元做生活费。

我不缺这点钱的，他苦笑了一下，把钱推回去，对他眼下的债务来说，这点钱无异于杯水车薪。

您不缺钱，但我也不能缺了对娘的承诺。女孩站起身，如释重负地长出口气，娘是没能耐的人，一辈子不敢承诺什么，就这件事能当家，我不能让娘在九泉之下不能瞑目。

他无语了，看着女孩。

女孩笑，说拥有您这么个有能耐的爸爸，我不能给您丢脸不是？

女孩走了，他坐在那儿一张一张点钱，整整二仟八佰元。

当年，他是二百八十元起的家呢。

不就破一次产吗？他笑笑，就当从零开始吧，怎么说他还有个一诺千金的女儿呢。

英　雄

女人把电视机打开，插上VCD电源，放进一张碟片，铺天盖地的洪水就在画面上汹涌澎湃了，一张张冲锋舟上，一段段堤坝上，中国人民解放军抗洪抢险部队在风雨中来回奔跑着。

这其中，有她男人的身影，她肯定。虽然风雨模糊了女人的双眼，虽然风浪淹没了男人的口令，但她还是相信，男人就在眼前这场风雨中。

男人是解放军某部舟桥旅的连长，属于兵头将尾，男人的梦想是上战场，成为一名英雄。将相本无种，男儿当自强。男人是在新婚第七天接到部队电报的，要求火速赶回部队接受任务，那一年，女人记得很清楚，是一九九八年。

一九九八年的洪水让男人成了英雄，那一年成为英雄的战士很多，但成为英雄遗孀的不多，给英雄留下遗腹子的就更是凤毛麟角了。

女人把英雄的遗腹子叫到电视画面前，再一次发问，乖，告诉妈妈，长大了当什么？

儿子抬起头，冲电视画面呆呆出神，不说话，眼泪长长地拖过嘴唇。不知怎的，儿子看见洪水的画面就泪如雨下，是怕吗，不得而知。

女人叹口气，用纸巾擦干净那两道泪痕，乖，记好了啊，长大了当英雄，你是英雄的儿子呢。

这回，女人没哭，要不是当初哭得太多，影响了胎儿的发育，儿子也不至于九岁了还不会说话，请专家看过了，声带绝对没问题，孩子有可能得的是较为罕见的自闭症。

病因可能与女人有关，自打男人去世后，女人把自己与外面隔绝了差不多三年。不隔绝，娘家人会绑了她上医院拿掉眼前这个孩子的。

孩子长得像男人，嘴角一抿的样子尤其像。男人接到电报的那天嘴角一直抿着，直到男人第二天早上不辞而别，她才看见那份电报静静地趴在床头陪着她。电报上的字迹模糊了许多，一定是泪水浸泡的。

一九九八年，哪来的那么多水呢？要不连一向自诩有泪不轻弹的男人也泪如泉涌。

女人再叹了口气，明天，六一了呢。

儿子的节日，女人决定带儿子去看他爷爷。爷爷家在乡下，打生下这个孩子后女人就离开了男人家，她对男人遗像发过誓，要一人把孩子抚养大。男人的老父亲一人鳏居着，在一起实在不方便，长舌妇的闲言碎语有时候比洪水猛兽还让人避之不及。

六一这天，是个晴天，女人和儿子收拾了一番坐进了开往乡下的班车。

乡下的机耕道簸得很凶，儿子却很兴奋，哇哇地尖叫着。女人不说话，她听男人的战友们讲过，冲锋舟在风浪里也是颠簸着前进的。莫非，儿子冥冥中能感受到这份天意？

车在村口停下来，女人牵了儿子走上了通向爷爷家的道路，乡下的一切令儿子感到好奇，儿子一把挣脱女人，蹦蹦跳跳跑在前面撒起了欢子。

要是儿子能够开口叫上两嗓子，该是多好啊。英雄的儿子回故乡，是不应该受到冷遇的。女人在后面默默想着心事。

因为想着心事，女人的脚步就慢了许多。等她的目光再次捕捉到儿子时，儿子已和一个六七岁的乡村小女孩并排走在一起了。

女孩一身的大红衣服和儿子一身的金黄运动服相映在天空下，真有那么点金童玉女的意思呢。女人看直了眼，只顾微笑，却一点也没发现一场意外正凶猛地逼近。

两头犍牛抵红了眼，落败的一方撒着蹄子冲儿子和小女孩跑过来，后面一头还穷追不舍着。小女孩的一身红衣服更加激发了牛身上残存的野性，鼻子喷着热气的犍牛摇晃着一对尖角气势汹汹奔了过来，小女孩被这情景吓傻了眼，腿一软，人就抱着头蹲在了地上。

呼救是来不及了，女人绝望地闭上了眼，还顺手捂上了耳朵，她实在不忍心看见小女孩在牛蹄下被践踏后血肉模糊的场面。

犍牛的踢踏声忽然消失了，所有的声音在一瞬间都消失了，良久，女人睁开眼从指缝望出去，儿子正张大了手臂护在女孩前面，两头牛呢，不知所措拿眼瞪着眼前这个乳臭未干的小男人，是怎么样惊心动魄的场景啊。

村里的大人们纷纷围过来，牵开了两头犍牛，儿子从人缝中看见母亲，哇一声哭了。

女人一把抱住儿子，拍着他的头安慰说，乖，不怕，我娃是英雄呢，英雄什么也不怕的。

儿子忽然开了口，说出三个字，妈，我怕。

应　聘

宽大豪华的董事长办公室里，常天龙正焦虑不安地转来转去。

秘书推门而入，请示说，常董，有人要见您！常天龙点点头，带进来吧！

进来的是女人，而且是两个：一个不到三十岁，西装套裙，装扮清爽，且得体。另一个五十多岁，乡下妇女穿着，倒也清洁整齐。

两人手中都拿着一份晚报，跟常天龙老板桌上的那份同一个日期。

常天龙知道，这两个人是来应聘的。

天龙集团的人都知道，常董不光有个女儿在国外攻读硕士，还有一个儿子瘫在家里，这就是常天龙在晚报登招聘启事的原因。

启事很简单：招聘特别护理一名，女性，月薪五仟，面试！

五仟元，够招一名中层管理人员了，常天龙出此高薪显然是想一劳永逸。也是的，常家的特别护理走马灯似的换来换去，让常天龙烦躁不已，再换下去，常天龙就该换脑子了，脑子整天闹哄哄的乱成了一团麻。

常天龙吩咐秘书：倒茶！

茶端上来了，不到三十岁的那个女人说了声谢谢，掏出一份打印好的简历请秘书转呈给常天龙，显然，这是一个知进退懂规矩的女人。

常天龙接过简历，上面写着：陈丽，护理学校毕业，现在市人民医院外四科工作，连续两年被评为先进工作者……

有专业，有经验，应该是很合适的人选，常天龙微微点头，手一伸，你的简历呢！

五十多岁的女人愣了愣，啥，简历？

就是问你的基本情况！秘书不耐烦了，简历都不准备一份，应的啥聘。

哦，情况啊，是这样的！女人喝了口水，我在农村，生有二男一女，正念书，男人有病，拖了七八年，刚过世！

就这？常天龙问。

嗯！女人点点头。

那好，先谈一下我的儿子吧！常天龙说，我儿子先天性佝偻病……

啥，佝偻病？乡下妇女显然不明白。

就是软骨症！陈丽白一眼乡下妇女心想，简单的医学常识都不明白，还敢应聘特别护理，想钱想疯了吧？

哦，瘫巴啊！乡下妇女这下才明白了，明白了偏又加上一句废话，那不是成废人了？

谁说是废人了！秘书脸一黑，秘书知道常董最忌讳别人说他儿子废人了。

常天龙挥挥手打断秘书，探身相询，我有一个问题想问一下二位。

陈丽颔首，常董请讲！

乡下妇女没说话，显然是等常天龙发问。

对我出五仟元高薪聘请一名护理二位是何看法？常天龙喝了一口茶，慢条斯理说出来，二位认为值吗？

陈丽年轻，节奏就快，陈丽说：广厦千间只住一隅，家财万贯，日食三餐，五仟元只不过是您常董的九牛一毛，当然值！

那么，你认为呢？常天龙转向乡下妇女。

不是值不值的事儿！乡下妇女站了起来。

哦，有何高见？常天龙一怔。

老话说了，无仇不成父子，无冤不成夫妻，他既然托生在你身上，你就该好好养他直到他死。女人直来直去，一点没在意旁边的秘书脸都吓白了，谁敢这么跟常天龙说话啊。

常天龙开始皱眉头，在老板桌后转来转去，一会盯着陈丽，一会看着乡下妇女，显然心里正在做着取舍。

陈丽正襟危坐，手中捏着茶杯一副成竹在胸的架势。乡下妇女倒不拘束，歪在沙发上躺着，一副疲惫不堪的模样闭目养息。

常天龙慢吞吞踱到她们面前，示意秘书给他搬一把椅子过来。椅子搬来了，常天龙坐下，忽然没头没脑说了一句，问你们最后一个问题吧！

陈丽精神一振，请讲！

常天龙先问陈丽，如果你留下来，你会如何照顾我儿子？

陈丽字斟句酌地说，如果我有幸留下，我将像照顾自已爹娘一样照顾他！

这话虽说矫情但不为过，常董儿子都有四十岁了。常天龙一脸欣慰地点头，转向乡下妇女，意思是该你表态了。

乡下妇女脸红了一下，我要是留下的话，一定像对待儿子一样对待他！

这话又犯忌了，当常董儿子的妈，也不看看自己啥德行，秘书嘴都气歪了，站起来就要轰乡下妇女走。

常天龙却一把握住乡下妇女的手说：谢谢，有你这话我放心了，你留下！完了对陈丽一摊手，抱歉，不过我也谢谢你！

陈丽很奇怪，问：常董我想问问您，我为什么不能留下？

常天龙笑笑说，古人说得好啊，父母待儿万年长，儿对爹娘扁担长！姑娘，你还没小孩吧，如果有，你一定会领悟古人说的这句话！完了对正在发呆的秘书说，送客！

关　怀

医者父母心。

我是一名医生，一名心地柔软的烧伤科医生。

我吃不下饭，睡不好觉，我牵挂着我的一个患者，一个全身烧伤面积达90%的患者，患者才9岁，眼下她只有双脚上的皮肤是完好的。

她的全身涂满了紫色的药水，尽管这样，还是不停地有黄水向外渗出，小女孩的嗓子被烧坏了，唯一能证明她一息尚存的，是她微弱得不能再微弱的呼吸。

女孩的父母在千里外打工，眼下守在女孩身边的，是她年迈的婆婆。

以我的经验，这个女孩只要熬过了今天，死神就无能为力了。临下班时，我再三叮嘱护士，千万不要给女孩任何刺激，女孩虽然神志模糊，但听力还是有的，她的婆婆也被客客气气地请到了特护病房外。

吃过晚饭，我去冲凉时，电话响了。

妻接的电话，刚说一句话就冲洗澡间喊，护士长找你的电话。

我光着身子冲出来，那个小女孩一直揪着我的心，护士长在那边问我"以您的经验眼下探望这个小女孩合适吗？"

绝对不合适！我一字一顿地说，你又不是头一次接触如此严重的烧伤患者。

可，可是。护士长在那头似乎有难言之隐。

可是什么呀，没什么好可是的。我口气加重了。

可是，院长要去探视怎么办？护士长嘀咕着。

院长？他又不是门外汉，这个时候凑什么热闹。

院长当然不是门外汉，是市长要来慰问的，还有记者跟着呢。护士长顿了顿，院长不好拒绝，再者，也给咱们免费宣传吧。

市长来慰问，他吃饱了撑的。我大为光火，等等，我洗好了就来。

我胡乱擦了一把身上的水珠，套上衣裤急如星火往医院赶。

医院虽说离我家不远，可市长还是不愿意等等我，等我气喘吁吁赶到时，护士长冲我摊摊手，意思是她已尽了力。

我赶到病房时，听见一个教师模样的人正俯身冲小女孩说，知道吗，市长亲自来看你了。那人一准是女孩的班主任，我猜测。

女孩微微动了一下，这一下却引起记者极大的兴趣，记者说，她要能微笑一下就好了，当然是冲市长微笑一下。说完这话记者调好焦距，选择最佳视角，让市长俯下身子，可女孩并没笑的意识。

班主任提高嗓门说，董小惠，你是一名少先队员，又是一名班干部，是老师最听话的孩子，怎么就不晓得跟市长笑一下，这是最起码的礼貌。

奇迹就是在这个时候发生的，女孩子董小惠似乎欠了欠身子，脸上皮肤挤了一下（如果还有皮肤的话），我听见有黄色液体下滴的声音，镁光灯不失时宜地闪了一下，定格下这一感人画面。

市长出来时，看见一旁沮丧的我，院长介绍说这是董小惠的主治医师，市长很用力拍我肩膀，好好干，一定要让董小惠康复。

康复。我心里冷冷一笑，我能干的，只是给董小惠开一张死亡通知书。

他们不知道，刚才董小惠是用了生命最后一点力气给他们打的招呼。

疏　忽

老师一再强调，明天公开课上，举手发言一定要积极，要踊跃。不过，老师扫一眼小慧，又再三叮嘱，不能回答也不要滥竽充数。

小慧知道老师的意思，老师是暗示自己呢，小慧成绩不太好，还怯场。老师不想让自己辛辛苦苦排了三四遍的公开课给小慧搞砸了。

小慧很想发言回答老师的提问，这些问题都背得溜溜熟了，小慧发言不是想出风头，小慧只想听老师表扬她一句，小慧，你真棒。

老师都表扬过其他同学好多回了，从没表扬过小慧一回，就算是施舍也该轮到她面前了。

小慧很激动，为明天的公开课激动，为公开课上的施舍激动。

小慧夜里睡不着，想象着公开课上自己小手举得高高的，老师点了她的名后，身子站得直挺挺的她双手背在后面，十分流利回答的得意劲，老师当时一定睁圆了双眼，脸色激动得通红，抚摸着她的小脑袋。一个劲表扬，江小慧，你真棒。

所谓的公开课，不过就是公开作弊的一节课，除了讲课的老师唾沫飞外，听课的大都没什么兴趣。腻了，没什么新鲜玩头，如同猫追尾巴的游戏，头一次追是新鲜，再转个不停地追就是无聊。

小慧不觉得无聊，小慧第一次上公开课，老师准备了很多问题，也在每个问题后面排上了提问学生的名字。小慧不知道这些，小慧只管将小手高高举着，不管不顾地举着。小慧想你总能看见我的，正如小慧昨天想的，就是施舍也该轮到我了。

老师开始还没在意这双小手，老师讲得很投入，学生也回答得很精彩，老师很满意自己精心的编排。四十分钟其实是个很短的时间，但对江小慧来说却是漫长的，她的手臂始终处于临战状态。

先前的江小慧还能听见老师讲些什么，再以后，她除了听见同桌窃窃的私笑，看见那些回答问题受到表扬的同学得意的一瞥外，她什么也不知道了。

江小慧眼泪开始不争气地往下流，如同一个赴宴的孩子，刚刚尝了几个配送的小酸碟，主菜正上时却被强行赶开，能不委屈吗。

公开课结束了，听课的老师们陆陆续续走了。只剩下老师在台上收拾讲义。老师这会儿才发现江小慧的小手依然举着，眼泪哗哗淌着。老师问："江小慧，谁欺负你啦？"

江小慧摇了摇头。

老师很疑惑，没人欺负你哭啥，是不是哪儿不舒服？

江小慧还是摇头。

老师有点生气了，说，既没有不舒服又没人欺负，你哭的哪门子呀哭？

老师很不满的走了。

江小慧放下举得发酸的小手，擦了把眼泪，从书本上一把撕掉了刚才的那一课。

打那以后，江小慧再也没有举过手，甚至江小慧还落下一个毛病，一上公开课就莫名其妙地流泪，没来由地感到不舒服。

老师是跟班上的，觉得很奇怪，说带了那么多年的课，像江小慧这样的学生还真是让人越教越糊涂。

关　照

女人冲我笑了一下，很欲说还休的意思。

我赶紧低下头，把记忆中熟悉的女性名字梳理了一遍，显然，不认识。

抬头看女人，女人冲我又笑了一下，又很含蓄，很欲说还休的意思。

我不低头了，一边用目光在女人脸上扫描，一边在脑海狠狠过滤，抱歉，没记忆。

这当儿女人再冲我笑了一下，依然很含蓄，很欲说还休的意思。

我有点不知所措了，目光从上到下再从下到上巡视了一遍，还好，没什么离谱的地方。

一笑二笑三笑，无事献殷勤，非奸即盗。我狠狠拍一下自己脑门，碰上风尘女子了，一定是的。

我都要沦落风尘了呢，如果我是个女人。

我今天是最后一次去一家单位面试了，再没单位录用的话，我将跟这个城市说再见，回家侍弄那一亩三分地去。

地里，有老娘倚门相望呢，娘的笑容虽然苦涩，但能让我睡得安稳，我记不清昨夜是第几十次失眠了，为生计。

对这个同样也为着生计的女人，我想不该吝啬自己的笑容的。我报之一笑，说，很抱歉，我不能关照你。

女人脸上很灿烂，说，你的笑对我就是一种关照呢。

说完，女人深深冲我鞠了一躬。

居然，有女人向我鞠躬，我还能给人以关照。我心里美滋滋的，面带微笑踱过了马路，对面的摩天大楼中，有个单位没准正需要我的关照呢。

这么想着，我走进了电梯。

就这样，我轻松地加盟了那家公司，据主考官说，我是那天参加竞聘中最自信的一个人，因为我的心态最为阳光，自始至终都有如春风拂面，甚至在答错题时也没半点沮丧。公司不在乎人的学历，公司看重人的心态，据说这是借鉴国外某知名企业的用人观念。

也就是说，如果有可能，我真该给那个笑得很含蓄很欲说还休的女人一次关照。

随着财富的不断积累，我早已跳出原来的那家公司，有了自己的实业。

我开始留意那些徘徊在街头的风尘女人。

街头上的风尘女人很多，但笑得很含蓄很欲说还休的女人却杳如黄鹤，她们也笑，是万种风情的那种笑。

我不会给万种风情的风尘女人鞠躬的，包括简单的关照，也不会给。

那天，轮到我做主考官了，我的公司扩大规模，招人是必然的了。

有一个学历低的男孩子引起了我的注意，在他的竞争对手中，学历比他高的有之，背景比他强的有之，衣着比他光鲜的更不鲜见，严格地说，他只能作为那些竞争对手的陪衬。

可我分明感到一阵拂面的春风在他脸上绽开，太似曾相识了，我心里一跳。

我问他，路上遇见谁了？

他愣了一下，显然没想到我会提这样的问题。

一个莫名其妙的女人。他想了想笑着回答。

怎么个莫名其妙法？我问。

就是冲我无缘无故地笑啊，笑完了还鞠躬。男孩话没说完呢，我整个人已冲出了办公室。

楼下如潮的人流中，我一眼看见了那个女人。

几个穿白大褂的护士正推推搡搡把她往一辆车上塞。

我分开人流赶过去问，怎么回事？

没人回答我，护士们正手忙脚乱地推搡着。

我冲女人笑了一下。

女人没反应，她应该记得我的啊。

我只好冲女人又笑了一下，并说了一句曾经对她说过的话，很抱歉，我不能关照你。

女人忽然有了反应，女人很含蓄很欲说还休地笑了一下，女人说，你的笑就是对我的关照呢。

女人说的时候脸上的笑容很灿烂。

我不再迟疑，立马冲女人深深鞠了一躬。

我说，谢谢你。

那群护士不耐烦了，一个护士发了话，添什么乱啊。给一个疯子鞠躬，还说谢谢，她能听得懂吗？

什么？疯子？我抬头看了一眼那辆车，果然印有某精神病院的红色大字。

疯子就听不懂谢谢吗？面对绝尘而去的汽车，我喃喃自语。

人有时候是需要别人的关照的，尽管她是一个疯子。

我回到公司，在台历上写下这么一句话，然后对那个尚在办公室等我的男孩说，希望你能留下来，关照一下我的公司。

成　功

我不大参加同学聚会，原因很简单，我是个破罐子。这个破罐子与自暴自弃无关，是指我的身体，我有心脏病，动不动就休克。

一般让人激动的场面，我是不去的，一个破罐子，哪经得起摔打呢。

相比而言，陈兰兰比我还惨，她刚结婚就被检查出有乳腺癌，恶性。先是打针吃药，再是化疗，一头青丝掉光了，三十出头的人咋看也像小五十的大婶了。

但陈兰兰去，去了一次又一次，陈兰兰还鼓动我，一起去吧，你不知道，全班同学都多么想你，尤其是那帮男的。

我相信陈兰兰的话，念大学时我有个外号叫林妹妹，不知道多少男生想当宝二哥呢。

可我没给他们机会，不是我孤芳自赏，而是我心里清楚，像我这样的女人，一呢不能生小孩，二呢过个夫妻生活还提心吊胆的，哪个男人能忍受啊。

爱情浪漫时可以飞上天空，可一旦进入婚姻，我拿什么维系婚后的生活，找不到婚姻的落脚点，跟断线的风筝有什么区别？

眼下我虽是只破罐，但还在井边独立着，大凡立着的人，总有脚踏实地的感觉，这感觉可以或多或少减少我的休克。

陈兰兰说，这次看见罗成了，成功人士啊，小秘跟班前呼后拥着，据说资产已过了千万，同学中最有钱的莫过于他了。

是吗，我懒洋洋地问，对罗成我一向不怎么上心，尽管念书时他追我追得眼冒金星。

不过，人家罗成也结婚了。陈兰兰似乎很为我惋惜，轻轻叹了口气。

还有谁混得不错啊？我呷了口茶问陈兰兰。

那个李超也不赖啊，副厅长呢。陈兰兰一副神往的表情，当初李超对她可有好感了。只不过陈兰兰嫌他不浪漫，整天只会扎在书堆里读啊考啊，没想到书呆子李超考出个副厅来，陈兰兰追悔莫及的模样逗得我差点笑出声来。

自打知道自己有心脏病后，我都不知道什么叫大喜大悲了，人活着，是第一要紧的事呢。

这样的小型聚会每年一次，陈兰兰每年都屁颠屁颠凑一次热闹，我不去，我说真要去也等我毕业二十年后的大聚会露一次面吧，只要我不死。

二十年，我的心脏病随时会要了我的命的，我在一本书上读过这样一段话，一个女人，如果想永远保持美丽的话，最好在二十五岁前就死掉。二十五岁，我刚好大学毕业，我就是在那一年淡出了同学们的视线，我要让他们永远记得那个一颦一笑都透露出万种风情的林妹妹。

在毕业第十年后，我冒险做了心脏搭桥手术，以后每年一次心脏起搏康复治疗几乎让我入不敷出，但我咬牙挺了过来。

陈兰兰已不做化疗了，她说迟早是个死，学昙花一现吧。陈兰兰美丽的秀发就又一次从头上现了出来，居然，很有一副撩人的风韵。

二十年的聚会终于到了。

我依然活着，哪怕不那么生龙活虎，我和陈兰兰一块去的，陈兰兰这朵昙花现得正灿烂呢，连替她做过化疗的医生都死了好几个，她和她的癌症依然活着。

很奇怪不是？

那天到场的同学居然很整齐，爱乱涂乱画的李文成了广告策划大师，在学校就哮喘的付勤勤如今成了哮喘专家，睡觉喜欢说梦话的李慧成了言情小说作家，天啦，我和陈兰兰相视一笑，全是一群社会精英。

除了我还在原地踏步外，大家都结婚生子了，事业如日中天，家庭幸福美满。

春风得意的李厅呢？我问陈兰兰。

陈兰兰怔了一下，你说李超啊，进去了。

进什么？我不明白。

进牢房啊。陈兰兰撇了一下嘴，贪污巨额公款，养小情人，完了陈兰兰咬了一下牙暗自庆幸，幸亏我没看上他。

那，罗成呢，腰缠万贯的人这会正好显摆啊。我抿了一口茶继续提问。

去跟阎王显摆了。陈兰兰一歪头，做白粉生意不是自寻死路是啥？

我不想问下去了，站起身来，我示意大家安静，而后举杯跟在场的同学打招呼说，真羡慕你们的成功啊，这二十年过得有滋有味，我呢，一只破罐子，万幸没碎而已。

面对我的开场白大家一愣，陈兰兰说，错了，我最羡慕的不是他们是你。羡慕我随时发作的心脏病？我冲陈兰兰说。

不是啊，羡慕你二十年过去了，依然这么顽强地活着。陈兰兰说，要不是你做榜样，没准我坟头都长满荒草了。

这话我信，陈兰兰刚检查出乳腺癌时曾经有自杀的倾向。

这时就见一干同学围过来举杯说，要说成功，你才最有资格，二十年了，你没让生命休克。

对啊。你还成功地嫁接了我的生命。陈兰兰走上来，拥着我。

我，成功。面对几十双眼睛，我一下子泣不成声。

众　筹

小女心脏搭桥，缺万元手术费用，望君子援手。白纸黑字后跪一男子。

男子的脸，整个埋在双膝间。

在住院部门口玩众筹，还真新鲜。

我承认，这一招很实用，无须辩解，更无须面对过往行人的质疑，白纸黑字旁边就是这家医院的诊断证明，还有小女孩躺在病床的照片，太具备说服力了。

只是，这地方选择的，似乎不够理想。

医院住院部来往的病人家属，哪个身上揣的不是救命钱，谁会自己屁股流鲜血，还给他人医痔疮？

职业习惯让我脚步停了下来，我是一个记者，看过一本叫作《重症监护室》的书，觉得这里面，很有新闻价值。

直白点，我是来挖掘新闻的。

眼下，众筹算不得新闻，不上网的不算，喜欢上网的，爱鼓捣微信的，没慷慨解囊的几乎没有。

屡见不鲜的新闻，台长说了，是做无用功。

如同这个男人，跪在住院部筹钱，能有收获才怪。

弯下身子，我提醒他，这地方，人人都自顾不暇的。

男人说我走不开。

走不开？

我闺女，随时需要我照顾的。男人说着，仰头看了看住院部三楼一个窗口，那儿，有个小女孩的脸，正贴着玻璃往下看，她应该看不见男人，男人跪下的地方，是个死角，但男人能看见小女孩。

从这话里，我猜测，应该是个没娘的孩子，都说没娘的孩子天照应，老天照应了吗？

我半弓着腰，抬头，恶狠狠骂了老天一句，你咋就不长眼呢？就地转身，准备朝住院部外面走。医院对面是条繁华的商业步行街，有很多自动取款机，自从有了支付宝、微信红包后，我出门都是身无分文。

这个身转得有点急，撞上一个女孩。谁不长眼呢？女孩话虽这么说，人却不看我，视线越过我的肩头，落在那张白纸上。

就缺一万元？女孩问。

男子点头。

女孩看看医院诊断书，又看看女孩照片，跟着眼睛飞快往三楼瞅一眼，点点头，把胸前的坤包拉开，掏出一个信封来，恰好一万，你拿去，赶紧给孩子做手术！

男子迟疑一下，眼里有火苗燃烧，我看见，男人的脸红到了脖子根。

紧接着，男人飞速夺过那笔钱，是的，我可以把手按在心口上发誓，不是接过，也不是拿过，是夺过，他肯定，是担心女孩反悔。

女儿的命，让男人一点也不反悔自己的行为。

急匆匆攥紧那笔钱，男人站起身，他到底还是没完全失态，冲女孩鞠个躬，用空着的一只手，抓起地上那张白纸转身欲走。

这个留下！女孩抓住那张白纸，顺手把小女孩的照片给了男人。

男子疑惑了一下，眼神抛出一个疑问，却没多话。

男子走远，女孩出了住院部的大门。

是托？我很是疑惑，可这男人面前没人围观啊。

好奇心让我忍不住悄悄跟着那个女孩，一万元，就换这样一张白纸黑字，太需要一个完美的理由解释了。

这背后，肯定有不可告人的秘密的。

让真相大白于天下，是新闻工作者的职责所在。

还真的让我窥破女孩的秘密，但没不可告人的地方。

在市中心最热闹的广场上，女孩轻轻将那张白纸抚平，摊在地上，然后轻轻弯下双膝，脸，整个埋在双膝间。

葫芦里卖的什么药？我走向取款机，取出一千元，我预感，这一千元，会给我挖掘出一个有价值的新闻。

一千元到底撬开了女孩发乌的嘴唇，那一万是众筹来的，我也要做心脏搭桥手术。

我有理由质疑她了，众筹来的钱，更得珍惜啊，就这么转手赠人？

我这不是珍惜？女孩发乌的嘴唇因激动而发红，有了血色，那个小女孩只差一万，而我才只筹到一万，人的心脏可以搭桥，人的心灵为什么不能搭桥！

幸福的鼻涕

出租车日一声刹了闸，男孩小晖从车窗探出头来问，到乡下了？

到了。司机喷出一口烟，指着窗外的麦苗说，看见没有？麦苗呢，乡下才有的麦苗。

小晖果然就看见一片绿伸向天边，很无垠的样子，比他在电视画面上看到的麦苗更无垠更伸向天边一些。

小晖从口袋里拎出二百元钱，很有派地往驾驶台上一丢，记得晚上来接我啊。

读到这儿你一定明白了，小晖是个城里孩子，而且还是个有钱的城里孩子。你若肯再往深处想一下你还会明白，这个有钱的城里孩子是偷跑出来的。

要不，他不会坐出租车一个人到乡下玩，只有在城里天天被人众星拱月般宠着的孩子，眼下才对乡下充满了向往。

向往的根源是因为小晖刚看了一场叫小兵张嘎的电影，嘎子和小胖还有那女孩们玩得多开心啊，高兴时在地上摔跤，在河里捉鱼，不高兴时用手背蹭鼻涕，用稻草堵烟囱，多潇洒，不，应该叫多嘎气。战争年代是不兴讲潇洒的。

小晖就很想嘎气一回，他和张嘎子般儿大的年龄。顽性和野气都被爸妈在房子里给关没了，什么竹制的短笛，什么木头手枪啊，他玩没玩过听没听过，他玩得最多的是变形金刚，听得最多的是 VCD。

好不容易偷跑出来一回，怎么也得嘎气一下子不是。

找人摔跤，像嘎子那样咬人家胳膊，不行。爸爸是律师，经常说伤害人是有罪的，要负法律责任的。想想也对啊，上次自己被家里京巴犬的牙齿带了一下，就流了好多血，手指疼得钻心。自己要咬上人家一口，那得多疼啊。小晖权衡一番，心说，要不就用手背蹭鼻涕吧，也很嘎气的动作呢。

说干说干，小晖就用手背去蹭。可惜，鼻子里很干净，小晖一直是个干净的孩子，不感冒发烧的，哪儿来的鼻涕啊。

小晖失望了，顺着麦田边的小水沟漫无目的地走着。

喂，帮个忙。一个嘎里嘎气的声音吓了小晖一跳，从水沟里探出一个女孩的头来，和小晖差不多大。

小晖望着女孩，不知能帮上什么忙。

女孩用沾满泥的手指了指沟边几块半头砖，说，给我递一下。

小晖就蹲下来，一块一块递半头砖，小女孩在堵水呢。

堵它干啥啊？小晖很好奇。

戽水，捉螃蟹，捡米虾啊。小女孩一边堵水一边说，用面一和，油炸了吃，可香呢。

小晖一听，嗬，这倒挺嘎气的，我能下来戽水玩吗？

你？小女孩望了望小晖身上的少爷服，说，弄脏衣服你爸妈会打你的。

打。小晖笑了，他们连骂都舍不得呢，小晖可是他们家三代单传的独苗，金贵着呢。

小晖就脱下皮鞋，试探着把脚伸进水沟里，真凉啊，脚板麻酥酥的，好玩。小晖一直在家里用热水器洗澡，水温都是妈妈调控的，恰到好处。小晖这下明白了广告词为什么说晶晶亮透心凉了，这水不就是晶晶亮，透心凉吗。

戽水用的工具是一个脸盆，小晖这才知道原来脸盆还有另外一种功能，两人轮番将堵在沟里的水向外戽，没一会儿，堵上的一小段沟里水少了下去。好多螃蟹正急匆匆在沟边乱窜呢，小米虾也在水面蹦来蹦去。

小晖急了，用手抢，抢得泥水直往脸上溅。小女孩就笑，说你等水戽干了直接捡就行了，费那劲干啥？

小晖觉得不费劲，太好玩了，有时一捧能抓好几十只小米虾呢。可没等小晖把它们装进桶里，米虾又蹦水里去了，真顽皮，这小米虾怎么比嘎子还嘎气呢？

天是什么时候阴起来的，小晖一点也不知道，直到雨落头上了，小晖才和小女孩收了桶啊盆的往小女孩家里去避雨。

家里来了不速之客，小女孩的爹娘很疑惑。听说小晖是偷跑出来的，大人急忙要了他家的电话去村里跟小晖爸妈联系。

中饭是在小女孩家吃的，红烧螃蟹和油炸小米虾让小晖吃得一个喷嚏接一个喷嚏，不用说，小晖在水里泡了半天又被风雨一浸，有点感冒的症状了。

小晖没在意，只顾两手撕扯一只最大的螃蟹，吃得满口生津。满口生津的小晖一点也没发现，不知什么时候爸妈已经站在了自己的身后。

对面的小女孩吃完一只螃蟹，抬头一瞅小晖，嘻地一笑说，快点，你鼻涕都流过河了。小晖一伸舌头，果然有股黏稠的黏体热热地滑到了唇边。

天啦，终于可以像嘎子那么用手背蹭一回鼻涕了，小晖想也没想，手背很自然地向鼻子蹭了过去。

多么幸福的鼻涕啊。小晖还没感受到幸福的战栗呢，耳根啪地一响。回过头，爸正叉着腰冲他吹胡子瞪眼呢，妈脸上是一副恨铁不成钢的表情。

小晖就嘎嘎地愣在那里，一任鼻涕眼泪一股脑儿钻进了嘴里，看也不看他妈递来的纸巾。

你得给俺擦回鞋

玲子俯下身了，正专心致志地擦一双奥康皮革，奥康鞋摆出一副高傲的架势，一如它主人此刻酒醉饭饱的脸，大大咧咧的，甚至有点懒洋洋不屑一顾的味道。这种无言的傲慢，足以刺伤任何一个少女的心。

但玲子不，玲子这会儿心里甚至充满了喜悦，玲子有她喜悦的理由，擦完这双鞋，玲子就该结束自己的擦鞋生涯了。明天，玲子就带着大包小包在亲人的呵护下北上，玲子考上了北京的一所高校，擦皮鞋纯属为学校那昂贵的生活费着想，玲子家境一般，能凑足学费已让父母的肩背弯下了许多，玲子就想起了一句近来在小城迅速走红的词——打工。

小城里不乏灯红酒绿的温柔乡，温柔乡自然也离不开女儿家如水般的温柔，玲子却拒绝了这些温柔的召唤。玲子穿上妈妈的工作服，开始走街串巷的打工生涯，擦鞋，虽然脏点累点，但为自己打工，玲子就觉得一点也不累，一点也不脏。

快点，笨手笨脚的磨蹭个啥。奥康鞋一翘，险些碰上玲子的额头。

就好！玲子抬头看了看奥康鞋主人那长满扁平疣的脸，轻言细语说，先生，皮鞋多润一会油，对皮质可起保护作用，瞧您这贵的鞋，总得穿上个一年半载吧？

费什么话，鞋在老子脚上，老子想穿就多穿几天，不想穿立马扔掉，要你操那份心。扁平疣吐出一口痰来，似乎要配合他的气势一样，连痰划过的弧线都霸气十足。

玲子不说话了，玲子知道碰上腰包里作烧的主，玲子并不在意。玲子想擦完这双鞋，该给工具箱找个主了，玲子想还应该跟这长扁平疣的男人说声谢谢，怎么人家都是她擦鞋生涯的最后一个顾客。

完成最后一道工序，玲子直起腰，轻轻呼出一口气，男人摇摇晃晃站起身，一个趔趄，绊在工具箱上，男人一脚铲出，工具箱委委屈屈在地上转了两下，玲子心里一疼，咬起了嘴唇。

咋的，一个破箱子还心疼了？男人甩出五十元钞票在地上，给你，不用找了，赔你箱子的。

男人以为玲子一定会手忙脚乱抢起那张钞票，并小心翼翼掸干净上面的灰尘然后一脸讨好冲自己笑的，但玲子却没有躬腰的意思，玲子仍是轻言轻语说，先生，您的钱掉了。

屁话，老子啥时掉过钱，像老子这样的人，从来就没掉过啥。长扁平疣的男人斜着膀子说。

掉钱有啥稀奇，有人掉了良知都不知道也是常事。玲子一语双关。

酒醉心灵，扁平疣男人噌一下立起身，你说谁掉了良知？

玲子还是轻言细语，掉没掉是别人的事，像您这样从没掉过啥的人，自然不会是您了。

围观人一阵大笑，玲子是谁呀，高中时就出了名的能辩，几次辩论会上都压得全校男生嘘声一片，女生则高声唱起豫剧《谁说女子不如男》，又岂会输给一街头暴发户。长扁平疣的男人自讨个没趣，低了头喃喃自语说着好男不与女斗，意欲溜出人丛。

慢着！玲子和颜悦色伸出手来，先生您还没付钱呢，两元。

男人跺一跺脚，那地上躺的不是钱是啥？

俺要的是您手里的钱，地上的钱嘛，我嫌它脏！玲子不卑不亢回敬一句。

男人抹不下面子，一脸的扁平疣发起紫来，没有了，你看着办吧。

想要赖？玲子冷冷一笑，玲子冲人群一鞠躬说，没有是吧，那请老少爷们给俺主持回公道，既然你没钱了，俺也不会趁火打劫，这样吧，你也给俺擦回鞋，算是两清。

擦呀。对，叫他个狗日的擦！围观的人起哄开来，长着扁平疣的男人很会审时度势，一见众怒难犯，乖乖坐在刚才被他踢过的工具箱上笨手笨脚忙乎起来。

那男人还真不是擦皮鞋的主，众目睽睽之下，弄了一手鞋油不说，还将玲子的鞋子擦得鼻子不是鼻子脸不是脸。

玲子不笑，玲子只是盯着那张脸上的扁平疣想心思。

正想呢，忽听那男人闷头闷脑站起身，黑着嗓子说，行了。

行了？玲子抬起脚看了又看，男人很尴尬，以为玲子又要作贱他，低了头闷声不响要走。

玲子一把拽住他，男人一回头，变了脸恶狠狠地说，到底你还想干啥。

玲子好脾气地笑笑，递过两元钱，说：俺还得跟你说声谢谢。

说完谢谢后，玲子流了泪，擦了多少双鞋，玲子不记得了，玲子记得只有自己刚才对一个擦鞋人说过谢谢。

再笨一点多好啊

散学典礼是在各班教室进行的，这已经成了一个新的模式了，在广播里开会。

领完成绩报告单，就算告别小学生活了，江小兰把课桌上的课程表又一次清扫了一遍，点点滴滴的日子就从课桌缝隙里清扫出来。

可惜，没有一次能够清扫出点让她觉得值得开心的事儿。

做一名学生，值得开心的事儿莫过于得到老师的表扬了。

记忆中，老师从没表扬过江小兰。老师不是一个吝啬的人，他表扬起学习委员陈小丽来，像电视上韦小宝说的，有如滔滔江水连绵不绝；表扬起班长王小成来，也像黄河决堤一样一发而不可收。

唯独一看见江小兰，她的双唇就立马抿成了一道缝，比电焊焊得还死的一道缝。

就因为江小兰在全班最不引人注目吗？

要知道，班上最调皮捣蛋的苟小志都得过老师表扬了。

苟小志经常旷课。

那天，严格地说，老师正在批评苟小志呢，老师批评人很有水平，老师是这样说的。

有个别同学，我基本上只把他当作我们班上的一个影子，希望同学们不要被这个影子的行为干扰了学习。

这个影子不言而喻，是指苟小志。老师说这番话时，苟小志正把头低得扎进抽屉里半天了，本来，老师还准备发挥一句的，大家一定想知道影子的主人是谁吧？

偏偏有人在教室门外咳嗽了一声，一般在上课时敢在教室外面咳嗽的，只有值周领导。老师就回过了头，果然，领导站在外面，居然，是校长。

有什么事值得校长亲自到这个普通班的教室门外咳嗽一声呢？肯定是好事。坏事校长一般是安排人随便通知一声的。

老师就一脸绯红的小跑了出去，影子同学苟小志才瞅这个机会探出头来喘了口长气。

这气喘得真是时候啊。老师再次进来时，眼里暖和得像三月的风，语气轻柔得像四月的雨。老师说，建议大家先给我们班上的一个同学来一点掌声好不好？热烈点。

掌声就在老师带动下很热烈地响起来了。

哪个同学应该得到这掌声呢？老师故意把同学们的胃口吊起来。

同学们把目光先是投向王小成，老师摇了摇头。

同学们又把脑袋歪向了陈小丽，老师摆了摆手。

大伙都茫然了，伸长脖子看老师，老师脸上笑得像朵迎春花，一步步迎向苟小志。

是影子？不要说大伙不相信，连江小兰也不能接受这个现实，就是轮流坐庄表扬，这会也轮不到他苟小志啊，自己好歹比他要安分守己吧。

还真是苟小志。苟小志旷课在校舍区里闲逛，捡到一串黄澄澄的钥匙，交给了校舍区管理员，那钥匙无巧不巧正好是退休的老校长的。

校长顺藤摸瓜，找到了苟小志所在的班级。

影子一下子真真实实被表扬了一回，本来埋在抽屉里的头，这回像《亚洲雄风》中唱的，头仰成了高昂的山。

这座山，就成了江小兰一直没能逾越过去的屏障。

人家苟小志都得过表扬了，江小兰却一直与表扬无缘。

小学里最后一次表扬就在今天画上句号呢。江小兰支起了耳朵，江小兰之所以敢支起耳朵是因为今年的表扬换了模式。有新三好奖，有好干部奖，还有进步奖，彻底改变了以往只凭成绩发奖状的定式，能得奖状，岂不就是一种表扬？

新三好奖江小兰不敢奢望，好干部奖江小兰也不妄想，进步奖总该可以觊觎一下吧。要知道，江小兰从成绩倒数第五跃进中游了呢。

进步奖偏偏只有四名。

期中考试比江小兰排名靠后的四个都拿到了奖状，她们没跃进中游，但倒数名次过了前十名。只有江小兰，两手空空的，脑子里也一片空空的。

叽叽喳喳的笑声一串串钻进江小兰的耳朵，笨鸟先飞，人家还真就飞自己前面领到奖了。

下课铃响了，大伙陆陆续续飞了出去，只有江小兰，还在课桌前盯着课程表发呆。

老师要锁教室门了，走过来，望一眼江小兰说，散学典礼结束了，你还在发什么呆啊？

江小兰眼圈红红地站起来说，老师，我要再笨一点该多好啊。

想要自己再笨一点？老师生气了，咋就教出这么个呆学生来。

第二辑

情感麻辣烫

寻找糖宝

陈文革不是爱追剧的人，他的追剧，很大程度是为了能跟宝贝女儿交流时不存在障碍。

女儿有那么点轻微的自闭症，遗传基因造成的，陈文革自己，哪怕是跟把自己一手带大的寡母在一起，也没几句话。

父女两个正追的一个剧，是《花千骨》。

女儿丫丫最喜欢的角色是糖宝，一只为异朽阁收集消息的灵虫，能够用秘术跟东方交流。你别说，丫丫跟陈文革的交流，就带有某种秘术。

比如说这会，女儿瞅一下屏幕上的糖宝，就看一下陈文革的手背，还用小手给抚摸一下。

陈文革的手，小时被老家门口桑树上的毛毛虫不知道蛰过多少次，想一想，都火辣辣的疼。

什么糖宝，不就是一条毛毛虫吗，小时候我可没少被它欺负。陈文革这么跟女儿表达对糖宝的感言。

《花千骨》播出后，很多洋气的词涌出，毛毛虫叫糖宝也就算了，发个脾气还美其名曰控制不住体内的洪荒之力，前辈居然被称为上仙。

上仙这个词刚蹦出来，陈文革脑海就浮起母亲的身影。

母亲一人在乡下，上仙一般独居着，好几次陈文革两口子请她进城，都被拒绝，说是一个人，清净惯了。

要不，借寻找糖宝为名，哄丫丫跟自己一起，回乡下看看母亲？

听说要去乡下寻找糖宝，丫丫难得雀跃起来，第一次用了叠句欢呼着，寻找糖宝了，寻找糖宝了。

去之前，陈文革打了电话，他还是不善于跟母亲交流，就一句话，五一我和丫丫回乡下，桑树上还有毛毛虫不？

这句话，母亲用了两个嗯来回答。

五一，难得睡个早床，陈文革和丫丫都起得迟，丫丫妈妈不回去，节假日加班，可以拿双倍工资。

这点上，丫丫妈妈随陈文革母亲，是能把日子细水长流过的人。

母亲一人在乡下，喂猪，喂狗，养一群儿女般绕膝的鸡鸭。

回去路上堵车，天擦黑，陈文革和宝贝女儿才挨到老家门前，烟囱里炊烟熄了，厨房里，饭菜香还袅袅萦绕着。

丫丫不进门，瞪大眼睛，看门口桑树，糖宝呢，她嘀咕着。

糖宝？母亲一把搂起孙女，丫丫就是奶奶的糖宝，奶奶不吃糖，奶奶牙齿不好。

陈文革有点啼笑皆非，啥跟啥啊，母亲以为丫丫要把自己的糖果分给她吃。

刚学会吃糖时，丫丫硬是逼着母亲吃了一颗大白兔奶糖。

幸好丫丫这个糖宝打了岔，不然陈文革真不知道怎么跟母亲表达，拥抱，母亲不习惯，说想妈妈了，陈文革不自在。

就吃饭，只听见吧唧吧唧咀嚼声，蚕儿吃桑叶一般。

饭后，母亲神神秘秘冲丫丫说，看奶奶给丫丫上甜点啊。

甜点这个词是丫丫十岁生日，宴席结束后，餐馆赠送水果蛋糕拼盘时，母亲学会的，她第一次晓得城里人在饭后还要有上甜点这么个讲究。

瞪大了眼睛，陈文革看母亲上什么甜点。

居然，是一盘桑葚，红得发紫，紫中透亮。

那是陈文革儿时的最爱，他的手背，能够被毛毛虫一次又一次蛰伤，都是爱贪吃这些桑葚所赐。

多吃点，你们。母亲揉搓着肚子，喘气不那么顺畅。

毛毛虫应该还有吧？入睡前，陈文革自言自语了这么一句。

母亲没回答。

这个懒床，陈文革却没睡到自然醒，他是被丫丫捏着鼻子憋醒的。

爸爸，我们去寻找糖宝。

就起床，带着丫丫寻找糖宝，母亲那会已经打扫好门前场地，把垃圾倒在远远的地头。

啥时候母亲这么讲究了，倒垃圾还跑半里路，走路都打晃，何苦来哉，以往垃圾都在屋后面的。陈文革想了，但没多问。

奇怪，往年桑叶上爬满的毛毛虫，今天一个都不现身，《花千骨》里摇身一变糖宝，晓得玩一把矜持了？

丫丫千唤不回后，嘟起嘴巴说，糖宝呢，说好的糖宝呢。

没了糖宝，就没了在乡下待下去的意义，打道回府也就是一念间的事。

五一三天假，还有一天可以继续追剧。

父女俩把有关糖宝的剧情再次追了一遍，想看毛毛虫，在科技发达的今天，不难。

假期结束后，陈文革才得到母亲打药中毒的消息，母亲电话里说得很轻微，怕毛毛虫蛰了你和丫丫，我摘完桑葚后就给打了农药，不是剧毒，输了一瓶液，增加点糖分，就好了。

挂电话前，母亲叹口气，说丫丫喜欢的那个糖宝，在哪里寻得到卖的，我闲时备点放家里，急时能用得上。

形同虚设

还没死？你爱人？医生问。

给他开药的医生倒是死了几个。女人扯下口罩，补上一句，不是说您啊。

当医生，不忌讳死活的，难为你了。医生叹口气，给女人开药。

干吗开来苏水？拿起单据，女人习惯性扫一眼。

开这个，压一压气味。医生眼光瞟向女人手中的口罩。

这个啊，我是怕遇见熟人了。女人笑一下，苍白的脸有了点颜色。

家离医院有半里路，自打男人高位截瘫后，女人把家搬到医院附近，拿药打针什么的，就近。

近得只要一出门，都有人会这么问女人，他还没死啊？

听见钥匙插进门锁的声音，男人从床沿上梗起脖子，有光线跟着女人挤进门，男人眼里亮了，就一下，陡然有了愠色，手捶上了床沿，嫌臭就别回来，让我早死早超生。

平白无故地发哪门子邪火？女人怔了一下，刚要张口，嘴巴触着口罩，该死，咋忘了摘。

雾霾，你不看新闻啊。

男人没话了，女人宜将胜勇追穷寇，你咋就不死呢？

男人孩子般顶嘴说，你死了，我都不会死的。

行，我先死，留着你祸害一千年好不？女人撇嘴，做不屑和男人一般见识状。

男人嘿嘿笑了。

争争吵吵几句，是这个屋子唯一的生气。

我会死不？十五年前，男人接到医院退诊时这么问的。

我死了，你都不会死的。女人抹着眼泪收拾病床推着男人出院时这么回的。

一场车祸，把一个家就那么败光了。

认识不认识的人都这么叹息，还不如死了干净，这样活着，啥时才能出头啊。

才刚三十的女人，第一次体验到了而立的滋味。

婚前两口子的戏谑，竟一语成谶了。

成亲那天，女人是由男人背下花轿的，男人双腿矫健着，说信不，我可以背你一辈子。

女人娇嗔说，我可只能背你半辈子。

女人背男人，是两人暗指男欢女爱时心照不宣的隐语。

说话算话啊。

嗯，算话。

两人笑呵呵地拉了钩。

一辈子很短，我愿意和你将错就错。

若干年后，男人趴在床沿上看冯小刚电影《非诚勿扰》，听葛优这句台词时，突然就泪流满面了。

胸以下没了知觉，这不是痛苦。

纸尿裤每天穿在身上，也不是痛苦。

男人甚至还笑，说我这是回到童年了。

童年，是人一生最快乐的时光。女人知道男人这是褒奖自己呢。

男人痛苦的是，女人青葱的身体，就那么寂寞开无主。

形同虚设呢，自己这个丈夫名分，于女人来说。

瞧你衣服破的，这是给男人打脸，知道不？男人开始找茬，他想逼女人出轨。

女人看自己衣服，确实破了，给男人翻洗身子时，半跪着时挣破了线。

衣服，破就破了呗，只要家，完整。

女人漫不经心地说。

男人没话了，这是当初男人追女人时念过的一句诗。

家，到了这个时候，是很难完整的。

长期卧床，男人的褥疮居然一发而不可收，女人觉得不可思议，久病成良医，一般褥疮还没蔓延，女人就给扼杀在萌芽状态了，这一次，太例外。

不会真的要死了吧？女人问医生，神情忐忑着。

医生听完女人陈述，叹口气，糖尿病呢，你说的那症状，应该是糖尿病引起的并发症。

屋里的气味更加难闻起来，药水，膏药，屎尿，皮肤溃烂，五味杂陈充斥着。

男人破天荒地找到一根香烟。

点燃。

偷偷地。

男人没来由觉得，那些气味携带着死亡腐朽气息向自己逼近，他有必要迎上前一步。

山不过来，我就过去，这话男人听说过。

男人是抽不得烟的，他的肺不好。

新婚当天，拗不过朋友盛情，男人抽了一口，差点被呛得喘不过气，是女人捶了半天背才勉强缓过气的。

女人是没进门时，闻见烟味的。

女人心里跳得厉害，开门时手颤抖着，老对不准锁眼，光线在身后拼命推搡着一样。

门开了，男人没一如既往从床沿上梗起脖子。

女人破天荒地骂了起来，你八辈子没见过烟的啊。

骂完，女人瘫坐在地上，说好了的，你还要祸害一千年的，怎么可以说话不算话。

男人没回应。

没回应就是最好的回应，女人知道，男人连个虚设的丈夫名分都不给她了。

办完男人后事，女人去了一次医院。

还没死？你爱人？医生拿起纸笔，又要开处方。

死了。

那你还来？

我想开个处方，烧过去，让他在阴间，少遭点罪。女人难为情看一下医生，这不算，形同虚设吧？

镜面人

是二婚，婚宴办得很低调。

低调得都过于冷清了。

就两人，你看着我，我看着你，然后举起酒杯，交臂，仰着头，喝了下去，都喝出两行泪花。

男人失妻失女，女人丧夫丧子。有那么点互为镜像的意思。

男人说，我会对你好的。

女人说，我也是。

男人说，对你好就是对我自己好。

女人说，我也是。

要不要学西方人来个结婚宣言？

不怕招人笑话？

那就免了？

免了。

都六十花甲了呢，两人，别人是越老脸皮越厚，他们是越老脸皮越薄。薄点好，毕竟往后的日子是越过越薄的。

婚宴结束，回家，靠在床头柜上，男人脸皮不薄了，抓住女人手说，还是宣誓一下吧，缺一道程序，总觉得没把你娶进心里。

女人嗔了男人一眼，那是你没把心打开。

话虽这么说，女人还是闭了眼睛，把手按在自己心口处，听男人一字一句念，我真心诚意与王虹结为夫妇，与她一生一世敬虔度日，无论安乐困苦、丰富贫穷、或顺或逆、或康健或软弱，都尊重她，帮助她，关怀她，一心爱她，终生忠诚地与她共建家庭。

叫王虹的女人就在这当儿睁开眼，她想看看男人的表情有多敬虔。

却看见男人并不敬虔的动作，他的手，竟然按在胸膛的右侧。女人的心，往下坠了一下。

日子一天一天过着，转眼间，七年过去。

半路夫妻是没有七年之痒一说的。

这七年，日子波澜不惊地过着，男人有没有把女人装进心里，女人懒得考证，爱情这玩意是经不起考验的，唯有努力避开那些不同路的人。

避开了不同路的人，避不开人生路上的沟沟坎坎。

女人是在一天早上煮完小米粥，给男人盛好后拿筷子时发现的问题，男人有浅表性胃炎，每天早上一碗小米粥必不可少。筷子不小心从手中滑落下去，女人扶着餐桌，慢慢弯下腰，伸手去捡筷子，居然，捡不起来。

直起腰，女人试着握刚才盛稀饭的长柄勺，没问题啊，手上的力道还在。

女人又一次弯下腰，这次是扶着椅子蹲下去的，她以为，自己的手刚才没完全够着筷子。

够着了，筷子被严严实实抓在手心，女人心里笑骂了一句，你个木头样，还蛮不好伺候呢。这么笑骂有原因，跟男人结婚前，女人每天早餐雷打不动是面食。

骂筷子时，女人眼前晃动出了同样偏爱面食的死鬼男人嘴脸。

男人这会已经在开防盗门了，每次女人煮小米粥时，男人就下楼去买馒头，或者葱油饼，女人好面食，他看得出。

哐当一声响，防盗门关上，女人迎上前举起手，咦，筷子呢？

筷子躺在地上，委屈得不行的模样。

我来我来。男人拦住女人刚要弯下的身躯，先屈下一条腿，再半蹲着去抓筷子，男人有老寒腿。

筷子第三次从女人手里滑落，是在女人去夹葱油饼的时候。

很明显，女人手出了问题。

还不是一般的问题，医院检查结果是，肌肉萎缩侧索硬化症，俗称渐冻症，一百万个人中间才有一个渐冻人。

这病没任何特效药。

中大奖了。男人笑着安慰女人，有我给你暖着，冻不了。

依旧一起上街，方式稍微变了，由女人把男人搀着变为男人把女人手攥着。

事端也是这样滋生出来的，一个电三轮拖着扎脚手架的竹竿从小巷拐角处驶出来，不承想迎面是慢吞吞挪步的男人女人，三轮车紧急打转向，有一根没捆绑严实的竹竿散了架向女人胸膛斜戳过来。

男人以跟自己年纪绝不相称的身手一把将女人拽到身后……

血，当时就充斥了女人的整个眼球，跟着是眼眶一热，渐冻的手一刹那恢复了灵活，女人挥舞着双手扑了上去。

男人从重症监护室醒来时，思维并不萎缩的女人开了一句玩笑，竹竿这么一戳，会不会把我从你心里戳出来啊？

男人苍白的笑脸里上着得色，才不会呢。

咋不会，你心口那戳那大个口子。

男人招手，示意女人附耳过去，说我是镜面人晓得不？

啥叫镜面人？

他的内脏都是反着长的，要不然，这一竿子戳心口上，谁还能醒？一边的医生插话说，一百万人中才有一个镜面人呢。

镜面人？女人眼前真的出现了一面镜子，镜子里，男人七年前宣誓时并不敬虔的动作，让她手心开始回暖。

回不去的老家

又一个烟头落在脚下，李成立叹口气，余音绕梁的那种。

任谁都能看出，他是个有心事的男人。

一准是那种剪不断理还乱的心思。

牛一苗用眼角余光偷窥李成立很久了。

李成立抽烟的架势，叹气的表情，都让她倾心不已。

有必要声明一下，牛一苗的倾心，无关风月，关乎的是风情。

是的，牛一苗在被称之为湖北民俗民艺第一村的莫愁村写生，她的画板上，需要这么一个背井离乡的男人来做一个小小的点缀，那样才能应景村口那句宣传语——回到回不去的老家。

李成立身上那种不可为外人道也的落寞，绝不是本地人所拥有的。

牛一苗猜对了。

只一半。

原因很简单，李成立已经起身向她走来。

我给你当模特。

牛一苗舌尖缩回去，那表情四个字形容再合适不过，瞠目结舌。

那样你可以正大光明地画我。李成立眉头斜挑了一下，有点玩世不恭，费用不会很高。

不会很高是多高？

李成立目光投向古戏台，晚上请我看场戏。

费用确实不高，牛一苗笑了，戏是免费看的，不免费的，是看戏时提供的茶水，这个费用很低。

男人活到要女人请喝茶看戏的地步，回不去老家也在情在理了。

点头就是约定俗成。

李成立伸出手，牛一苗没反应过来，要茶钱？这么迫不及待？

不要说你们搞艺术的人不抽烟。

呵呵，要烟抽啊。牛一苗说我只有女士烟，抽得惯不？

习惯了不曾习惯的习惯，就是习惯。李成立接过烟，点上，目光斜斜地抛向戏台，夜幕还没降临，戏台上空空如也。

那坚持了不该坚持的坚持呢？牛一苗歪着头接上一句。

李成立眼里刚燃起来的火苗，一下子暗淡下来。

暗淡好，牛一苗不需要一个精气神十足的男人在画面出现，她得让男人的精气神附在这雕梁画栋和殿堂轩榭中，否则怎么叫回不去的老家，留得住的浪漫呢。

随着暗淡下来的，是天色，夜的大幕落下，戏台的大幕开启。

三五人可做千军万马，六七步如行四海九州。

李成立显然是痴迷这种地方小剧种的，锣鼓声一响，他的魂就没了，眼光直勾勾盯着台上，似乎忘了他自己的要价，一碗茶。

茶上了，盖碗茶。

是一种上有盖、下有托，中有碗的茶具。又称三才碗，盖为天、托为地、碗为人。

茶。牛一苗冲李成立说。

李成立充耳不闻。

你的要价。牛一苗又说。

李成立置若罔闻。

啪。牛一苗手一松，盖碗茶应声掉在地上，碎了。

李成立吓一跳，回过神来，我还没喝呢。

那是你的事，我已经付出你的要价了。

有你这样的强盗逻辑吗？

你也承认我这是强盗逻辑，那你自己跟强盗行径有何分别？牛一苗冷笑。

李成立一怔，你都知道了？

整个莫愁村都知道，你喜欢上了演戏的一个姑娘，可人家，是有家室的人了。

李成立捧着脑袋，不吭声。

把浪漫留下，回你的老家去吧。牛一苗轻轻抚摸一把李成立的脑袋，记住了，坚持了不该坚持的，不叫坚持，除非……

除非什么？

除非，你想自己一生跟这个茶碗一样，就此碎掉。

李成立不语。

知道三才碗里为啥盖为天、托为地、碗为人？

那是因为大丈夫活着，是要顶天立地？

嗯。

点头就是约定俗成。

李成立伸出手来。

还要烟？

不，说再见。

两只手握在一起，然后分开，李成立头也不回，大踏步走出古戏台。

牛一苗掏出速写本，寥寥几笔，勾勒出李成立坚毅的背影，只有浪子回头的步伐，才是那样的坚定。

早晚复相逢

只一眼，那些油纸伞就把吴东旭的目光钉在了店铺前。

尽管价格不菲，吴东旭还是毫不犹豫指着其中一把说，就是它了。

白色的油纸伞，作为饰品收藏，作为礼品送人，都跟小城的风土人情不搭界。

包括这个油纸伞的店铺，也跟整个莫愁村不搭界。

莫愁村虽然号称湖北的小丽江，却不是艳遇者的福地，顶多是吃货的天堂，油纸伞，这种江南水乡风情的物件，出现在莫愁村已经是很突兀了。

老爷子在轮椅上的这种举动则不是突兀，是唐突。

所幸唐突并非就是荒唐，吴小婉这个庆幸念头刚浮现，吴东旭已经很荒唐地说了一句，这把油纸伞，可以带我相逢故人的。爷爷这么古板的人，竟然要玩一把穿越，莫非他还有一段青葱的往事？吴小婉推着轮椅的脚步停下。

往事并不青葱。吴东旭从口袋里摸出一个钱包，破旧得都看不出底色了，里面有张勉强能看出底色的照片，黑白照。

上面三个人，一左一右两个年轻人，头顶是一把油纸伞，白色的，由一个年纪大的人在中间撑着。伞面上有字，如果有放大镜的话，能看得清的。吴东旭嘴唇翕动着。

到莫愁村，吴小婉还真的就带着放大镜，她搞艺术篆刻，听说这里的砖瓦都是民间收买的旧物，没准有点意外收获。收获有，确实意外，油纸伞上的“早晚复相逢”五个字竟有几分吴东旭的神韵。

早晚复相逢。四十年了，吴东旭抚摸着相片上那个女孩的脸，眼神里有了几许黯然。黯然的只是他的眸子，年少轻狂的往事却越发清晰。

杭州西湖，四十年前，吴东旭参加一个书法颁奖大会，他是第一名，跟一个女孩并列第一。

去之前，他说了狂话的。类同今天某大师所言，如果书法也分九品，四品已成大师，凤毛麟角；五品，谓之巨匠，五百年出一位；六品，可称魔鬼，从未看到。大师坐四望五，以待来日。

吴东旭认为参赛者，能够坐二等奖望一等奖的，非他莫属，偏偏，有人不仅望了，还属了吴东旭半壁江山去。

颁奖宴上，女孩相邀说，吴酒一杯春竹叶后，吴娃双舞醉芙蓉。眼下芙蓉开得正盛，要不要潭畔合影留念？

求之不得，吴东旭满口应允。在那个男女大防的年月，女孩邀男孩合影意味着恋爱关系的建立。

却没建立起来，缘于出发前与吴东旭同寝的二等奖得主一句话。

芙蓉可以看，高压线别碰。

高压线，军婚的代名词。言下之意，那个女孩名花有主了，二等奖得主跟女孩同是江南人，彼此知根知底。知道了女孩的根底，吴东旭看芙蓉时，就真正沉醉在芙蓉花中无法自拔了。

见吴东旭如此沉醉，女孩忽然嗔怪说，都说今人胜古人，我看未必。

何以见得？吴东旭淡淡回了过去。

记得《潭畔芙蓉》这首诗吗？

那首宋代诗人浣花女创作的诗词？吴东旭信口吟出来，芙蓉花发满江红，尽道芙蓉胜妾容。昨日妾从堤上过，如何人不看芙蓉。

是啊，如何人不看芙蓉？女孩眼里盛开一朵又一朵芙蓉，傻哥哥，看着我。女孩的幽怨的眼神像高压电一般击中吴旭东，该死的高压电。

吴东旭毅然把目光移开，哑然说，今人纵然胜不了古人，也不会输于古人。

不会输于古人？女孩目光写满不解。

与君同舟渡，达岸各自归。吴东旭冲不远处招揽拍照的商户招手，要来笔墨 ，把女孩的白色油纸伞撑开，沉吟再三，写下早晚复相逢五个大字，然后将老板夹在中间，留下那张黑白照。

早晚复相逢。

多么惆帐的一句托词，合影结束，女孩刚把油纸伞小心翼翼收好，雨就在那一瞬间，扯天扯地坠落下来，满江红的芙蓉花顿时一片零落。

落花有意流水无情，这是苍天的警示啊，婚后，吴东旭总算明白过来。

当晚，女孩病了。女孩那一病，成了吴东旭一生的疼。

事后吴东旭才知道，军婚纯粹子虚乌有，那个二等奖得主担心女孩被人捷足先登，编造了这么个谎言。

白色的油纸伞被店铺的老板娘取下来，送到吴东旭手上，吴小婉撑开，忍不住叫了起来，爷爷，上面有你的字呢。

吴东旭年轻时的字，早晚复相逢。

整个店铺的油纸伞上，都写有这么五个字。难不成，这些油纸伞都出自女孩的手笔？据说女孩现在是江南最有名气的书法家，润笔费高得惊人，传闻她有一怪癖，但凡给油纸伞题字，分文不取。

一念及此，吴东旭颤抖着嘴唇从吴小婉的手中抢过那把伞，看落款，果然是芙蓉，女孩的名字。她居然把吴东旭的字临摹得可以乱真了。

当然可以乱真，这是吴小婉在吴东旭出院前提供照片上字迹给店铺老板，连夜赶制了这批油纸伞，为的就是吴东旭黄泉路上能够瞑目。医生说了，吴东旭的病，药石已经无力回天。

面对油纸伞上的芙蓉二字，吴东旭的眼前，真的就芙蓉花发满江红了，一朵一朵盛发在脸颊上，眼帘中，有回光绽放。

留得住的浪漫

有些事现在不做，就一辈子不会做了。

受这句话蛊惑，刘德水来到了莫愁村。

来之前，他把这句话做了小小的篡改，有些浪漫现在不去感受，就一辈子无缘感受了。

马上就要进入婚姻，权当是最后一次疯狂，向即将成为过去式的单身生活告别。

男人所谓的浪漫，莫过于一次刻骨铭心的艳遇，而艳遇的最佳版图，在丽江。刘德水从来不是一个舍近求远的人，既然身边有号称小丽江的莫愁村，不应景一下实在暴殄天物了。

宁浩好像导演过一部喜剧电影就叫《心花路放》，颇为符合刘德水眼下的心境。

艳遇，落脚点不外乎在酒吧，喝什么酒无所谓，一定要听酒吧驻唱歌手唱一曲《去大理》这首歌，如果机缘巧合，有歌手会唱的话。

真有歌手会唱，还居然，是个女歌手，相当难得了。

黄金白璧买歌笑，一醉累月轻王侯。有必要，请个女人喝两杯酒，喝完酒之后呢？该干啥干啥。刘德水是性情中人，任性但不乏洒脱。

这个女人，却不好请，去酒吧的女人，大都结伴而行。

落单的刘德水，买醉倾向很突兀。试问，哪个正经女孩会接受一个落落寡欢男人赠送一杯不怀好意的酒？

眼光带着挑衅在酒吧四处巡视，在一个角落里，被拦截了。

是个女孩，坐酒吧暗影深处，喝一罐冰啤。呵呵，群灯熄灭的时候，谁是亮下去的那盏？刘德水脑子没来由地浮出这句诗来，竞相搂取的时候，谁的双手静静放在膝盖。

刘德水的双手不静静放在膝盖了，径直站起来，走向女孩。

你可以，请我喝杯酒的，我埋单。嘈嘈切切中，刘德水附耳过去，如果我没猜错的话，你在等一场艳遇。

女孩笑，以你不正确的猜测，我能等到这场艳遇吗？

刘德水颔首，干吗要等，我们可以制造一场艳遇。

制造艳遇？

是的，年轻时一点风花雪月都没有，将来凭什么追忆似水年华啊？

有道理，女孩接住刘德水的话，酒我可以请你，但你得答应回请我一次。

回请你？唱歌，还是？

吃一个喜饼吧。听说酒吧出门不远，有家做老式婚庆喜饼的蛮不错。

婚庆喜饼？这是拉人入洞房的节奏啊。

见刘德水迟疑，女孩再笑，不会为难你的，我是有节操的服务工作者。

一个服务工作者，让刘德水脑洞大开，她就是刚才台上客串的女歌手，唱《去大理》的那个。酒红色假发换了，一寸高的鞋子脱了，灯光不再打在脸上，应该叫作洗尽铅华吧，眼前这个清清爽爽的女孩。

很耳熟的场景，刘德水想起来电影《心花路放》里，马苏饰演的泼辣火暴的东北妹儿莎莎，就是一个有节操的“服务工作者”，喝酒不含糊、花钱不吝啬、告白不扭捏，服务宗旨是卖得起风骚、却摔不碎节操。

刘德水不怕女孩的为难，他巴不得在婚前，摔碎一把节操。

去喜饼屋之前，两人是喝了交杯酒的，逢场作戏，也得把戏做足，是女孩的提议。末了她醉眼蒙眬挽着刘德水胳膊，你不是要有一个可以追忆的似水年华吗？我给你。

还真的是可以追忆的似水年华。

喜饼俗称合婚饼，女孩把一个饼子拿在手中，刘德水挑的。

合婚饼？刘德水癔症了一下，有什么讲究？

讲究大着呢，恶狠狠咬一口喜饼，女孩眼里忽然有泪滑落，你应该阻止我吃这一口的。

阻止你吃，那我的回请不成了空口许诺？

准新娘不可以吃男方送来的喜饼，否则日后会“大面神”（即不会谦卑，常做出自我揄扬之态），女孩神情明显恍惚起来，我知道的，你一直不喜欢我太张扬，这次终于找到了借口拖延婚期。

找到了借口拖延婚期？面对把自己当成另外一个男人哭得梨花带雨的女孩，刘德水手足无措了，那个被女孩咬了一口的喜饼掉在地上，喜饼店老板慢慢弯下腰，捡起来，吹了吹上面并不存在的灰尘，自言自语说，姑娘你怕是冤枉好人了。

冤枉好人？

对啊，传说中若是准新娘吃了自身的喜饼，有将自身的喜吃掉，转吉为凶之虞，所以啊……

转吉为凶？明白了，女孩的未婚夫肯定是不想女孩遇上什么不吉。

有如醍醐灌顶，刘德水他忽然想起一直以温婉示人的未婚妻，为何在自己将喜饼送到家时非常张扬吃完了一个喜饼，还毫不留情把刘德水训斥一番。

她是要把凶煞之气分担一半到自己身上呢。刘德水竟然误会了，以为即将进入婚姻的未婚妻显露出了原形，盛怒之下不辞而别。

刘德水近年事业一直受阻，请了高人支招，说得有喜事冲一冲关煞。

都是值得托付终身的好人啊。一念及此，刘德水从喜饼屋老板手里要过那块缺了一角的喜饼，说这个我得珍藏着，两段风花雪月的故事呢。

浪漫，果真是留得住的。刘德水拉着女孩的手冲喜饼屋老板深鞠一躬，出门。

我会对你负责的

我会对你负责的。女人惺忪的睡眼刚睁开，耳朵里就被塞进这句话。

对我负责？女人冷哼，负得起吗？你。

男人脖子梗了一下，负不起也得负。

女人不冷哼了，转为嘲讽，对多少女人说过这句话？

男人扎下脑袋，就两个。

明明是一夜风流，女人心里还是有了小小的醋意，还有一个女人是谁？

我女儿，放在外婆家带。男人从手机调出一张照片，小丫头才三岁，这醋吃得有点不值当，女人还是要挑刺，你应该对女儿的妈妈负责。

想负责也没机会，她妈妈，死了，男人脑袋扎到了胯下，难产。

女人点着男人额头做巧笑嫣然状，你们这些臭男人啊，只顾自己一晚上快活，却让女人搭上一辈子。

女人这么说时，无名之火在心里腾地燃烧。

眼里却涌动水一般的柔情，手臂蛇一般缠上男人脖子，回笼觉，二房妻，傻哥哥，来，别辜负了这人生不可多得的美事。

男人自然把持不住，美美地扑进女人怀里。

男人三年没碰女人了，不是不想，是没女人愿意给他碰，一个开电三轮载货的，还带一个拖油瓶，哪个女人瞎了眼才会跟他上床？

女人眼不瞎，心也不瞎，女人假装醉酒，歪在大街上的路灯柱下，等着男人来捡自己。

大街上捡醉酒女人的男人，多半不是善类。

男人捡女人时，犹豫再三了的。

虽说仲春时节了，可夜风还是杀人。男人在路灯下等了好久，没见一个好心人来帮扶女人一把，男人就把衣服扯周正了，把头发用手指梳顺溜了，上去摇着女人肩膀说，妹子你住哪，我送你。

女人手勾上男人脖子，声音里带着挑逗，住哪？我，住，住你家，行不？

男人身子膨胀了几许，邪念却没膨胀。

看女人穿扮，应该是穷家小户出来的。

送去住酒店再好不过，问题是，这笔开销谁出？

只得捡了回去，孤男寡女，前半夜相安无事。后半夜，女人懒得跟男人打持久战了，男人不是要装好人吗，好人就得有好报不是。

女人就以报答为名，钻进男人被窝。

干柴烈火之下，男人除了就范，别无选择。

于是有了我会对你负责一说。

男人认为自己在清醒中占了女人便宜，必须给女人一个说法。

女人在男人这个说法下，居功自傲了。

白吃白住，当然，每晚给男人白睡。

就一周，一周后，女人决定再去扮演醉酒女人，等不是善类的男人捡自己。

第四天，男人出了事，连续三晚过度的纵欲，让男人第四天神情有点恍惚，过马路时看错了红绿灯，三轮车被一辆飞驰的轿车给撞得支离破碎的，人，同样支离破碎的，面对交警和赶过去的女人，他留下一句遗言，赔偿金，分两份……

面对数额不小的赔偿金，女人有那么一瞬的不知所措。

我会对你负责的。男人闭上眼睛前，嘴唇翕动着，女人从男人蠕动的嘴巴读出这么一句话。

女人没再醉酒，自然也无从让大街上男人捡回去。

女人重新捡拾起自己的生活，定期去医院检查，定期吃药，当然，也定期去偷看男人的女儿，给她的卡上打钱。

十几年光阴，竟被女人悄不经意走了过来，期间，男人的女儿从小学、初中、高中，直至上了医科大学。

男人的女儿大学毕业时，女人醉了一次酒，对着手机里男人支离破碎的照片，女人醉眼惺忪地说，我会对你负责的。

话音未落，一口血喷了出来。

女人被送进艾滋病疾控中心当天，来了一群志愿者。

有个女孩成为女人一对一的定点特护。

在药物作用下，女人惺忪的睡眼刚睁开，耳朵里就被塞进这句话。

我会对你负责的。

多么熟悉的声音，多么熟悉的表情。

女人不说话，一任泪水顺着脸颊蜿蜒而下，当年的她，被歹徒强奸后感染艾滋，发誓要让那些男人为自己不检点行为负责的。

后娘狠

北风冷，后娘狠。

孙晓霞第一次看见后娘时，天难得没刮北风，那可是冬天啊。

孙晓霞的娘死在冬天。

小城人没那么多讲究，等亡人满孝才能再娶，不娶怎么能行？孙晓霞才三岁，需要人照顾，饮食上的照顾，生活上的照顾。

孙晓霞的爹不想闺女长成一棵地里黄的小白菜，顶着满脑袋骂名，迅速跟粗粗壮壮的陈大惠搭伙过起了日子。

陈大惠进门后第一眼落在孙晓霞身上，她捏住孙晓霞的尖下巴，狠狠赞叹，说这下巴，生我脸上就好了。

孙晓霞的爹说，生你脸上你还能落我手上？

这是大实话，陈大惠嗓门好，是乡村跑场子唱歌的，因为太粗壮，没惹多少男人动心，气不过，嫁了个二婚，好歹是进了城，身边睡了个公家人。

那年月，公家人吃香已经快到了尽头。

孙晓霞的爹趁着还能使点小手段，觍着脸把陈大惠塞进了一家幼儿园，孙晓霞读书的幼儿园。陈大惠变相成了孙晓霞的全职保姆，美其名曰上班，孙晓霞白天晚上不离左右。

陈大惠到底没算计赢公家人，她身边睡得最多的，不是孙晓霞的爹，是孙晓霞。

孙晓霞的爹出门频繁，主要是下乡，下乡不频繁，两人也没机会成夫妻。

孙晓霞十三岁以前，身体不好，动辄就发烧、感冒，不是这儿疼就是那儿痒，弄得陈大惠一惊一乍的，也就没敢怀上孩子，她想的是，等孙晓霞大了，再怀一个也不迟，来日方长。

天知道，来日方长是最不靠谱的许诺。

跟携子之手与子偕老这种许诺一样的不靠谱。

孙晓霞爹的二婚岁月，才十年就走到尽头，肺癌，晚期，先是痰里带着血丝，跟着小口小口咳血，他还没在意，跟眼泪汪汪的陈大惠开玩笑，咳点血算啥，男子汉大丈夫，流血不流泪，比不得你们女人，身上那点血，金贵得很，每个月都有固定的去处。

陈大惠那个月刚好没见红。

孙晓霞的爹都自顾不暇了，自然不曾留心到这个。

岂不知男人身上的血也金贵，孙晓霞爹咳血没几天，居然干了，没血咳出来，他还暗自庆幸，以为就痊愈了，没人告诉他是肺癌，那太残忍。

遇上庆幸的事肯定要浮上一大白以示庆祝，陈大惠出去跟医生交换病情了，结果，一杯酒下去没十分钟，孙晓霞爹的内心就涌动起来，一股股血腥气在体内乱窜，一窜，再窜，三窜，越过喉头那瓶颈状的关卡，啤酒沫样喷薄而出。

孙晓霞爹的后事，是陈大惠操办的。

很多人在孙晓霞耳朵边递话，说你长点心眼呢，别让后娘把房子卖了，卷走钱财。

孙晓霞就悄悄藏了户口本、房产证。

操办完孙晓霞爹的后事，陈大惠说，晓霞啊，娘得出门几天，这几天，你自己到楼下小吃店买饭吃。

后娘没卷走钱，反过来，递给孙晓霞一沓钱，说学会记账哟。

孙晓霞真的学会记账了，记后娘走了几天的账，后娘肯定是给自己找下家了。

那几天，孙晓霞一边在小吃店买饭吃，一边跟认识不认识的人控诉后娘。

后娘是在第七天回来的，脸色寡白，走路打飘。

肯定是没人要，受打击了，孙晓霞恶毒地想，不能生养也就罢了，还落个克夫的恶名，哪个下家敢接手。

后娘回家后，把地板拖了一遍，把孙晓霞衣服翻捡出来，洗净，叠好，换季的衣服都分季节放好，还做了一大桌好吃的给孙晓霞吃。

孙晓霞吃得多，夜里起来解手，看见后娘房里灯亮着。

凑近一看，后娘手里捧着一团带血的内裤在那嘤嘤地哭。

哭声很瘆人，孙晓霞脊梁发冷，尿意全给憋了回去。

后娘不会拿那条带血的内裤捂死自己吧？孙晓霞这么胡思乱想着，进入梦乡。

第二次接触后娘两个字眼，是孙晓霞自己也当了后娘。

孙晓霞是义工，在照料一个刚生孩子不久的癌症妈妈时，那个对癌症妻子不离不弃的男人，让孙晓霞心生出爱恋。

走进男人家庭时，孩子已经大半岁了，虽然口齿不清却能发出妈的牙牙学语声。

蜜月，是跟孩子同床度过的。

孙晓霞怀孕三个月时，三岁大的孩子依然跟她睡同床，一天晚上，孩子被梦魇了，一惊一乍的，小脚踢上了孙晓霞的肚子，恶狠狠地。

孙晓霞捂着肚子刚爬起来，下体就一热，有血从内裤那渗出来。

内裤上的血，让孙晓霞陡然想起后娘嘤嘤的哭声。

狠了狠心，她拨通正在外地学习丈夫的电话，说你跟单位请一周假吧，我要出门七天。

继父凶

接到娘的电话时，首次出演女一号的丁小婉已经换了装，正等导演喊开机。

现场，几十家媒体长枪短炮守候着。

有电影界权威人士预言，明年的中国电影，将成为丁小婉年。

丁小婉以为，娘是预祝自己一炮走红呢。

孰料，娘一开口，就堵了丁小婉的心。

娘说，他病了。

他是娘和丁小婉之间的一个默契，对继父的称谓。这是丁小婉在薄情寡义继父屋檐下生存多年练就的一种自愈式方式，把同在一个锅里吃饭的人第三人称化以后，这个人的距离就跟自己远了。

病就病，人吃五谷杂粮哪能不得病。丁小婉漫不经心地把头往化妆镜里探过去，镜子里的丁小婉无动于衷。这就对了，继父那种人，不配享受丁小婉任何表情。

娘又说，白血病，他不让告诉你。

丁小婉冷笑，还蛮有自知之明嘛。

往事一幕幕就涌上了心。

随着娘走进继父家时，丁小婉已经十二岁了，见过她的没有人不夸她是美人坯子的。丁小婉都在脑海中彩排了一遍又一遍，继父为了娘那么多年单身不娶，爱屋及乌，恨不得把她公主一样宠着，继父可是拥有一个号称帝国的企业的。

事与愿违，继父根本没多看她一眼，连娘想要的婚宴都没有给，就那么住在了一起，没人知道继父大婚。

自然，没人知道丁小婉有这么个继父。

娘说，让小婉跟你姓吧。

继父凶巴巴看一眼丁小婉，她骨子里流着我的血？

骨子里没流着继父血液的丁小婉流着泪，瞪一眼继父，再瞪一眼娘，住进了继父为她找的寄读学校。

一所一般的初中，连重点初中继父都没让她读，继父说得振振有词，她那个成绩，进重点中学会把那点可怜的自信给消失殆尽。

什么叫可怜的自信。丁小婉不服气。

初中三年，高中三年，她报了舞蹈班，努力学习，文化成绩她确实差那么一点，但专业成绩可以补上。最终，她考取了国内一所知名的电影学院，学电影表演。

出名倒在其次，丁小婉是因为老祖宗戏子无情那句话，想让自己历练得比继父更无情，到时一报还一报。

单亲孩子的心理，总不是那么阳光。

尽管丁小婉每次出演的角色，都是特别阳光的女孩，缺啥补啥，她私下里自嘲。

接这个女一号之前，丁小婉曾被他狠狠嘲弄过，当时有个老板看中她的潜质，要认她做干女儿，给她投资拍新片，丁小婉跟娘提到这事，他晓得了，当着她的面凶起来，你没亲爹还是没继父？认干爹，亏你说得出口。

干爹没认，投资自然没戏。

好在，有慧眼识千里马的伯乐，看中她，力邀她出演女一号。

电影中的女一号，肯定不如生活中出演女一号刺激。

大不了推迟开机时间，媒体爱怎么说怎么说，导演爱怎么发飙就怎么发飙，没准还成就一次意外的炒作，丁小婉只想快意恩仇一把。

没承想，睚眦之仇没能报上，倒偿还了一饭之恩。

病房里，他正在凶娘，谁让你给她打电话的？

娘不说话，抹泪。

她电影开机你不知道啊今天？

娘嘴巴蠕动着，依然没话。

你这是让我功亏一篑懂吗？

功亏一篑？丁小婉正要进去的脚步缩了回来。

演艺圈多难多乱你不知道？干爹没力气凶娘了，我不对小婉好，不让外人知道她有我这个有钱的继父，不让小婉认干爹，就是怕毁了她的清白名声，你倒好……

导演是在喊开机时，接到丁小婉短信的，六个字，抱歉，您换角吧。

半个月后，省肿瘤医院血液科病房里，主治医师对一个患者说，恭喜你，跟你骨髓造血干细胞匹配的对象找着了，你签个字，准备手术。

患者怔一下，找着了，我可以见见那个骨髓捐献者吗。

一边的女孩凶巴巴吼道，叫你签字就签字，哪来那么多废话。

有眼尖的护士认出来，这个女孩不是电影《重症监护室》那个叫丁小婉的女主角吗，开机前玩失踪，被炒得沸沸扬扬的。

手术时，继父到底见着了那个骨髓捐献者，是丁小婉。

异基因配型相合的概率在三万分之一到一百万分之一之间呢，继父叹了口气，一个演员走红的概率同样在三万分之一到一百万分之一之间吧？

丁小婉板着脸，你凶了我十几年，我凶你一回，这个概率你觉得应该怎么算？

乳腺瘤

林丽娜有个习惯，喜欢捂着浴巾到阳台上扯胸罩，或者内裤。

她原本好几套内衣，犯不着非得扯阳台上刚晒干的换。

但今年，不是她本命年吗？

林丽娜就出手买了两套红色内衣，镇一镇邪，她原本要买三套的，这是她人生第三个本命年。

她骨子里，不喜欢红色，别人眼里红是喜庆，在她眼里，是血腥。

没镇住邪，却惹来邪。

扯胸罩的时候，林丽娜明显感觉到，有两道目光，粘在她胸罩上，下不来。

林丽娜眼光顺着那两道目光爬过去，却毫无斩获。

这让她心里大为光火。

玩捉迷藏呢？跟自己。

林丽娜可是娱乐记者出身，狗仔队的强项就是玩跟踪，反跟踪能力自然差不到哪儿去，她的眼睛一扫，就知道那两道目光，来自对面的几楼。

打电话报警，不妥，手里都没人家偷窥自己的证据。

换了胸罩内裤，喝完一杯咖啡，林丽娜有了主意，她把洗干净的胸罩内裤湿淋淋地挂在阳台上面。

还特意开了阳台上的灯。

然后悄悄出门，下楼，往对面楼层进发，她要来个突然袭击。

胸罩内裤是最美不过的诱饵，对偷窥者来说。

林丽娜在一家贴着大红喜字的门前站住。

喜字新鲜着，应该是刚贴上的。她有了小小的疑惑。

新婚当天就偷窥别的女人，说不过去的理由啊，再者说，也容易被新娘子发现，这男人，风险意识也太弱了。

手抬上去，刚要敲门，门受到感应似的，开了。

一个新娘装的光头女人站在门前，说知道你就会来。

这场面，林丽娜不曾预计，或许是她跟踪偷拍明星的经验丰富，也没丰富到一切都在别人掌控中。

来都来了，不打算进来贺喜一声？光头女人再次发出邀请。

打量一下光头女人的身板，再看看自己块头，料定自己吃不了什么亏，林丽娜干脆坦然点，进去。

她包里，有微型摄像机作着非正常拍摄，谅对方玩不出什么花样。

进去了，却不坐下，跟光头女人保持着两米的距离，林丽娜是担心突然那个偷窥自己的新郎扑出来跟光头女人一起夹击自己。

光头女人笑，家里就我一个人，放心吧。

很会开脱罪责啊。林丽娜心说，你怎么断定我会来？

这个啊，呵呵，光头女人嘴巴努了一下阳台，率先走过去。

确信房子里只有光头女人的气息后，林丽娜大胆跟了过去。

光头女人目光投向林丽娜的阳台，灯光下，林丽娜红色的胸罩，焕发出特别的魅惑，既性感又妩媚。

这个，能说明什么？林丽娜很好奇。

空城计啊，诸葛亮都唱过千百年了。光头女人顿一下，我这儿，也是一座空城。

空城？林丽娜看向阳台上贴了大红喜字的窗花。

别看，男人都是司马懿。

司马懿？

是的，他借口找专家给我治病，一去不复返了。

治病？

光头女人指着自己头顶，化疗，头发全掉了。

什么病？

乳腺肿瘤。光头新娘作势要解新娘装，要看吗，都被切割了。

那你？林丽娜不解这个女人为啥要盯着自己的胸罩看。

他答应送我两套红色内衣的。光头女人苦笑，说新娘子，穿大红的内衣，特别妩媚，特别性感。

林丽娜一怔，你们还没结婚？

日子定在今天，他的本命年，冲一冲喜，事业也会转运的，谁料到，婚前体检，发现乳腺长了肿瘤，恶性的。

他逃婚了。林丽娜恍然大悟。

除了逃婚，我好像找不到别的说辞。

为什么不是我找了乳腺专家来给我们证婚的说辞。有声音突然在虚掩着的门外响起，一个男人疲惫的身影探进来，最先映入眼帘的，是大红的一套内衣。

在大红喜字的相映下，很喜庆。

那套内衣，林丽娜认得出，跟她身上同一个品牌，那个男人，林丽娜也认得出，为了从林丽娜手里匀得这套内衣，男人差点冲林丽娜跪下。

纤维瘤

从眉骨往下，陈子玉摸得很仔细。

小时候，陈子玉被一个瞎子给摸骨算命，就是这样的，从眉骨往下，颧骨，鼻梁，人中，嘴唇，下颚，瞎子边摸嘴里边嘀咕着。

陈子玉不是瞎子，但她不相信自己的眼睛，她寄希望于自己的手感，科室主任说了，纤维瘤是看不出来的，那些小疙瘩多见于皮下，生长缓慢，一般较小，边缘清楚，表面光滑，质地较硬，可以推动。

可以推动，听见没，小时候陈子玉数鸡娃，总是数不清楚，就因为那些鸡娃跑来跑去的。瘤子啊，你可千万不要跑，听话乖乖，陈子玉心里这么祈祷着，从儿子眉骨往下，颧骨，鼻梁，人中，嘴唇，下颚，瞎子样边摸心里边念叨着。

儿子不听话，扭着身子，不让陈子玉手往下面摸，十二岁的孩子，知羞了。

儿子嘟囔说，我自己会洗澡，你到一边去。

陈子玉到一边，使劲把眼睛瞪圆，看儿子身上有什么异样。什么异样都没有。

草木皆兵了不是？陈子玉忍不住电话里怼了科室主任一句。

陈子玉是医院的护士，从妇产科调到肿瘤科后，在主任的言传身教下，把一番对纤维瘤的预防排查全部馈赠到儿子名下。

什么叫草木皆兵？天天跟死亡打交道的科室主任振振有词反击说，一个人对生活，要抱最大的希望，用最大的努力，做最坏的打算。

科室主任的意思是未雨绸缪，最近医院里，做纤维瘤手术的孩子呈现上扬趋势。自己科室护士的孩子，他有责任做警示，不然得上这个病传出去多么可笑。

又不是禽流感之类容易传染的疾病，有什么好警示的？

不需要警示？纤维瘤种类好多的，幼年性纤维瘤病、颈纤维瘤病，还有神经性纤维瘤，逮着一样都不死也得脱层皮。科室主任语重心长地说。

陈子玉不敢掉以轻心了。是夜陈子玉睡得极不踏实，她仔细回忆摸儿子脸蛋的每一个细节，儿子的脸不胖，用他的话说属螃蟹的，肉在骨子里。

还真对，陈子玉摸来摸去，都没被骨头硌手过，儿子的脸蛋，滑溜溜的。

这么想着，陈子玉还把手伸出去，虚空向下来了个情景再现，居然，没滑溜溜了下来。鼻子，对的，当时儿子好像打了个喷嚏，鼻子那就一笔带过了，没能细细摩挲，闭上眼睛，陈子玉用慢镜头滑了一遍，鼻翼左边，似乎有个小疙瘩把指肚顶了一下，她当时以为是打喷嚏给撞击的。

鼻头，圆圆的，肉肉的，那个小疙瘩，尽管小，硬度明显。

有必要把这个信息反馈给科室主任。

主任很专业作了指示，继续观察，疙瘩变大，就上医院检查。

陈子玉被上医院检查四个字吓呆了，带着侥幸心理说，没见儿子说不对劲啊。

在陈子玉看来，不疼不痒的一个小疙瘩而已。蚊子咬了还出小疙瘩的，吃龙虾过敏照样出疙瘩的。

主任有点恨铁不成钢了，蚊子咬了那疙瘩会化脓，龙虾过敏那疙瘩得成片，这可是独一个，青头茄子独头蒜，仰头老婆低头汉，都是狠角色，懂不？

陈子玉不懂也被吓懂了。

第二天，她不摸骨了，手指在儿子鼻翼左边小疙瘩上揉来揉去，疼不？

陈子玉多希望儿子说疼。儿子却说，痒都不痒一下。

陈子玉心里痒得难受，猫抓了般。太吻合主任说的纤维瘤症状了。

还有一周就是暑假，你带孩子来，我免费给你检查，主任说。

晚上洗澡时，陈子玉都不敢睁眼看儿子，闭着眼睛摸那个疙瘩，没摸着。

确凿无疑是纤维瘤，都会跑动了。

陈子玉被吓得大惊失色，一双手在儿子脸上胡乱抓捏，儿子说你干吗。

那个疙瘩，左边的疙瘩，跑哪了，鼻翼这？陈子玉语无伦次了。

那个痘痘啊，我给挤了，好大一颗白米呢。儿子把鼻子凑近陈子玉，看见没，还有个小洞。

你是说，那疙瘩是青春痘？主任在电话里嘘口气，万幸啊万幸。

不摸骨的陈子玉摸自己胸口，主任那句万幸让她心头刚消散的疙瘩又肿起来。忐忑不安中，暑假过去。秋季，是各种病发作的高峰期。主任如是说。

有了经验的陈子玉很少摸骨了，她眼光，就是一个扫描仪，儿子脸上任何变化，都逃不过她耳目。偏偏儿子不配合，洗澡再不让她在一边了，安装摄像头？

这想法被主任嗤之以鼻，幼年性纤维瘤病这一关过了，现在需要提防的是颈纤维瘤，颈部，怎么都能发现端倪的。

陈子玉就开始盯着儿子颈部看了。

看着看着，儿子颈部真的长出一个疙瘩来，不用手摸，都能看得见。

有如惊弓之鸟的陈子玉连夜抓了主任到家中，商量对策。还不敢让儿子知道。

你确定，颈部那疙瘩很明显？明显就意味着恶化，主任这点上有把握。

是啊，最先蚕豆大，现在，都快鸽子蛋那么大了。陈子玉带了哭腔。

身体还有什么变化？

说话没了中气。

没了中气？

嗓子沙哑，不是没了中气？

难不成是恶性纤维瘤？主任紧张起来，打120，事不宜迟。

急救车到来，再隐瞒儿子没必要，患病部位在哪？主任问。

陈子玉指了指儿子颈部，那儿，都鼓起鸽子蛋那么高了。

惊弓之鸟啊，瞧你胡闹的，主任突然发了火，你这护士怎么当的，孩子发育长个喉结还打120。

喉结，真的是喉结？挨了骂的陈子玉心里绷着的弦一松，眼泪就决了堤。

骨肉瘤

丁四海每天醒来第一件事，就是去摸手机。

这次也不例外，眼睫毛刚颤抖两下，微光还没穿透眼帘，手就习惯性去摸裤兜，从这点上讲，他思维没有紊乱，剧烈脑震荡产生的后遗症，可以排除了。

他以为是在办公室沙发上小憩呢。孰料，摸个空，难不成手机掉沙发上了？丁四海条件反射般侧身，打算坐起来，居然，半边身子不得劲，力气传送到大腿根那儿，陡然悬空。

麻药开始消散，疼痛的感觉不失时机穿梭在丁四海的每根神经末梢，提醒丁四海迅速启动大脑的应急机智。

昨晚，这个应急机制让他陷进一场灾难。

丁四海是接了一个电话后来了个急转身的，那时他正穿过马路，电话内容让他整个大脑出现短暂的紊乱，脚步却没紊乱，一个回旋，他就要原路返回。

十字路口那辆轿车掐准了时间踩的油门，据司机目测，他的车到丁四海所处位置时，丁四海应该从容不迫走到对面人行道上。

经验往往是生活最大的敌人，这话不幸得到印证。

丁四海被轿车撞得横飞起来，司机情急之下猛踩刹车，车一打横，丁四海右小腿正好落在车轮下。

截肢了，这是在病床？丁四海脸色抽搐一下，缓慢移动头，打量周围环境，一水的白，白墙壁，白被单，白大褂，还有前妻惨白的脸。

丁四海勉强挤出一丝笑，伸出手虚空摇了一下，不知是要给前妻安慰，还是给自己安慰。

前妻没把手递给丁四海，她递给丁四海的，是手机。然后冲身后护士一挤眼，示意大家都出去，身为医生，她知道，丁四海脑子需要换片了。

确实需要换片。

丁四海曾经不止一次设想过，哪天他大病缠身，张雪明会在床头给自己送汤喂药，让前妻知道什么叫情比金坚。要知道，张雪明一个喷嚏就足以让丁四海整个世界为之动摇的，他会放下公司急需签署的合同，花半天工夫耐心劝她喝下一颗银翘片。之所以在马路中间会那样一个急转身，就因为张雪明逛街不小心扭了脚需要人用红花油揉一揉脚脖子。

眼下丁四海倒不需要张雪明给揉一下脚脖子，他需要张雪明当着前妻面在他耳朵边说一句，难为你了。

确实难为丁四海了。

为一个扭了的脚脖子付出一条右小腿的代价，怎么着她也得投桃报李吧？

更大的代价在后面，手机拨过去，张雪明的电话关了机。

对着手机，丁四海苦笑起来，苦笑是因为他想起跟张雪明鱼水之欢后的一次对话，雪明，这名字蛮有诗意的。

哪来诗意，张雪明眉头一皱，凄凉才是。

怎么就凄凉了？

你见过雪有明天的吗？

雪确实没有明天，太阳一出，雪总归要化的。

缘于此，丁四海对张雪明真的是含在口里怕化了。

只一场车祸，他没来得及把张雪明的脚脖子捧在手心里揉呢，张雪明就飞了。

康复期间，前妻笨鸟一般前后飞了几趟，帮丁四海借到一辆电动轮椅，沾前妻的光，丁四海得以在没办出院手续的情况下，坐着电动轮椅出了医院，直奔张雪明的住处，他骨子深处是不甘心的。

真的雪花一样消融了，连一丝潮湿的气息都没留下。

回到病房，丁四海对着天花板发了一夜的呆，前妻看见了，跟护士长说，给他办出院吧。

在医院，除了盯着天花板，丁四海不敢盯着任何人。人，是有羞愧心的。

在出了医院的第一个十字路口，车停下，前妻从驾驶座回身递给他一套新买的衣服，说换上吧。

这个忌讳丁四海晓得，微信上都刷屏了，星云大师说的，生病住院时，躺床上不要盯着天花板发呆，病好出院时找个十字路口把衣服脱了换新的。

丁四海抖抖索索换衣服时，前妻转过脸，习惯了看陌生男人身体的她居然对丁四海的身体有了抗拒。

趁这工夫，她开始一条一条删除手机微信内容。

高位截肢？必须吗？被碾压的明明是小腿。

必须的，就这，他能多活十年八载的概率也才百分之二十。

到底怎么回事?

他骨肉瘤。

那你不是正好出口恶气吗，我们这么对你。

确实想出这口恶气的，你接手他，等于接手一个活死人，可我到底是医生。

医生不是人?别把自己说得那么伟大。

医生是人不假，但医者父母心更是真。

……

微信删完，该拉黑微信主人张雪明了，她心里苦笑一下，丁四海的截肢，对张雪明来说，何尝不是一种断腕。

人生在世，总有着不可为外人道也的苦痛，骨肉瘤一样滋生在生命的某个阶段。

福薄之人

护士拿来手术须知，张德祥怔了一下，看父亲。

父亲点头说，签吧，该轮到你给我签这个名的。

张德祥冷了脸，那应该是在殡仪馆，不在这儿。

父亲头点下去就抬不起来了，张德祥这话有点重，但他说的是实话。

护士再次把笔在纸上敲了一下。心脏搭桥手术，成功率很高的。张德祥耳边响起主任医师的话，老爷子的心脏不是非搭桥不可。

父亲却打定主意，要搭桥。

理由是，身体各个零件都生锈了，一旦影响到血管的畅通，或者心脏的跳动，人生路上的桥就成了天堑，他的一双手现在抓不住笔就是证明。

父亲经常夸嘴说自己走过的桥比别人走过的路都多。这是事实，他没离婚又没再婚还没犯错误的干部，有资格说这种大话，父亲一辈子签过的名不在少数，张德祥却无缘得见，母亲病危通知书下达时，是张德祥签的字。

那时父母已经形同陌路，母亲宁死都不愿见父亲。张德祥签字时，手一直颤抖着，诊断书上的每一行字，都传递着死亡气息，签完名，张德祥看见母亲冲自己笑了一下，跟着呼出一口长气。

那口长气，是母亲留给张德祥最后的一息温暖，他的脸就贴在母亲额前。

再以后，张德祥人生履历表上，母亲一栏成了空白，父亲一栏成了摆设，尽管后母待他不薄，父亲也着力讨好他。

外婆没对父亲有任何腹诽，最多是抚摸着张德祥脑袋说，你妈那人，福薄呢。

张德祥不知道啥叫福薄。他只知道父亲对自己形同虚设。

偶尔有好吃的，父亲会骑着自行车摸黑送过来，不摸黑不行，外公家族的人见了，不是口水就是瓦砾招呼到头上。

摸黑来，自然摸黑走，夜，是不能过的，家里还有女人孩子等着。

张德祥第一次不得已去见弟弟，是小升初毕业考试，需要父亲签名。

父亲正抱着弟弟，看见张德祥，赶紧放下弟弟，给张德祥拿好吃的，所谓的好吃的，不外乎是弟弟的点心，弟弟不干了，闹，后母觉得不好看，上前，手高高举起，巴掌却落不下来，倒是有眼泪，刷刷落下来。

最终还是落了下来，啪，一声响。

弟弟的脸突然就变了颜色，两眼翻白，嘴唇发乌，牙巴骨咬得咯咯作响，有白色的唾沫从嘴巴里冒出来，父亲赶紧丢了点心，伸出指头去掐弟弟人中。张德祥从没见过这种场面，以为自己把弟弟惹得气死过去，这罪名可大了，他吓得落荒而逃，名自然没签成。

做了医生，他才知道，弟弟那是癫痫。父亲身上杂七杂八的病多，没发现有癫痫啊。

后母那遗传的。父亲蠕动嘴巴，轻声说，你弟弟，日后你多照看一点，他福薄，爹妈都指望不上。

张德祥冷笑，我福不薄，指望上谁了？

却是在心里，他是医生，撇开医者父母心一说，他不想让父亲无地自容。

笔，后母拿起来了，名没签成。

那手跟当年打弟弟一样，手高高举起，却落不下来，倒是有眼泪，刷刷落下来。最终，啪，一声响，笔断了。

后母的脸突然就变了颜色，两眼翻白，嘴唇发乌，牙巴骨咬得咯咯作响，有白色的唾沫从嘴巴里冒出来，护士赶紧丢了手术须知，伸出指头去掐后母人中。张德祥这次没吓跑，他见怪不怪了。

倒是父亲，眼睛闭上，哀叹说，都是福薄之人啊。

后母的事，张德祥是从外婆嘴里知道的一些大概。

父亲骑着自行车下乡，见前面走着一个姑娘，大热的天，姑娘走着走着，身子一歪，倒地上了，嘴里吐着白沫，牙关紧咬，父亲赶紧伸出指头使劲撬姑娘嘴巴，然后做人工呼吸。

姑娘醒来，要死要活跟着他，那年月，姑娘的思想守旧得很，要么娶了姑娘，要么姑娘自寻短见。

父亲虚与委蛇的当儿，有风言风语传到母亲耳朵，母亲是刚烈之人，啥也没说，换了门窗换了锁，父亲有家不能归，有亲不能认了。

签名签出这么档子事，父亲忙着照顾后娘，手术自然搁了浅。

弟弟是在张德祥下班时，找来的，弟弟癫痫发作频率很高，时而清醒时而糊涂。

进门那当儿，弟弟是清醒的，弟弟说，我替爸爸签名，行不？

你来签名？签谁的名？

爸爸的啊。弟弟很以为功地说，你看，我能跟爸爸一模一样签名。

张德祥见过父亲签名，龙飞凤舞，他不信傻乎乎的弟弟能写出父亲的风范。

弟弟抓起一支笔来，低下头，咬着牙，一笔一画写起来。

居然，可以乱真。

你怎么会这个？张德祥很奇怪。

弟弟从口袋里摸出一个本子，你读书那会，爸爸每个星期都练字，说要给你家庭作业签名。后来爸爸手抓不住笔，就要我学他的字，说哪天你需要签名时我可以替他。

当年，老师确实要求每星期家庭作业家长必须签名。

那次落荒而逃后张德祥一直以为父亲眼里只有弟弟，签名自然不了了之。

都是福薄之人啊。张德祥眼里一下子有泪溢出。

还是七步

从睡房到卫生间有七步，张凤芝抱着瘫子婆婆要走十四分钟。

从卫生间到睡房有七步，张凤芝抱着瘫子婆婆只要走七分钟。

加起来，一共二十一分钟，每天三次，总共不过一小时三分钟，一天有二十四小时，二十四分之一呢。

张凤芝恨死了这二十四分之一，经常扎煞着双臂说，谁来拿走这之一，哪怕一天，让我歇歇膀子歇歇脚。听起来有些矫情，还有些不近情理，一天的二十四分之一就能歇下膀子歇下脚，好意思叫累不苦？

张凤芝可是把苦和累挂在嘴边的。她累的是心，苦的是命。

关键是这个瘫子婆婆张凤芝怎么伺候，都有名无分，张凤芝和陈祖德搬到一起过日子时，没拿结婚证。拿不拿不重要，张凤芝这么以为的，她跟邓策举有结婚证，还红彤彤的亮眼睛，结果邓策举照样不把钱往家里拿，养了外面的女人。

陈祖德这点好，挣多少拿回多少，全部交给张凤芝。

两人合计过，等攒钱到了六位数，就领养一个孩子。

张凤芝试探过陈祖德，你不想要个自己的孩子？

陈祖德当时正喝粥，喝得地动山摇的，他吸溜一下舌头说，想要，也得你能生啊。这是大实话，张凤芝生不出，陈祖德养不起，两人能凑一起过日子，有歪锅对瘪灶的意思。

缘于此，陈祖德的娘经常歪着头瘪着嘴对张凤芝喷唾沫星子，在没瘫痪前。

眼下，婆婆不喷唾沫星子了，张凤芝反而过得更憋屈，婆婆一天三次上卫生间，是形式大于内容，有时还能屙出点东西，有时什么也屙不出。没办法，张凤芝只能根据自己排泄时间来安排婆婆，过了这个点，她手上还有一大堆的事要做。

婆婆没瘫痪时曾骂过她，都一样吃一样喝，你咋不能跟我们一起屙。

婆婆为给陈祖德尽快找到媳妇节俭到上卫生间都必须全家人在同一时段，可以省冲厕所的水。

屎还没到屁股门就脱裤子，张凤芝由最先的不习惯到现在的成为自然，得感谢陈祖德。好端端的，怎么就没把婆婆这个美德铭记于心？每念及此，张凤芝就要在心里痛恨陈祖德，做儿子怎么可以那么不孝，说没就没了。

陈祖德在大街骑三轮拉货讨生活，偶尔也载客。那天他载了一个客人去车站，客人把一个啃了一半的鸡大腿遗忘三轮车上，陈祖德觉得丢了可惜，就捡起来吹了吹，喂进自己嘴里。

他忘了自己拉肚子刚有点好转，结果这半个鸡大腿进去一搅和，得，肠胃就翻江倒海起来，捂着肚子的陈祖德急急慌慌往家里赶，大街上的公厕都收费，陈祖德是想省下五毛钱，结果横穿马路时追了一辆大卡车的尾，陈祖德也是不经撞，纸人一样飘起来，落到地上时，屎尿溅了满裤裆。

婆婆是在卫生间听到消息的，当时就屎尿失禁，再也没能站起来。

葬了陈祖德，张凤芝才发现自己无处可去。婆婆的眼神拴住了她的脚步。

张凤芝就是被陈祖德这样的眼神拴住，陈祖德的眼神遗传了婆婆的。

一日三次搬来搬去的，天长日久，搬出风言风语来，婆婆一个从不走动的老侄女出现了，趁着张凤芝不在家，捂着鼻子跟婆婆说话，对张凤芝的言行举止有取有舍，言下之意这女人没安好心呢。

婆婆瘫痪着身子，睡那一动不动，不说话，不睁眼，活死人一般。

张凤芝累狠了，也睡那一动不动，不说话，不睁眼，活死人一般。

老侄女急了，说姑你千万不要老糊涂了，不会生养的女人，心歹毒着呢。

婆婆到底发了话，你倒是会生养。

什么意思？老侄女没明白。

生重要，还是养重要？婆婆歪着头瘪着嘴挤出这句话后，腹腔里梦地轰鸣一声，气喘如牛。

老侄女以为婆婆不行了，吓得屁股一弹，溜之乎也。

张凤芝还没进睡房门，就闻见屎尿刺鼻的气味往外漫。

婆婆挟裹着被子滚在地上，正挣扎着一步一步往卫生间爬，已经爬了三步。

老侄女为表孝心强行喂婆婆吃的香蕉坏了事。

剩下四步，张凤芝比走了一辈子还漫长，刚把婆婆扶到马桶坐稳，婆婆身子底下还没见响动呢，张凤芝胃里一阵痉挛，喉咙一堵，呕吐物喷涌而出。

张凤芝吐得泪花四溅，婆婆竟然乐呵呵的，冲着张凤芝孩子气地说，真像啊，你们。

真像？我们？张凤芝忍住呕吐，婆婆说什么疯话。

是啊，祖德第一次看我屎尿糊了一身，跟你一模一样的神情。

第一次，屎尿一身？张凤芝一怔。

四十岁那年，我中过一次风的。

张凤芝不说话了，她抱起婆婆，放到大木盆里，开始往里面注入温水，不消说，那次婆婆拉了一身的屎尿，陈祖德也是这样给清洗的。

清洗婆婆时，张凤芝想起结婚那天，陈祖德帮她搓背时，手不老实摸着她平坦的肚皮说，不能生孩子怕什么，我养你老。

张凤芝清楚记得，当时陈祖德抱着泪流满面的张凤芝从卫生间到睡房，刚好用了七步。

好日子，干吗要走这么急？张凤芝想起陈祖德当年的猴急神态，苦笑，深吸一口气，抱起婆婆，稳稳当当往睡房走去。

还是七步。

不就是七步吗，张凤芝学着陈祖德口吻对已经沉睡过去的婆婆说，没孩子怕什么，我能抱你。

都　在

有惊无险。

从纪委约谈到脱离纪委视线的监管，他跟外界失联整整一个星期。

领回手机、钱包，竟有了恍如隔世之感。

幸好他只是领导的一个秘书，犯事的是领导，他被叫来配合调查，惯常于吃独食的领导，让他侥幸逃过一劫。

波及肯定是有的，比如眼下，领导的屁股还等他伸手擦干净。

他在第一时间拨通了乡下老家的电话。

接电话的是母亲，声音有那么一丝颤抖。

不奇怪，每次母亲接到他的电话，都异样激动。

那两条锦鲤还在吗？他压低了嗓音发问。

在，都在。

在就好。

怎么可以不在呢？领导收到这两条价值不菲的锦鲤时，犯了难，养家里肯定不行，太障眼，锦鲤最高价能过百万，这两条价值都十万以上。

身为秘书，为领导分忧解难是责任所在，他建议，放老家我父母代养吧。

你父母懂养锦鲤？领导显然不放心。

不懂可以学。他拍了胸脯保证，我遥控指导。

锦鲤送到老家，他只对父母说了一句话，好好养着，这两条鱼就是我的命。

儿子的命呢。父母亲看锦鲤的神情，像看他匆匆离去的背影，透着百般小心。

那个，那个龙狗还在不？

在，都在。

不在说不过去。领导对藏獒不感兴趣，领导感兴趣的藏獒的别名——龙狗，偶尔带出去遛遛，多么彰显身份。

性格刚毅，力大凶猛，野性尚存的藏獒送到乡下，狂吠了一夜，他知道父母有办法养熟它，比儿子命都重要的龙狗，父母能不殚精竭虑照顾好？

还有，还有那个……

你是问那个克什么猫吧？都在，都在的。人说知子莫若父，这话有失偏颇，母亲不也知道他要问什么。

猫有九命，这只克隆猫要是有什么不测，儿子可就万劫不复了。母亲再清楚不过。

领导对这只猫的关注度很高，隔三岔五会亲自去慰问一下，猫的品种不算珍贵，但身世珍奇，克隆猫，真正意义上的奇货可居。

我马上安排车回来接走。

多少人？母亲话里含着试探，要不要准备饭菜？

准备啥，就我一人。

就一人啊，那就好，那敢情好。母亲长嘘一口气，颤抖没了。

好什么好，前呼后拥回去难道父母不喜欢？他癔症了一下。

回家不过一小时的车程，母亲没有骗他，果然都在。

锦鲤欢快在玻璃缸摆着尾巴，龙狗在院子里龙行虎步，克隆猫慵懒地躺在沙发上打盹。

端着锦鲤缸，牵上龙狗，母亲抱了克隆猫送他上车，关车门时，他看见母亲嘴巴蠕动了几下，没出声。肯定又是叮嘱他路上开慢点，能慢吗，得快马加鞭赶到纪委，只有这些东西都在，他的一切都才会在。

等等，一切都才会在？

脑子这么一激灵，他的脚踩了个急刹车。

这话再熟悉不过，每次他叮嘱父母养好这些宠物时，父亲就会说，你爹还没老糊涂，知道只有这些东西都在，你的一切都才会在。

该问候一下父亲的，瞧自己。

打了电话过去，母亲接的，声音里又起了颤抖，儿啊，锦鲤缺氧了？

没呢。

龙狗跑了？

哪能呢。

克隆猫出事了？

咋净往坏处想。

那你打电话做啥？母亲声音不颤抖了。

父亲呢，咋不见他？

你父亲，他，他不在了。

咋回事？他的声音颤抖起来。

你被纪委隔离那天，你父亲气不过，踢了龙狗一脚，龙狗追着他咬，他被绊倒在地上，脑溢血。

他无语，看着电话，有泪水往外漫，母亲的话四平八稳传过来，你父亲说等你出来再告诉你，让你安心交代问题，他替不了你别的，正好可以替你去死，冲一冲你的关煞。

父亲迷信，认为不管血光之灾，还是牢狱之灾，戴了重孝都可以免灾。

在他的泪水肆意横流的当儿，锦鲤在副驾驶上的玻璃缸里翻起了水花，克隆猫一跃而起，喉咙发出呜呜的鸣叫，龙狗在后面不耐烦抖了抖浑身的毛发。

按他的遥控指导，是该父亲给它们喂食刷毛的时候了。

当　归

明天，足一周了。

周晓霞贪婪地望着窗外，窗外除了婆娑的风，就是皎洁的月，风月还真的是无边。

周晓霞心里狠狠疼了一下。

这疼，在她看来已经是无关风月了。

做人流，不是周晓霞的选择，是他眼里冒出来的冷气让周晓霞别无选择。

你们女人身上的血金贵得很，每个月还有固定的去处，这是他嘴里调侃她来月经的话，听着很风趣。

就算是嚼蛆，他嘴里都能吐出莲花来。

人生很短，要和有趣的人在一起。微信上这篇文章的诱导，令周晓霞做出了没趣的事。

跟他走到了一起，这个走，是以周晓霞的离家出走换来的。周晓霞已经成了家，在周晓霞老家，成婚三年没有孩子的，都在新婚之列。

周晓霞就以新娘子的身份来了场说走就走的旅行，丈夫一向是拿她当孩子宠的。

世界那么大，我想去看看，差不多成了当下年轻女人的人生宝典。

很自然地遇见了他。极为不堪的遇见。

一路上的风景，好得让周晓霞忘了自己曾有痛经这个毛病，直到裙子后面，有血红色的玫瑰开放。

那朵玫瑰，让他犯了难，贸然提醒吧，有窥人隐私之嫌，听之任之吧，对一个年轻的女人又是多么残忍。

这种提示不仅仅需要友情，更需要一点智商。

好在他的智商足够应付这种小事，拿出手机，他在屏上写了这么一段话：听说你们女人身上的血金贵得很，每个月还有固定的去处。

周晓霞被突然递到眼前的手机吓了一跳，恼怒还没上来，就被紧急上升的羞涩取而代之。

他悄悄把外套递给周晓霞，意思让她系在腰间。

却之不恭，周晓霞很大方地领受了他这份好意。

就这么认识了。

还衣服时，周晓霞说我帮你洗一下吧。

他笑，说洗什么，又不脏。

周晓霞忸怩一下：有味道的。

他抽动一下鼻子，嗯，是有味道，一股书香气。

书香气？

对啊！他煞有介事地说，女人的经血里面含铁量很大，墨水的成分里含铁量也不少，不是书香气是啥？

周晓霞忍不住捧腹大笑。

尴尬一扫而光。这么有情趣的男人，太少见了。

那就一次见个够，人是贪恋情趣的动物。

直到下一次的书香气没准时报到，周晓霞才体会到了什么是无趣。

他是有家室的人。

周晓霞更没当单亲妈妈的勇气。

做完人流，他说，我得回去了，出来这么久。

周晓霞没留他，本来都是互不相欠的。

要说有欠，也是对自己身体的亏欠。

这一次，周晓霞身上的血真的很金贵了。

人流后第七天，周晓霞去了当地一个中医诊所，大夫是个女人。

问明情况，大夫沉吟半晌，开了黄芪和当归两样，说你路上泡茶喝吧。

黄芪补气，当归补血。

周晓霞就这么着，靠两味药，把身体给调理好，完成旅行后，悄悄回了家。

丈夫是宠周晓霞的，见周晓霞回来，做了当归姜片羊肉汤犒劳周晓霞。

周晓霞心虚，说平白无故吃什么当归?

丈夫憨笑，怎么叫平白无故呢，你在外这么长时间，我哪一天不是盼着你归来啊。这不，前天我刚买了当归，你就回来了，说明我们夫妻心有灵犀的。

周晓霞眼圈一红，说我想要个孩子了。

那更应该多吃当归，先把气血养足，丈夫给周晓霞舀了一大碗当归姜片羊肉汤，说快喝了，趁热。

周晓霞想起那个大夫的话来，当归这药啊，别看它不贵重，但它很自重身份，不单调气养血，最主要的是它能让气血各有所归。

那碗汤喝下去，原本手脚冰凉的周晓霞，一下血脉通畅，十个指头温热生津。

当归当归，各有所归！周晓霞的泪水，不经意间滑落在汤碗里。

泪，应该也是汤的一种，在人心备受煎熬后才能煲成。

芥 末

张成东郁郁不得志有些日子了。

大学念的985，满以为金光大道就在眼前，孰料毕业后进的单位却一般。

开着航母去打鱼，他这么自嘲。

收发，接听电话，对二级单位发通知，和邻近县市区搞对接，这些杂事，高中毕业生都可以胜任的。

张成东干得怨气冲天的。

出纰漏在所难免。

也不算纰漏，用网上话说，不够完美。

外省市一个单位过来交流学习，局长安排张成东负责对接一下，主任出去顶替局长开一个会。平常这种事，都是主任在前面扛着。

天降大任于斯人也。

局长这么安排时，办公室所有人脸上都能读出这句话。

张成东不觉得，就是打个电话确认一下对方到本地的时间，跟“天降大任于斯人”扯得上边吗？

一句话的事。

确实就一句话的事。对方说，周末到，下午四点的高铁。

局长说，就这样？

张成东很奇怪，还能有啥？

局长看一眼张成东说，你让主任待会儿回来重新对接一下。

张成东有点蒙了，局长这是质疑自己工作能力呢。

不信主任能对接出一朵花来。

带着赌气心理，主任对接时，张成东玩了个隔墙有耳。

主任还真的对接出了一朵花，在张成东看来，纯粹的扯东拉西，玩花架子。

主任是这么说的：周末是吧，四点的高铁，确定时间不改了？

对方说确定不改。

主任又问：方便透露一下吗，你们一共来多少人。

对方说了人数。

主任啰唆上了：人多好，不麻烦，请都请不来的，对了，几男几女啊？

几男几女来了不就一目了然了吗？张成东鼻子冷哼，婆婆妈妈的。

更婆婆妈妈的话从主任嘴里出来了。一阵键盘响之后，主任做吃惊状：哎呀，刚才我看了一下天气预报，周末我们这边冷空气下降，还得麻烦转告大家，出门多加件衣服。

当人家都是巨婴啊！这种耳朵听着起茧的话，张成东好笑。

更可笑的是局长。

汇报完了，主任竟越殂代疱地说：局长，我这么安排您看可以不？客人有十多人，接站咱们派一辆商务车正好。然后呢，住宿我想就在我们局对面的商务酒店，要是赶上雨天，他们到我们单位方便，我们单位去探望他们也少跑路，省去迎来送往的时间，用在加深感情工作交流上。

嗯，局长点头，很好，这事你对接得天衣无缝。

原来局长也是巨婴一个。张成东叹口气，摇头，他 985 出来的高材生，岂可等同于这班芥子。

去意已定，张成东开始写辞职信。

信写到一半时，主任进来，说张成东你要晚上没事，我请你吃海鲜去。

辞职跟海鲜并不矛盾，张成东欣欣然去了。

张成东喜欢吃海鲜，却不喜欢芥末味。

太冲了！辣眼睛！

主任笑着说，知道这芥末为啥这么冲，这么辣眼睛吗？

张成东一怔，为什么？

芥子不想被人忽视呗。

无聊至极，芥子又不是人，一个十字花科植物而已，种子小得如同一粒尘埃，风一吹，就没了，想不被忽视又能如何？张成东心里暗笑。

似乎看出张成东内心的暗笑，主任语气不急不缓：那只是人类对芥子的臆想，起码在我看来，芥子不会这么轻视自己。

愿闻其详。张成东觉得主任话里藏了玄机。

一般植物春种秋收不假吧？

是啊。

芥子不，芥子和小麦成长期如出一辙。

您意思是，芥子是把自己当庄稼在成长？张成东心里一动。

不光芥子把自己当庄稼，我们每个人刚踏入社会时，都认为自己要大鹏一日同风起的。结果呢，主任抬头望窗外的天空，能够飞上天空翱翔的大鹏，你能看见多少？

先从一粒芥子做起？你的意思是……

先从芥子做起不好吗，起码能够配得上海鲜！主任意味深长地看着张成东，海鲜没有芥末搭配，人们不会对它趋之若鹜的。

张成东不说话了，端起一碟芥末，一口倒进嘴里，有必要辣一辣自己眼睛，冲一冲自己喉咙，把心里压着的冲天怨气，完美地释放出来。

失　怙

六十元的电影票，打了水漂。看着酣然入梦的吴志高，陈晓彤苦心经营的父亲节，就这么失了怙。

走进电影院，缘于前天的街头拍摄，父亲节前夕，栏目组安排陈晓彤上街随机采访，结果是，十之八九的人，面对镜头不知道还有一个父亲节。

父亲节遇冷。陈晓彤脑海当时蹦出的标题。

有必要以身作则一回，父亲节这天，陈晓彤死缠烂打把吴志高拖进了电影院，白百何主演的电影——《滚蛋吧，肿瘤君》，五岁的儿子喜欢看。

酣睡只是表象，吴志高陷入了冥想。

荧屏上出现《滚蛋吧，肿瘤君》六个字时，吴志高眼前滑动的是《滚蛋吧，父亲节》。

吴志高字典里，没有父亲二字，非得说有，那也是养父，养父已经作古。

生父给吴志高最后一点记忆，是在电影院。

那年吴志高五岁，父亲明明买了两张电影票，偏偏抱着吴志高坐在自己膝盖上，吴志高很不舒服，父亲的膝盖瘦而硬，放的什么电影，吴志高忘了，他被父亲膝盖硌得没了心思看电影，挣扎不脱父亲的胳膊，就昏昏沉沉睡了过去。

那场电影，可以用人生噩梦来形容，电影散场，吴志高就跟父亲成了陌路人。

他被父亲遗弃在电影院。

放电影的大老吴收养了他，起名吴志高。大老吴是个鳏夫。

打那以后，一进电影院，吴志高就胸闷气短，他几度疑心自己长了胸肿瘤。检查却一切正常。被遗弃的后遗症，只能这么解释了。

散场时，五岁的儿子轻轻在吴志高额头拍了一下，嘴里热气哈到吴志高耳朵里，爸爸，父亲节快乐。

倏忽被惊醒的吴志高一把将儿子捞起放在自己膝盖上，一双胳膊紧紧搂着。

这一搂，否定了陈晓彤对吴志高是个没心没肺男人的口头鉴定。

吴志高的膝盖，温而软，像肉垫，儿子坐得很舒服。

这得益于大老吴对他的溺爱，没了婆娘的男人，骨子里往往有着温情的一面，这一面，弥补了吴志高从呱呱落地就缺失的母爱。

吴志高出生时母亲难产死了。

三岁的孩子记得老，三岁开始，吴志高记得父亲带着他一次次踏上别的女人门槛，也有女人一次次登上他家台阶。

都是屁股还没坐热，就借故孩子没人照看，着急忙慌走了。

有个女人，倒是把他们家凳子坐热了，也把他们父子的破烂衣裳全给缝补了，留下一个热乎乎的念头，第二天托人传来口信，说吴志高是个女孩就好了。女孩长大可以嫁出去，给女人儿子换回一份嫁妆。

吴志高就知道，自己成了父亲再婚时在脑子里的一团浆糊。

浆糊得父亲走路睡觉都捂着脑袋喊疼。

擤了鼻涕脑袋空，肯定是这样。只有遗弃吴志高，父亲才能跟新的女人组合新的家庭。

天下有如此自私的父亲，恨犹不及，还给设个节日？

这么盖棺定论为时尚早吧？到底是做新闻的，陈晓彤知道真相往往隐藏于起源中。早不遗弃晚不遗弃，非得吴志高五岁了才遗弃，五岁的孩子都晓得记仇了。

吴志高的被遗弃肯定是个谜，谜底就算不在大老吴手里，谜面大老吴也或多或少知道。

大老吴人作古了不假，他的故事不会作古，一个鳏夫收养一个孩子，这种事本身就很有说头。

不知情的会以为那是大老吴的私生子，人家给送回来让他尽父亲责任的。

拨草寻蛇加上顺藤摸瓜，一个在电影院门口卖了一辈子瓜子的老寡妇出现在陈晓彤面前，寡妇年轻时跟大老吴好过，都同床铺盖了，是吴志高的出现，让寡妇起了怀疑。

合家的事就黄了。

不黄的是那段经历，老寡妇记性特别好，你说大老吴收养的那孩子啊，早先我们都当是大老吴的私生子。

往后为啥不以为了？陈晓彤问。

眉眼啊，老寡妇一副饱经世事的口气，那孩子越长越像一个人了。

像一个人，谁？

在我摊子上买了好多零食的男人，那膝盖，瘦，干，走路打飘。老寡妇说你肯定要问我咋记得那么清？摆了一辈子瓜子摊，就那男人跑进跑出电影院买了不下于五次，我摊子有的零食他全买了个遍，娇狗上灶，娇儿不孝，败家的爷们我们女人能不记得？

陈晓彤就引蛇出洞了，您说他这么娇惯孩子，怎么舍得遗弃的？

难得跟人分享一把秘密，老寡妇来劲了，你别说，这事大老吴还就跟我交了底，你不问我就带进棺材了。

什么底？

男人遗弃孩子前，找大老吴下跪求他收养，还送了一笔钱，卖房子的钱。

听到这段手机录音，吴志高冷笑，卖了房子遗弃儿子，为的谁？

为的谁听完就知道啊，陈晓彤把录音量放到最大，那个男人脑子长了肿瘤，活不长了……我说他走路咋打飘呢。

脑子长了肿瘤？吴志高一怔，父亲走路睡觉捂着脑袋喊疼的表情清晰起来。

要我老太婆来说啊，男人是宁可让儿子有个父亲可恨，也不想让儿子幼年失怙吧。

幼年失怙，连个可恨的人都没有，岂不是人生更大的痛苦？

失　恃

人间仲春五月天，又逢草木葱茏时。

周梧桐把手里的书放下，幽幽叹口长气，不看书了，仔细把玩自己的一双手，确切说是把玩手上那只小猫咪。

手若柔荑，肤若凝脂，搁书上，叫玉手。

在这个仲春五月天里，周梧桐就剩一双手还葱茏着。

她的腰际以下，暂时还可以用圆润来修饰，周梧桐知道，这个圆润只是表象，美的极致是衰败，周梧桐腰际以下皮肤上那种闪烁光泽的圆润，实际是轻微的水肿。

血脉不通的人，才会水肿。

周梧桐瘫在床上有些日子了。

陪着她一同出车祸的，是只猫。

猫死了，肚子里还揣着猫仔，猝不及防的车祸，让周梧桐的猫临死之前进了人类的医院，还顺顺当当产下一个猫咪。

猫咪就在周梧桐的手上。

三岁的彤子被爸爸抱进来时，手上拿着一只奶嘴，冲周梧桐邀功，妈妈，把我奶嘴送一个给猫咪。

送奶嘴给猫咪？周梧桐不把玩猫咪了，一双眼睛把玩彤子。

猫咪那么小，就没了妈妈。

没娘的孩子天照应，你操个什么心。周梧桐啪一声打掉彤子手里的奶嘴。

十五年前那场关于车祸的回忆到这儿戛然而止。

站在病房外的彤子，透过病房门上的观察口看进去，妈妈正躺在病床上，把玩一只老猫，十五年前的那只小猫咪，老得成了精，除了周梧桐，它谁也不亲。

亏当年才三岁的彤子还为她哭啼过好几次呢，白流了那些眼泪。

打那以后，彤子就不流泪，变得柔韧而坚强，哪怕面对病榻上的周梧桐。

多年母女成冤家，这话不假。

谁让那场车祸，让妈妈变得不可理喻的。

确实不可理喻，当时周梧桐把手里的猫咪往地上一丢，冲彤子说，猫有九条命你知道不，死不了的。

彤子就这么被妈妈气出了病房。

老远了，病房外还能听见彤子的哭啼。

要不是这次下了病危通知，彤子是不会到医院来的，猫有九条命，就算周梧桐是病猫，怎么的也得有八条命吧，周梧桐属虎。

病房里，周梧桐正跟那只老猫说话呢。

这就对了，在彤子看来，妈妈自从出了车祸后，都不会说人话了。

每次爸爸喂她吃完饭，妈妈都揪扯自己头发说，我怎么就不死呢？

爸爸不安慰，激将说，你死了谁来祸害我啊。

也是，我不能死，我还要祸害一千年的。经不得激将的妈妈歇斯底里了。

奇怪的是，爸爸居然讨价还价说，一千年，那得祸害多少人，你只祸害我十五年，就够了。

十五年，好像一个咒语，很灵，每每说到这儿，妈妈就不歇斯底里了，和爸爸抱头痛哭。

为啥要祸害十五年？这个疑问一直在彤子脑子里盘旋。

病房的呼叫器突然响了。

一个护士飞快抢进门去。

要抢救的是那只猫，它老得没了进食的力气，靠周梧桐喂奶水度日，那只奶嘴，彤子看见了，当年她送给猫咪的那只，周梧桐竟保存了这么多年？

老猫去世的当天，周梧桐也进入弥留阶段，她手里，紧紧攥着那只奶嘴。

轮到爸爸歇斯底里了，他恶狠狠揪扯周梧桐头发，你不能死啊，说好还要祸害一千年的，怎么可以说话不算话？

周梧桐似乎被扯烦了，眉眼上露出一丝不耐，气若游丝地说，我答应，你的，只，只祸害，你十五年，你算算，十五年，到，到了吗？

还差一天，彤子十八岁，你就不能……

十八岁，她，她已不算，失怙了，你，求你，褥疮让我，生，生不如死，放过我吧。周梧桐眼睛猛地一亮，跟着一暗，人就没了呼吸。

十八岁，失怙？

在爸爸惊天动地的哭喊中，彤子听见主治医师对护士说，糖尿病高位截瘫能活十五年的，在这个科室，有史以来是第一例。

能够扛过五年不死的，就是奇迹了。

若干年后，做了医生的彤子对一个高位截瘫的糖尿病病人家属说，除非有能让您妻子十五年内割舍不下的心思。

说这话时，是五月的第二个星期日。

窗外草木葱茏得如同那个高位截瘫女患者的手，让彤子不忍直视。

第三辑

灵魂的村庄

排骨煨藕

腊七腊八，冻死寒鸦。

爹见我们一副愁眉苦脸相，爹说，我们今天就杀猪吧。在乡下，一年到头最喜庆的日子莫过于杀年猪了。可眼下，还不到二十呢，按规矩，过了二十才动刀的。

我和媳妇却喜庆不起来，厂里效益不好，我俩都轮岗，要不，谁个回乡下过年呀。即使回，也是二十七八才象征性回一趟乡下，吃了团圆饭，再拎上爹妈灌好的香肠、腌好的排骨、炒熟的花生等大包小包往城里赶。

五岁的儿子听说要杀猪，拍着巴掌满院子窜，哟，吃排骨煨藕啦，吃排骨煨藕啦。因为手头拮据，已有半年没让儿子喝过排骨藕汤了，儿子能不向往吗？

爹抽着旱烟，冲小孙子脸上喷出一个圈圈，说煨藕就煨藕，我孙子吃了开心窍，乡下人迷信，总认为吃了有眼的食物孩子长心眼，可我吃了几十年的藕了，照样缺心眼，要有心眼的话轮岗也轮不上两口子一块轮吧。

爹绑上年猪，捆到架子车上，踏着冬日的寒风上路了，太阳明亮亮的，蛋黄一样，像娘缺水分的脸，又像我们厂长冷冰冰的眼。我和媳妇对望了一眼，谁也没跟上去，怕在街上碰见熟人，丢份。

爹是裹着小北风回来的，听天气预报说就要下雪了，娘便手脚忙乱着剁排骨。

哟，煨藕了，排骨煨藕啦！儿子满院子撒欢。

爹正卸肉呢，爹就一拍大腿，糟，忘在集上捎三斤藕了，爹一脸歉意望着小孙子，像犯了弥天大错似的。

我把眼一瞪，煨什么藕，煨萝卜才好吃，萝卜又叫小人参呢。

我就要煨藕，就不要小人参！儿子嘟起嘴。

知道东北人为啥那么壮吗？我弯下腰启发他，东北人都吃小人参。

我又不是东北人，我就要吃藕，爷爷说了的，吃藕的人聪明。儿子反驳起来一套一套的。

到底是隔辈亲，儿子一向恋他爷爷，我没好气似的瞪一眼爹，都是您平日惯的，看您这会哪儿弄藕去。

也是的，都过了大晌午了，集也散了。

爹不理我的茬，抱了捆稻草进屋，开始扭稻草绳，边扭边对孙子说，就有，就有！

稻草绳越扭越长，爹估摸差不多了，便脱了鞋，换上一条烂裤子套上身，又找烂布包了脚，开始将草绳从脚掌一圈圈往腿上缠，一直缠过膝盖处。

我想起来了，爹这是要下塘挖藕呢。大集体时，生产队挑塘泥，大伙都这么缠的，省鞋又保暖，可眼下是冻死寒鸦的季节呢。

爹不理我的劝，爹喝了一大口老白干，拎上锹便下塘了，爹故意在污泥中笑了又笑，意思是叫我不用担心，可我还是看见爹的眉头皱了几皱，水渗进稻草里，不冷才怪呢。

我赶忙和媳妇去生火盆，待会爹上来须在火盆边烫上一个热水澡，否则，人会冻出问题的。

爹几乎是被我拖上塘的，一个多小时，爹才挖了不到两斤藕，爹很不过意，要不是我变了脸色，爹是执意不会上塘的，我说爹您要再不上来，我就下来了，爹疼孙子，爹也疼儿子，爹知道我身子骨念书念出一身病，伤个风感个冒没十天半月不会好，爹才讪讪着被我拖上来。

洗完澡爹在火盆边烤了半天火，手才有了点暖意。晚饭时分，炖好的排骨藕汤诱人地香着，儿子连筷子都不用了，双手撕啃着排骨，间或喝上一大口藕汤，上下牙交错着忙碌，咯咯直响。

这当儿我发现爹的上下牙床抖动得厉害，我说爹您牙痛啊。

爹抿上一口酒，爹说，哪呀，是一块寸金软骨欺我人老材料不中用了。爹称牙齿为材料，可饭吃完了，我发现爹上下牙床还在抖动，我心里一愣，立马醒悟过来，爹这是冻得还没缓过劲呢。

打那以后，我再也没吃过排骨煨藕，我怕听见爹牙齿打架的声音。

去年冬天，爹的腿挪不动步了，医生检查说，也没啥大病，风湿，受不得凉，一开春，又可以走路了。

娘的结婚照

娘在乡下给我打电话来，口气迟迟迟疑疑的，娘说，小三啊，我想照张结婚照，你能领我去吗？

一贯喜欢开门见山的娘这会也晓得拐弯抹角了。

尽管娘拐了弯地说出来，可我还是吓了一跳，爹过世还不到半年呢。娘老糊涂了？就算要黄昏恋也得等爹烧了周年啊。

我长了个心眼，问娘，大哥二哥没时间领您去吗，我得知道两个哥哥的态度。

他们？别提两个兔崽子了，怕花钱，借故说自己没时间。娘气愤愤的，也是的，照张结婚照好几百呢。我怕娘骂我也是兔崽子，就不敢吭声了，娘说，你别出门啊，我下午就来。

挂了电话，我坐在电脑前发呆，娘啊娘，您这是打我脸呢，钱我不怕出，可对一个陌生的人叫爹，我还真没这个准备，尽管我小说中不乏这样的情节，可毕竟是虚构的，毕竟发生在别人身上。眼下，轮到我了，该如何谋篇布局呢？我对下午娘的到来没半点好情绪，要知道，娘最疼我了，可今天，这算哪门子疼啊。

中饭是没心思吃了，妻子出差，儿子在校，我用一个苹果草草安慰了一下自己的胃，完了才知道什么叫食不甘味。

门铃响时，我不情不愿拉开了防盗门，娘骂我，你个小兔崽子也心疼钱啊，放心，不花你一分。

我嘟囔说，您说什么话啊，也不怕人家笑话，我说人家指跟娘拍结婚照的他。

娘愣了一下，人家？你媳妇不是出门了吗，家里还有谁，不要干对不起媳妇的事啊。娘一脸警惕进屋搜查了一通，见我还在门口发呆，娘说，你关门啊。

我说您那位呢，没上来？没上来正好，说明那老头还有点自知之明。

娘说，什么这位那位的啊？

我吞吞吐吐说，我后爹啊。心说您倒会装糊涂。

娘一巴掌甩过来，你爹才死就想把我扫地出门啊。

我低了头申辩，那您跟谁拍结婚照啊？

娘一拍巴掌，恍然大悟了，娘说，难怪你小子阴阳怪气的。娘从口袋里掏出一张黑白照片，就是它啊，拍成新的，要穿婚妙的那种，娘手里拿的是爹和娘年轻时领结婚证的登记照呢。

我脑子一闪，您说的是翻拍啊。

最近小城很流行翻拍结婚照，把老照片通过电脑加工，翻拍出新的背景及服饰，据说生意红火得不行。我说呢，娘那么稳重的人，跟爹感情那么好，咋会趁爹尸骨未寒就另寻新欢呢，我为自己的肮脏念头而脸红。

照相馆里，娘重三遍四地诉说着自己的要求，弄得我好没面子，师傅是我铁哥们，省摄影家协会会员，翻拍简直就是小菜一碟，用得着娘絮絮叨叨吗？

哥们却不介意，拍着我肩头说，人老了，是这样的。

唉，不就翻拍一张照片吗，瞧娘那认真的。

我是在清明节这天回的家，顺便给娘送翻拍的结婚照。

娘领我们给祖先们烧纸，化钱，一字一板地念叨。

在爹的坟前，娘没念叨，娘把结婚照抱着在坟头转了一圈，末了娘说，看清了没啊？问谁呢，我们三兄弟面面相觑，娘根本没同我们问话的意思呢，不会是跟爹讲话吧。

午饭时，娘抿了一口酒，娘说，小三，你记性好，给我记着一件事。

我站了起来，娘您说，我听着呢。

娘把翻拍的结婚照抱起来说，我死了，就把这放在寿木里，随我走。

我说那哪行呢，我们留着是个念想呢。

娘说啥念想不念想的，屋里放张死人相，晦气，记得哥仨清明给我们烧钱就成。

纸钱是要烧的，我们哥仨点头，在乡下，只有绝了后的坟才没人烧纸钱呢。

记得一定要放在我寿木里啊，娘又一次叮嘱，我很疑惑，为啥一定要放寿木里啊？娘您一向不这么固执的。

娘顿了顿，脸上有了红晕，娘说，我怕从阎王那出来，喝了孟婆的迷魂汤，在奈何桥那边不认识你爹了，有了这照片，我就可以在酆都城里去寻他，你娘跟你爹还没过够呢。

这是娘藏在心里的话，我看了看娘，娘的眼里不知啥时有了泪花。

是幸福的吧。

夏枯草

到底还是去看了祥子。

祥子是医生。我看祥子，有很不得已的苦衷。

静坐头晕，闹腾心悸，我还不到四十的人呢。

祥子都懒得给我检查，一副见多识广的口吻：高血压早期症状。

才不信，你都没给我量血压！

量的结果确认了祥子的判断。我哑了口。

我不是一个贪吃贪喝的人啊。祥子开处方的时候，我委屈得不行。

祥子不说话，把处方递给我，上面就开了夏枯草一味药，说买了回去泡茶喝。

就这么简单？

你想复杂也行，多的是药可以开，保证吃不死你。

你们医生，开处方不是跟效益挂钩吗？我挤对他一句。

瞧你，什么事都往复杂处想，亏我们还是光屁股长大的伙伴。

我还是疑惑，你这是专家门诊啊！

专家门诊怎么了？

这个处方体现不了专家的价值啊。

祥子鼻子里嗤出一股气体来，用最简单的药，治最复杂的病，这才是专家的价值。我可记得某人动辄叫嚣着，把复杂的生活简单化。

某人就是我。

师夷长技以制夷呢，祥子这是。

我这就去买了？

祥子站起来送我，到门口，忽然问：今儿夏至了吧。

是夏至了。

夏至关我什么事，我只关乎自己的高血压。

要不周末我陪你去乡下摘夏枯草？祥子说，新鲜的夏枯草，治疗高血压，事半功倍的。

周末电视台要录制我一个访谈，本土文化访谈系列，我可是排在第一开讲的。

第一开讲很重要吗？祥子冷笑，要是讲到一半心悸，语不成调无法录制，不怕观众说你浪得虚名？

冷汗刷地下来了，从后背。

我一向，是在乎个人形象的。

那就，去摘夏枯草？

夏至的天，晴朗得不大像话，走哪都能心旷神怡。

我深呼吸一口大自然的新鲜口气，张开双臂，仰天长啸一声。

祥子打趣：头不晕了？

不晕！

心不悸了？

不悸。

那就干活！祥子扔给我一个白色塑料袋。

我们眼前，有成片的夏枯草，这是夏枯草的生长习惯，从不见单一生长的。

可惜了，这么青葱的夏枯草，就这么被我们扼杀了生命。我伤春悲秋的毛病钻了出来。

知其然不知其所以然，说的就是你们这些所谓的文化人，不会透过现象看本质。祥子开始鄙夷我了，夏至一到，夏枯草就停止生长了。

为什么要停止生长？岁月静好着呢。我不解。

跟人一样，有洁癖吧！祥子的话有点意味深长：夏枯草是禀纯阳之气的，夏至，阴气生而阳气衰，这其间的道理，你懂的。

我不懂的是祥子，他的专家门诊在医院完全是个另类，很多时候以处方价不超过十元而闻名，以至于大多数患者对他的处方都持怀疑态度，专家门诊一个挂号费还要十五元呢。

医生的终极目标是给患者把病治好，你们文化人最初的宗旨是要把学问做好，殊途同归，你总该懂吧。

提到文化，我的岁月就静好不起来，本土文化第一讲的头衔就这么拱手送人了，太多不甘，为了这个排名，我可是动用了不少资源的。

人生一世，草木一秋。祥子端详着手中的一株夏枯草，感慨万千地说：夏枯草还有一个寓意，叫放下。

放下？愿闻其详。

是的，放下！祥子说，夏枯草，顾名思义，这草一到夏天就枯萎了。

不是说“离离原上草，一岁一枯荣”的吗？我愕然。

这就是夏枯草的志向了，它的初衷就是做一味中药。祥子把手中的夏枯草举到鼻子底下，深呼吸着，有股甘甜，淡淡地，在风中扩散。

惭愧，草都没忘了自己的初衷，我竟然……面对那片看着长势葳蕤的夏枯草，我忍不住俯下身子，长跪不起。

搁以往，用这么个姿势来折腾，我肯定要心悸的。

电话就是在这时响起的，电视台台长的号码，他应该是想跟我预约下一次做访谈的时间。

我没接电话，挂断。那个节目，我早该放下的。

像是表扬我，祥子一边摘着夏枯草，一边声情并茂地咏叹着：天地有大美，于简单处得；人生有大疲惫，在复杂处藏。

开一单低廉的处方就能治病救人，于祥子来说，应该也是一种放下。

但我，还是读出了祥子脸上的疲惫，祥子不是一个复杂的人。

金艾绒

荒坡艾叶喷喷香，溪边菖蒲伴石长。青烟剑叶能驱疫，岁岁端午站门岗。

打小女儿就知道这首诗。记忆中，站门岗的不光是艾叶，还有她爷爷。每年端午，爷爷都要在门楣上插很多艾叶，插完还看不够的模样。

谁让我家是中医世家呢，在过去，医家是有讲究的。

门前必须种桂树，桂树上还得悬挂一葫芦，屋后则栽杏树，寓意再明白不过，这就是杏林人家，这就叫悬壶济世。

今年端午，女儿没回家过，在市中医院实习。

实习结束，毕业证也拿到手，她爷爷让她必须回乡下一趟，说有话交代。

女儿原本要直接去中医院上班的，中医院领导说了，她这种一毕业就能上岗的医师少，所以医院破例，直接让她上岗。那些普通执业医师必须经过的考试，在她面前，等同于无。

很难得了，在大学生毕业就意味着失业的今天。

女儿就有点急，人没落座，话先落地：爷爷您有什么要紧话交代我？

老爷子慢条斯理的：要紧话没有，要紧活路有。

要紧活路？女儿不解了，爷爷成心给自己添乱呢。

大前年你砍的那些艾叶，老爷子眼光越过女儿肩头，可以做金艾绒了。

女儿的眼睛越不过爷爷肩头，那些艾草是大学第二年，爷爷指点她砍回家精选出来，放在通风处晾干的，整整三年了。

老爷子答应过，在女儿毕业时，教会她做祖传的金艾绒。

《扁鹊心书》记载："人之真元，乃一身之主宰……保命之法艾灼第一。人于无病时，常灸关元、气海、命门、中脘、三里……虽未得长生，亦可保百年寿矣。"

老爷子这是要传授真元给艾子啊，他的艾灸可是名声远播的。

女儿就净手。这个习惯好，老爷子眼里露出了笑意。

笑完了，老爷子说你先敬一敬药王吧！

家里一直供奉着药王孙思邈的雕像。女儿点上香，发现香案上有一条金艾绒，还有一罐水。

女儿刚要发问，老爷子发话了，说这罐子装的是屋檐水。

这屋檐水跟药理不沾边吧？

老爷子鼻子凑近那罐水，说我们家煎药的水都有讲究的，要是煎红参和黄芪必用屋檐下滴的雨水。至于针灸，则要在关老爷香案下放了一个月的金艾绒。

又来了，这些带迷信色彩的古风！女儿不以为然：当我大学白念了。

老爷子很郑重：别以为爷爷食古不化，老天爷的雨水，关老爷的香火，不光治病，还保证病不袭人。

好吧，女儿点头，您的意思我明白，侍候病人的人，得了这点宽慰，就少了后顾之忧是吧。

老爷子看着女儿，眼里居然有了后顾之忧。

女儿开始摘艾梗，和尘末，筛灰土。老爷子没有袖手，女儿还不会使用筛子。

太老旧的劳作方式了。女儿在心底感叹，手上的活却不敢怠慢。

爷爷是个因循守旧的人，固执起来别说九头牛，九艘航母都拉不回。

那个祖祖辈辈传下来的石臼就是最好的证明。

医院里已经有了很先进的机器捣捶艾叶，老爷子还是觉得，只有经过了自己的手捣捶的艾叶，才能真正变成柔卷入云温软如絮的金艾绒。

老爷子的理由是，手能感知艾绒传递的喜怒哀乐，机器能感知吗？

女儿没法反驳，这都哪跟哪啊。

艾能有七情六欲？才怪！

有的！老爷子不容置疑说，艾条的药效你晓得吧？

肯定晓得啊，它的作用是帮助人体全面温通经络，温补元气，调和气血，润泽面色。

那为啥只有艾草有这个功能？

因为艾为百草之王，集天地之灵气，吸日月之精华，经三年风霜才制成艾条。女儿觉得爷爷多年前灌输的这些观点太牵强。

傻孙女，老爷子点燃一条金艾绒说，看见没，艾绒燃烧时，是看不到火苗的。

这个女儿知道，艾香是顺着穴位无声无息的渗入、抵达，在香气缭绕中，艾草体内自然天成的纯阳之气、温馨、淳朴、圣洁都源源不断地被输入了穴位，输入了人体经络。

这时的“艾”便是绵绵不断的“爱”啊，它驱逐着人体中所有的严寒与薄凉。老爷子把点燃的金艾绒恭恭敬敬地举到胸口处，用手掌捂灭，含笑递给女儿。

艾条的余温暖着女儿掌心，女儿心尖一颤，有如醍醐灌顶。爷爷要她把爱源源不断传递给经手的每一个病人，驱走人世间的严寒与薄凉呢！

草木都能生情，何况是人，医者父母心呢！老爷子背着手，望着门楣上已经枯萎的一丛艾蒿说，岁岁端午站门岗的，今后就多一个你了。

女儿把艾条捧在手心，对着门岗上的艾蒿，深深一躬，鞠了下去。

眼　睛

男人在广场上走着倒步，我扫了一眼就过去了，这样的锻炼方式，我在大城市里见过，不新鲜。

不过，没走过去几步我又回了头，男人居然夹在一群晨练的老太太中间穿梭，这就有点新鲜了。

新鲜事不是天天都能见的，我就很专注看了一下那个男人，男人比我还专注，不疾不徐甩着膀子，错落有致迈着步子，有点目不斜视的意思。

都老大不小的人了，还装酷？我摇了摇头，在心里笑了一下，抬腿走人。

装酷不过是一时的兴之所至，我想，兼有哗众取宠的成分。

然而，事实证明我的逻辑推理遭到了质疑，男人居然天天夹在老太太中招摇地走着倒步，匪夷所思不是？

得打听打听。

一打听，跟我猜想的八九不离十，这男人，有病，神经病。大家都这么说的，可有神经病的男人会穿得这么齐整吗？

再打听，有熟知底细的人摇头叹息说，他那病，是给急出来的。

多大的事啊？急出这么个病。我又花了心思打听。

男人先前是搞工艺美术的，设计得一手好签名艺术字，画得一手好漂亮的画，日子倒也美满，妻子贤惠，女儿聪颖。

算得上其乐融融吧。

可能是美满得连老天爷都嫉妒的缘故吧，女儿十多岁那年，得了一种极为罕见的怪症，过敏性紫癜病，就是连室内尘土也过敏的病。

先是大把大把地花钱，跟着大把大把地吃药，一个工艺美术店吃空了，跟着房子里的高档家具电器也被吃掉，再后来，房子也换成了药，男人走投无路之下，把女儿背上了广州，开始了沿街卖字作画的生涯。

其间画得最多的，是女儿日渐憔悴的面容。

他要把女儿留下来，尽管这只是一纸画像，但纸上有女儿的眼睛啊。眼睛是心灵的窗口，他知道有一天女儿会先他而去，从这个窗口跟女儿交流将成为他余生唯一的慰藉。

在与城管人员的一次争执中他把头撞向了对方的车身，女儿的病让他有了生不如死的念头。

然而，生命却没离开他的身体，顽强地盘旋下来，他的女儿却在他时而清醒时而糊涂的症状下，闭上了涉世未深的一双眼睛。

脑震荡本未痊愈，加上女儿的去世，人，自然就疯了。

是文疯，不打人不闹事，静静点一根烟，在阳光下对着一张画纸发呆，让人疑心那腾起的一团一团的烟雾中有他女儿的眼睛。

回到家乡，他让妻子跟自己离了婚，当然做这些事，都是在他清醒的时候。

妻子一周过来替他洗一次衣物，打扫一下房间，栖身的小房门上，妻子还未丢掉手里的那把钥匙。想想也对的，人的一生，有很多东西难以丢掉的，譬如亲情，譬如爱情。

一个人的日子逐渐艰难起来，男人重新捡起了画笔，画像，设计签名，自然，是没有人光顾的。

一个疯子，你能坦然面对他坐下来，才怪。

我是个怪人，这点妻子骂过我多次了，那天，瞅个空子，我从单位里溜了出来，在男人的画板前，坐了下来。

画像吗？男人眼里放出光来，把根抽了一半的香烟掐灭，迟疑了一下，又装进烟盒里，他的拮据可想而知了。

不画，就想请你抽根烟。我从口袋里摸出烟来，弹出一根，递过去，好多次，我看见他在晨练时向过往的行人讨烟抽。

他淡淡地看我一眼，喉结上下滑动了一下，很艰难地把目光收回去，不抽。

为什么？我一怔。

不为什么。他捡出那半根烟来，点上，把眼睛眯着，看腾起的烟圈，烟圈里有他女儿的眼睛吗？我想。

是的，有我女儿的眼睛。像看透了我的心思，他没缘由地冒出这么一句。

我心里一动，一个疯子的思维会这么敏锐？

我和女儿在广州卖画时，他慢条斯理换了个姿势说，女儿从不允许我接别人的烟抽。

有什么讲究吗？我问。

我给人画像是工作，不是乞讨，接了别人的烟，人家会在价格上打折扣的。男人说。

打折扣很正常啊。我想，都快沦落到沿街乞讨了，为什么不折中一下呢？

他又一次看穿我的心思，你可以不尊重我的人，但我不能不尊重我的艺术。

要搁平时，我可能会接你这根烟的。他补充了这么一句。

这时为什么不行？我把眼光递过去询问。

这会我女儿盯着我呢。他一脸幸福的笑，把烟吸得一明一灭的，烟灰落在画纸上，烙出两个明晃晃的洞来。

我眼里一酸，把烟收了回来，整了整衣襟对男人说，来吧，请你给我画幅像。

男人眼里亮了起来，我明明白白看见，那亮光里有一对漂亮的大眼睛，在笑。那笑无巧不巧落在画纸上的两个洞中，是他女儿吧。我想。

不放葱花的热干面

注意到这个女人，是因为一碗热干面。

上了年纪的女人，大多不喜欢吃热干面，干，涩，还有那么一点点的硬，当然，也叫筋道。

只是，这样的筋道，更适合年轻人的牙床，也更适合年轻人的胃。

女人有六十岁了，有好的牙床，可以理解，有好的胃，也可以理解，但她手里的那碗热干面，却是端给了一个更老的女人的。

是的，一个更老的女人。卧在轮椅上，干枯的手掌搭在扶手上，一块块的老年斑层叠着，没有青筋了，只有一片乌青的底色隐在皮肤下，像远山下的夕阳，让人就想到两个字——苍凉。

唯一证明她活着的，应该是那张嘴了，有一下没一下地嚅动着，眼睛倒是睁着，却死鱼一样缺少光泽，这样的一双眼睛，你是不忍卒睹的。

让人动不动想起雪压风欺的枯枝，没准你就在擦身而过时，听见咔嚓一声脆响了。

生命的衰败如此真实地击中了我，令人不敢对视。

我也在等一碗热干面，跟她的一样，不放葱花的热干面。

我一直讨厌葱花的味道，一个读书写字的人，身上是不该沾有葱花的味道的，这味道让人很世俗，或者很生活气息，尽管我的文章里不乏生活气息。

老人也曾是个读书写字的人吗？我寻思。跟着我又摇了摇头，这样一个小地方，不大可能。六十岁左右的女人，识文断字的尚不多，何况八十岁的老媪。

见我一直打量门外的老人，小吃店老板娘搭言了，都说久病床前无孝子，难为这位大姐了，三年，喂了整整三年呢。

我笑了笑，乌鸦都能反哺的。

可这大姐，并不是那老人的闺女啊。

哦，那是？我嘴里咽了一半的热干面停了下来。

听大姐说，她是老人收养的，老板娘喝了口水，知青上山下乡时，她从武汉来到这小地方落了户。老人那时舍不得，隔三岔五就跑下来看她，一来二去的，老人的儿女们烦了，再逢上女人回武汉娘家时，言语间就有取有舍的，一来二去，女人身份竟成了老人年轻时一夜风流的私生女。女人一气之下接了老人乡下来住，没想到，老人再回武汉就找不到儿女们了。

老宅子已没了人，望着人去楼空骤然易主的老宅，老人一下子瘫在了地上。女人无奈，把老人又背了回来，一晃三年了，唯一能让老人对武汉保持回忆的，就是这样一碗热干面了。

果然，我顺老板的眼光望过去，老人的鼻子在芝麻酱的浓香中贪婪地抽动着。

我的鼻子也抽动了一下，为那个蹲坐在小凳上的女人，这样的日子，她得蹲多久啊。

老板娘又叨咕了一声，这老人，特怪，就不待见葱花味，一闻见就不肯张嘴，你说怪不？都这大的年纪了，还穷讲究。

穷讲究，不行吗？我笑了笑，把碗中的热干面亮了一下，提醒她，我也是不喜欢葱花的。

一个人的喜好，跟穷与富无关，跟讲究不讲究也无关，我一直这样认为的。

老板娘很是尴尬，我喜欢看她这样的窘相，干吗要对一个行将就木的老人这么刻薄呢。

这事一晃就过去了，我依然每天去吃不要葱花的热干面，女人也每天端一碗不要葱花的热干面，老人同样每天在轮椅上有一搭没一搭地瘪着嘴咂巴热干面。

令我很担心的咔嚓声并没有作响。

今年的雪天来得似乎比往年早，我说的是似乎，因为好端端的寒潮居然就来临了，而且是提前来临的。

我贪恋热被窝，所以起得迟，等我赶到小吃店时，已剩下最后两碗热干面了，而且都放了葱花，是老板娘和她伙计的早餐呢。

我皱了皱眉头，付钱，端起了其中一碗开始边吃边往碗外摘葱花。另一碗也没受到冷遇，一只我熟悉的手端起了它，不用说，是那个女人的。

那个老人也没有吃吗？我跟着她的背影望过去，果然不出所料，老人卧在轮椅中，身上裹着一床棉被，像个襁褓中的婴儿，可那碗是放了葱花的啊。

我为女人担心着，老板娘说过的，曾经有一回，女人端错了一碗有葱花的热干面，结果呢，老人倔强地把头偏向了一边。

我想看一看这垂暮之人是如何发小孩脾气的。天冷，女人如果跟我一样往碗外挑葱花的话，那面就不能进老人的口了。

令人失望的是，老人这次很乖，吃得口舌生津的模样。而且吃得很快，像谁在冥冥中催着她似的。

我和老板娘同时张大了嘴，太不可思议了，这事。

没戏看了，我百无聊赖地走出小吃店，刚要和轮椅擦身而过时，一声轻微的啜泣自小凳上忽然响起。

是那个女人。

老人不再挑剔饮食了，是好事啊。哭个啥呢？我放慢了脚步，就听女人轻轻叫了声，妈啊，你怎么连葱花味都辨不出来了呢？在女人的哭泣声中，我听见一声咔嚓不经意间在心头响起。

寒气更重了。

隔天，居然下了雪，再去小吃店，雪地里没发现有轮椅压过的痕迹。我第一次破例要了有葱花的热干面，吃得满脸的泪滴。

久违的温暖

雅娟走出导师办公室时，微眯着眼，对着天空夸张地做了个沐浴在阳光下的姿势，很芙蓉姐姐的造型。

张鹏没说话，只是那么静静地看着她。为了通过这次论文答辩，雅娟三十多天没晒过太阳了，足不出户的雅娟真的与阳光久违了。同时久违的还有姐姐雅妮。

喊雅妮姐姐，雅娟是不服气的，凭啥呀，不过是比自己早三分钟见到阳光而已，可谁让自己在娘的子宫里是站着的呢，要跪着多好，站着生的肯定比不上腿蜷着生的。

上学后，雅娟硬是咬着牙把雅妮比了下去，门门成绩都当了老大，被比了下去的雅妮去了南方，据说那是一个弯腰就有钱捡的城市，也是一个伸手就得花钱的城市。

雅娟的学费就来自那个城市，姐姐雅妮弯腰的频率一定很高，要不哪来这么多钱呢，雅娟脑海里老浮现出穿和服低眉顺眼不停鞠躬的日本女人，姐姐嘴里说得最多的，只怕也是那句，请多多关照吧。

雅娟的博士学位近在咫尺了，雅娟想，该给姐姐报喜了。

姐姐在南方，却一直说冷，冷是因为孤单，雅娟在北方，却一直很暖，有姐姐的牵挂，也有张鹏的呵护，张鹏是她男朋友。姐姐也该有个朋友了，雅娟想。

雅娟就这么想着上了南下的火车，她要给雅妮一个惊喜，她想象着姐姐嘴张成O形的模样，那里面肯定能塞得下一枚鸡蛋。

记得上小学时，雅妮会经常在课后往嘴里塞一枚剥了壳的煮鸡蛋，温了，再给雅娟吃，雅娟胃不好，吃不得凉东西。

其实姐姐的胃也不好，雅娟却一回也没为姐姐在嘴里温过鸡蛋，谁让她是姐姐的呢。

雅娟就这么胡思乱想着来到了雅妮工作的名古屋，其实就是一家日式的酒铺。

穿和服的工作人员来往都低眉顺眼地走着小碎步，问起姐姐，都说还没来，雅娟就要了一个单间，斜在榻榻米上，日本的料酒她喝不惯，寿司就象征性地搁在矮桌上。雅娟冲那个不停鞠躬的小姐说，如果雅妮来上班，就说有客人等她，小姐是鞠着躬退出去的，转弯了还有请多多关照的余音在雅娟耳边回绕。

雅娟调皮地从包里摸出一枚煮鸡蛋，张鹏塞给她的。

雅娟小心地剥开壳，捧在手心里看了又看，口水咽了又咽，才把它小心翼翼地含进嘴里，二十多年了，她要亲自为姐姐温一回鸡蛋，让姐姐的胃也暖上一暖。

姐姐会感动得一把抱住自己，还是会哽哽咽咽把那枚带有自己舌温的鸡蛋一点一点吞下去，不得而知，雅娟在自己不得而知的猜想中迷迷糊糊睡了过去。

这一觉睡得很沉，雅娟醒来时，蛋还在嘴里温着，门口有一个穿和服的女子正努力挺着腰跪在地上，头微低，双手抚膝，是姐姐，雅娟吓一跳，雅娟说，姐姐是我呢，你干吗跪着？

雅妮头深深一垂说，这是我们老板推出的跪式服务。必须这样做，否则就炒你鱿鱼。

雅娟一言不发地走过去，将那枚鸡蛋塞进雅妮口中，然后一把接过雅妮手中的托盘，双膝下屈，深深一躬鞠了回去。

鞠完躬，大滴小滴的泪花从雅娟眼里滑落出去。

雅妮不说话，那枚鸡蛋的蛋黄已涨破了蛋白，一点点在雅妮口中涨满。

久违了的温暖，让雅妮想起了过世的爹娘，娘也这么喂过自己温过的鸡蛋。

给自己一点伤害

赵小青星期天傍晚看着电视不知怎么的就心血来潮了，在脑子里七想八想起来，怎样才能不让父母无视自己的存在呢？他抱着那只小布熊在床头爬上爬下想了很久，最后想出一个连聪明的一休都得伸拇指称赞的高招来。

对了，让自己受一点伤害，哪怕是小小的伤害。仅仅为引起父母重视把自己重伤一次不划算，但这伤害一定要见血。记忆中，父母最见不得血了，别家的孩子蹭破点皮见点红父母都会紧张半天，何况是自己的孩子呢？

想到这，赵小青无端地亢奋起来，打小到大，自己还没流过血呢！这有两个原因，一是赵小青喜静不爱动，二是父母看管得好，家里铁和木的东西外面都包了棉布，即便赵小青一不小心滑倒在地或者乱撞在桌椅板凳上，顶多也就是额头青一块，肿个大包什么的，与流血事件什么的就相去甚远了。

赵小青的爹娘，一个踩三轮，一个卖冷饮，属于小城下岗再就业人员行列中最普通的一员。每天天不亮，爹就赶大早出去载货，顺带也载客，只要有钱挣，连狗都载过，可就是没载过赵小青在街上逛一回。赵小青班上的同学，哪个没坐着爸爸的摩托车节假日逛街兜风啊，想到这点赵小青就难过，其实赵小青的要求也并不高，不外乎就是坐一坐爹的三轮车出去转转，干吗不行呢？一不用怕烧油花钱，二不怕交警检查驾驶证，在街上逛一圈，跟电视上十九世纪英国的绅士那样，多爽。可爹就没让他爽过一回，娘说该疼孩子的，可娘也不见得比爹疼自己多少，娘的冷饮，从没给自己吃过一回，每次小青渴了，顶多就一杯凉水，冰冻的都不舍得给一杯，说怕自己感冒了。

是人就会感冒的啊。赵小青看见他们班有的同学都咳得直不起腰了，照样还要爸妈买冷饮，不买就赌气撒娇不上学，赵小青这回仔细一寻思，居然打自己记事开始，还没尝过感冒的味道。

不行，老这么着哪行呢？爹娘眼里只有钱了，哪还有赵小青的存在，这是对祖国花朵的熟视无睹呢。赵小青暗暗地下了决心，无论如何，得给自己一点伤害，让爹娘也紧张一回。然后呢自己就撒回小娇，缠着爹坐一回三轮，顺便再让娘破费一杯冷饮。决心一下，赵小青还在心里无声地笑了一下，很得意的笑，把戏没被揭穿的那种笑。

既然是见血的伤害就必然得动刀，赵小青书包里就有刀，是削笔刀，那种把铅笔插进去转动削的旋笔刀，要是拆了它的刀片来割自己的手，属于蓄意的伤害。对蓄意的伤害，爹娘显然不会紧张，闹不好还会赏自己一耳光，赵小青这点账还是算得过来的，可不能像书上说的，偷鸡不成蚀把米。多没劲啊。

要把伤害设计成无心之失的那种，最好还能令爹娘感动得泣涕涟涟的。能让爹娘感动的莫过于给爹娘烧一顿香喷喷的饭菜了，对了，电视广告上那个小朋友给妈妈只端了一盆洗脚水就让全天下的妈妈感动得不行，自己烧的可是一顿香喷喷的饭菜啊。

说干就干，赵小青挽起袖子进了厨房。先做饭，做饭的程序简单，赵小青依样画葫芦，淘米，装锅，插电源，一番忙碌，汗出来了，血却没一滴。管他呢，血汗血汗，汗里多少也有血的成分吧。小孩子的心思，跑哪算哪，赵小青一忙活，早把要给自己伤害一下的事忙忘了。眼下，他只想给爹娘炒上一个菜，鸡蛋他挑了两个兑水加佐料放在电饭锅上面的蒸笼里，这样可以省煤气。娘经常这样做的，赵小青看都看会了，八岁的孩子，正是眼熟的阶段，见什么记什么。

炒个什么菜呢？赵小青打开橱柜，里面只有三根莴笋，莴笋要削皮，赵小青就在灶台上下找菜刀，终于在灶台旮旯里找到了，一把用了五年的菜刀，娘居然藏那么紧，当是屠龙宝刀啊？赵小青看过电视连续剧《倚天屠龙记》，这会再看手中的破菜刀，忍不住嘀咕了一声，这也叫刀？

实在找不出称手的武器了，赵小青只好握着那把破刀蹲下来，学着娘的样拿起一根莴笋慢慢削皮，不慢不行啊。一是赵小青手生，二是刀钝，赵小青削着削着想起娘怨爹的口头禅来，人笨怪刀钝，指望你什么忙也帮不上！

赵小青可不承认自己是个笨人，他得让爹娘收摊回来能吃上晚饭，眼下都快七点了，一般在这时候，爹娘都该回来了，吃完饭，再出去坚守岗位，十一点才真正回家，结束战斗。赵小青想，自己也该结束战斗了，力争爹娘回来前吃上一顿可口的饭菜。

心里想着，赵小青手上的频率就加快了几分，忽然破刀一滑，赵小青感觉手指上先是一凉，跟着心里一疼，菜刀哐当一响，掉在地上，手指上血珠一粒一粒冒了出来，破刀也能伤人？赵小青鼻子里哼了两声，嘿嘿，流血事件呢。无巧不巧的一种伤害呢。赵小青嘴角牵出一丝笑来，可以坐爹的三轮车兜风了，还可以吃娘的冷饮了。

血越冒越快，赵小青的脸上开始发白，他用纸巾摁用毛巾捂，可血还是源源不断渗出来，咋回事呢？赵小青心里有点发虚了。

门就是这时被打开的，爹和娘一前一后走进屋来，是娘先闻见的血腥气，娘三两步蹿进厨房，一见赵小青的模样险些倒了下去。娘冲爹哭了一嗓子，天啦，这孩子，怎么弄出血来了，我小心又小心藏的刀，他怎么找到的？

爹顾不上哭，只是一把抱起赵小青就往外面冲，三轮车他来不及去踩了，一伸手拦住一辆的士，快，急诊，去医院。

赵小青晕晕乎乎的，感到嘴里越来越凉，车窗外五光十色的看不清景物，兜风就是这感觉吗，冷饮就是这味道吗，他喃喃自语着垂下小脑袋，感觉身子很软，要睡的样子。

娘在一旁抱住他，泣涕涟涟的模样，不就给自己一点小小的伤害吗，值得那么紧张？赵小青闭上眼之前还这么百思不得其解地想。

他哪里知道，从他一出娘肚子就带有血小板减少的怪症，专家说了的，他造血功能低，最好避免出血，一出血，重则送命，轻则昏迷十天半个月，而且还受不得凉，一个小小的感冒也能诱发其他的并发症。

干娘的柳条

干娘对我好，好得连亲娘都生出几分妒嫉来。

妒嫉归妒嫉，干娘依然对我好。

亲娘妒嫉了也没几年，一撒手去了另一个地方，是我披麻戴孝送的她，也算不白来人世一遭，亲娘就我一根独苗，六岁的模样……当时。

没娘的孩子在乡下，是很打眼的。

大凡你看见一个孩子放了学，一个人在路上像怕踩死了蚂蚁似的慢吞吞挪步，要么抬头看呼啸而过的麻雀觅食，要么低头看水里嬉戏的鱼儿翻花，那人一定是个没娘的孩子。

没娘的孩子，没人管，家，就成了夜幕落下来后一个栖息的窝。有娘的孩子不这样，得急急惶惶往家赶，要打猪草，要捡柴火，还要带弟妹，更要防手脚慢了挨娘的巴掌。

我倒是很想挨一回娘的巴掌，那种高高举起又轻轻落下的巴掌，顶多在屁股上拂了一下。那时候的娘，打孩子很少用柳条抽的，不是舍不得打，是舍不得打烂了衣裳。我们那时孩子穿的衣服，都无一例外是由大改小，屁股上还有两个圆粑粑补丁的那种，像现在人们玩的麻将中的二饼，要用柳条一抽，什么后果，你想想。

没了娘，先破烂下去的是我们的家，跟着是我和爹的衣裳，总有捣蛋的伙伴用竹棍沾了泥往我屁股上点。那时候，我还不晓得卖屁股是件很丑的事，只觉得露点屁股很好玩，凉爽。

干娘是在路上碰见的我，娘死后，她很少去我家了。怕遭人口舌，更怕她男人打她，说碰见，其实更像是等，干娘把那片沙地都踩平了一大方。

我像只小雀儿投进干娘的怀里，喊了声，干娘。眼圈就红了。

干娘一手揽住我的头，一手在裤兜里挖，挖出一块泥巴糖来，暗红色，像她的脸。我一口咽了下去，甜，就一丝丝在齿缝里蔓延，我把嘴吧嗒得一声赶一声响，就像从饿牢里放出来的模样。

瞧我娃瘦的，豺狼见了哭三场呢。干娘眼圈红红的，拿手在我屁股上摩挲，一摸摸到一手泥。干娘的眼泪滴下来，你爹也真是的，这样的裤子还能上身?

我说，爹的屁股也烂了，用胶布粘的呢。爹的手弹墨线行，拿针线不行，爹是木匠，给干娘打过婚床。

干娘抬头看了看天，太阳还有一竿子高才落山。干娘就说，这样吧，你紧着跑几步，回去把你和爹的破衣服都撸来，我回去拿针线，你在路边柳林里等我，我麻溜连几针，赶得回去烧晚饭火的。

一听这话，我撒开脚丫子就跑，爹不在家，我撸了一大抱衣服，走一步，掉一件，捡捡停停地跑到柳林，太阳就剩半竿子高了。

干娘手巧，像蝴蝶穿花，上一针下一针把我看得眼里发乱，连完了地上的衣服，日头咚一声就落山了，干娘说，把你裤子扒下来我也连几针。

我很害臊，不脱。干娘拗不过，说，那你别动，我就在你身上补，小心针扎了你屁股。

我一动也不动站在那儿，干娘就着暮色蹲在我屁股后面好不容易连完了，正用牙去咬线头呢，我憋了半天心里闷，憋出一个屁来，扑一声响了，干娘一巴掌落下来，你这娃，放屁也不打招呼。

我很得意，问干娘，屁臭吗？

干娘说，我娃的屁，是香屁，不臭。

我不信，说香屁啊我闻闻看。就要脱裤子来闻。

干娘不许脱，说蚊子出来了，一咬一个包的，又痒又痛，落哪门子好。我还要脱，都说响屁不臭，臭屁不响，我得闻闻真的臭不。

干娘火了，顺手折下一根柳条，再淘气我打你。

我不信干娘真会打我，就去解裤子，暮色已降下来，脱裤子也不用害臊了，正得意呢，干娘的柳条就在那一刻抽下来了。

我一伸脖子，号了起来，不是疼的，是委屈。打认干娘起，干娘还没弹过我一指甲。爹收工路过柳林，听见我的哭声，寻了进来，我趁机脱下裤子，边跑边喊，闻响屁啰，闻香屁啰。

干娘冲爹一咬牙，这娃子，性子太野了，树要从小育，别长大了像你。

像爹咋啦？我不明白，把干娘那话抛得远远的。

等我明白时，干娘已经死了，干娘当天回去又遭了男人的打。

打的原因很简单，说干娘摸黑跑去会野汉子。干娘是上吊死的，那舌头，还伸出老长，干娘生前不爱嚼舌头，但不是没有舌头，干娘死后想说什么呢？

第二天，我爹要死要活地带我去了干娘家，披麻戴孝的——还是我。干娘膝下没一男半女。

乡下有说法，收养个干儿子压子，会引出一个儿子的，我却把干娘给引走了。干爹不待见我们，只差要拿刀子，可人死大过天，他才没敢动手。从墓地回来，路过那片柳林，我把干娘打我的柳条捡回家，想起干娘了，就在屁股上使劲抽一下。

爹先是不给人打婚床了，跟着连木活也不做了，再后来，爹把木匠家什全毁了，毁之前爹雕了一个木头人像，粗一看，像干娘，细一看，也还是像干娘。

不过爹雕的干娘手里没拿柳条。

丈母娘的脑萎缩

我读朱子家训，读出了几分不自在来。

与我初读时的初衷大相径庭了不是？我一直觉得吧，祖宗的好东西在我们手里非但没得到传承与发扬，相反地，市场逐渐萎缩起来。

尤其是文化。

现在的孩子，有几个背过朱子家训的，又有几个知道朱子家训的？我知道是因为我不是孩子了，还因为是我有了孩子了。

上了点年纪的人，会对老祖宗传下来的东西有点亲切感，但这会，亲切感没上来，不自在感倒上来了，有点喧宾夺主呢。我就把目光扎下来，扎在那行令我不自在的家训上——重资财，薄父母，不成人子。

我自认一向是不重资财的，薄父母更是无稽之谈，咋看到这儿就不自在了呢？

父母一直健健康康的，生活费我也一分不少打到了账上，应该划归在成人子之列的。慢着，容我想想，这父母应该是夫妻双方的父母吧，朱子家训上虽没说一个女婿半个儿，但朱子家训上有这么一句啊，嫁女择佳婿，毋索重聘。

我重聘了吗？惭愧，我是空手套的白狼呢，难怪会不自在，呵呵。

岳父岳母可是把我当儿子看的。

一分钱没花，还赚了厚奁，而且娶的是淑女，有点中大奖的意思呢，是八百年不遇的美事，在乡下。

记得第一次去丈母娘家，宰了鸡，捉了鱼，饭菜摞了满满一桌子。

那一次，我吃得相当艰难。

丈母娘把她认为可口的菜全夹到我的碗里，隆起很夸张的一堆，坐我对面的人差不多都看不见我的脸了。我生就是个刀片脸，窄，比妻的鞋片宽不了多少。吃得艰难注定了睡得也艰难，夜里我爬起来，围着房前屋后跑了不下十圈，才消化了胃里那些堵得让我喘息不均的饭菜。

再以后，去丈母娘家我就有点躲的意思，基本都在饭后。

丈母娘托妻问我，是不是嫌她做的饭菜不过口，我摇摇头，说我是不习惯别人给我夹菜。

丈母娘表态说，那我不夹了。

果然就不夹了，但却在碗里打了埋伏，要么卧几片肉垫底，要么埋几块鸡，让我哭笑不得。赶上逢年过节，好菜又摞上一大桌时，丈母娘的筷子总时不时要绕到我碗里走一二圈。

娘是老习惯呢，一时半会改不掉，妻见我面有愠色，悄悄告诉我。

也是的，在丈母娘那一方，谁都知道，她会给人夹菜上菜，往往你正扒着饭呢，一不留神，一勺鸡汤飞进碗里，汤水四溅开来，溅出丈母娘眉眼里全是笑意。

一番好心不是？你只得忍了吧。

我不习惯忍。

终于在儿子三岁那年，饭桌上甩了脸色。

小孩吃饭，向来是添一回躲一回，喂一口推一回，我一向反对妻这么娇惯儿子，但凡我们一家三口吃饭，儿子倒也安分。

但到丈母娘家待了几天，一宠，就不像样了。那次我去接孩子回城，丈母娘又是一筷子赶一筷子往儿子碗里夹，夹得儿子吃饭像皇帝挑贵妃，刁得不行。

我忍无可忍一拍桌子，说了多少次，娇儿不孝娇狗上灶，您能给他夹一辈子菜吗？

丈母娘当时筷子上正夹了一块我最爱吃的红烧肉，看那情形正准备再顺到我碗里的。

我那声吼，让她的筷子很突兀地改变了方向。

妻在桌下狠狠踢了我一脚。

那天晚上，丈母娘没按朱子家训所说，既昏便息，关闭门户并亲自检查，而是一下桌就躺到了床上。

打那以后，丈母娘再也没给我和儿子夹过菜了，不是她懂什么居家戒争讼，讼则终凶。而是病了，脑萎缩，大脑时常处于空白状态。

这病，是羞与人说的。

家中客人自此也少了几许。

除非我们回去，一般情况下，就二老在家，这时候，轮到老丈人为丈母娘夹菜了，她的手，时常会情不自禁地痉挛，碰上圆的滑的菜就有心无力了。

脑萎缩严重的，会引起偏瘫呢。我的不自在，肯定与丈母娘有关。

合上书，我仔细想了想，真是有点羞为人子的意思呢。

选了个双休日，我冲儿子说，回乡下看看外婆吧。

妻有点疑惑地望着我，那几天，正是我事业的紧要关口，离开一天，公司就得损失一大笔钱财。

丈母娘对我们的回来是喜出望外的，在妻的配合下，丈母娘照样摞出了一大桌菜，脑萎缩了，席面并没萎缩。席间，我把儿子的碗递过去说，娘，把您面前的虾球给多夹几个吧，他够不着。

丈母娘哪里是夹啊，她把那盘虾球端起来，整个用筷子扒了一半到儿子碗里。

接过儿子的碗，我顺便也把碗举起来说，娘麻烦你也给我夹两个吧，这虾球我爱吃。

丈母娘抖着筷子，一夹，掉在桌上，再夹，还是掉在桌上，如此三番五次，终于，有一个虾球掉我碗里了。丈母娘欣慰地放下了筷子，我的泪，哗一下涌了出来，怪事呢，我的泪腺一直是萎缩的啊。

打得不够狠

我和爹，打小就不拢堆，多年父子成冤家。这话，我信。

你们爷俩，杀世的冤仇呢。娘常抹了眼泪这么数落爹，娘没文化，每次爹打我时娘都搬出这句话来数落他。

数落归数落，爹落在我身上的拳头一个也没少。

爹打人，下死手，尤其是对我。

我上面是四个哥，也遭过爹的毒手，但没像我这样暗无天日过。

记得我第一次学写作文《我的家》，我在作业本上这么开头的，我讨厌回家，也讨厌爹，爹让我的日子过得暗无天日的。

老师表扬了我，说我会用词。

人是经不得表扬的，一高兴就把得意写在脸上，回家冲爹冲娘冲四个哥哥嚷嚷，得了老师表扬，得了老师表扬。

爹脸上写满狐疑，就你，还能得老师表扬，念给我听听，写的啥？

是那一回，让我体会到《朱子家训》中为什么要有那么一句，凡事当留余地，得意不宜再往。

我往前得意了这么一步，就没余地可留了，那文章说爹的坏话呢，能念给爹听？除非我还想把脚步往水深火热里迈。

我把作业本往爹手里一塞，说你自己看吧。

爹只认得自己名字，尽管文章里那个爹是等同于他的，可认不得就不是我的错了。

我很得意自己的小聪明，却忘了《朱子家训》中还有另外一句话，人有喜庆，不可生妒嫉心；人有祸患，不可生喜幸心。

毋庸置疑，我那四个哥哥是生了妒嫉心的，大哥一把抓过作业本，一目十行地看，看完了就扮鬼脸，然后摇头晃脑念了起来。

爹的眼先是睁圆，跟着瞪大，最后变红，我预感情况不妙，拔腿就跑。啪，一个扫帚把跟了上来，把我砸倒在门槛边。爹没读过《朱子家训》，对一粥一饭，他可能会当思来之不易，但对半丝半缕，他没恒念物力维艰。那一顿打，我屁股上烂了洞的裤子又被打出几个洞来。

彻彻底底春光外泄了一回。

第二天，节气刚好是谷雨，我没上学。

古书上说雨生百谷呢。我生什么，当然生一肚子闷气。

晚上，老师来家访，我很委屈，抽抽答答哭了一通，老师批评了爹，说，你娃是文曲星呢，写那么好的文章，怎么下得了手？

爹不识字，但敬重识字的先生。

爹有点疑惑，说都暗无天日了，还好文章？

老师叹口气，说那叫修饰，属于遣词造句的范畴，干吗对号入座呢？把孩子打的。

老师的气把爹叹得头一下一下往低处扎，一直扎到裤裆下，爹是羞愧呢。他一向敬重说话会转文的人。

老师走了，满以为爹会摸一把我的头的，在我们家，爹摸谁的头就表示向谁认错，可爹只瞪了我一眼，卷起那个作业本，就进了里屋，跟着传出翻箱倒柜的声音。

难不成是寻什么好吃的补偿我？我寻思。

末了却见爹两手空空出来的。

我更恨爹了，没理由不恨啊。

恨爹就只能拿书本出气，我得跟老师一样，转出一段一段的文来镇镇爹，让爹的拳头落下来时要一思再思三思。

其间，爹又打了我一回，用书本抽的。那次下雨，我把书本顶在头上，回到家时，爹正好拿了伞要出门接我，一见我把书本顶在头上，手中的伞二话没说抽到我的脸上。我用书去挡，爹更火了，抢过书，啪啪抽我耳光，还文曲星，有你这么糟蹋书的文曲星吗？要敬惜字纸知道吗？

打那以后，我再没糟蹋过书。

连爹没文化都能说出这样的话来，尽管我知道他是跟先生学的舌。

爹每打一次，我就走远一次，一直到我走出爹的视线，靠今天以文字谋生为止。

先成家，再立业，我跟爹更绝少拢堆了，有必要吗？他打了我那么多年，不给他一张冷脸就够了。

为分家，我还怨着爹。

四个哥哥都得了一栋屋，我落了个空人净身出的门，只差要给人当倒插门女婿了。

也好，省得看见爹那双老茧横生的手，手上全是暗无天日的黑皮，糙人，也糙眼呢。

日子就这么糙着过了很远，那天，媳妇翻日历，不经意说了一句，谷雨到了呢。

雨生百谷。我在那个节气中忽然感慨起来，有理由生爹的气吗？我都当爹了呢。

想了想，给爹拨了一个电话过去。爹接的，说正要找你呢。

找我？爹当时为分家和我闹僵了拍桌子说过，讨米都不从我门前过的，爹还有四个儿呢。

什么事？我公事公办的口气。

我的手，伸不直了。爹在那边嗫嚅了一句。爹的浑身关节有问题，风湿引起的，年轻时做得狠了落的病，我漫不经心张嘴说，伸不直请医生看啊。

爹忽然缄了口，不吭声了。不吭声自然是遇到难处了。我换了口气说，让娘到我这拿钱吧。我知道爹在钱上打死也不会向我张口的。

那边传来抽鼻子的声音，是爹，爹哑了一下嗓子说，五啊，还是你有孝心，你哥哥四个，没一个肯出一分钱，还说我的手是报应，打孩子打多了的报应。

我没吭声，爹又说，棍棒出孝子，爹没错的，你念书多，应该晓得的。

我还是不吭声，爹小心翼翼再补上一句，你哥哥们不孝顺，肯定是我打得不够狠。

话说到这份上，我无语了，默默放下话筒，看窗外的天，谷雨的天气是暗的，不过不是暗无天日的那种暗。

电话又响了，这回，是爹主动打过来的，我接了，爹在那边说，知道吗，你小时候那篇作文，我还留着，等会让你娘带给你。

真的是无仇不成父子吗？我鼻子一酸，喉咙里发不出只言片语。都说清明带雪，谷雨带霜，爹想带给我什么呢，仅仅是那篇让我打得不够狠的作文吗？

惦 记

水在床头柜上，面包在床头柜上，电话也在床头柜上，昔昔对娘挨个点了一遍，还缺什么您说啊！

娘不缺什么，娘缺一双能动弹的腿，娘欠了欠身子问昔昔，小昔你这是要出去？

嗯，出去，有点急事！昔昔使劲点了点头，不使劲娘是不会相信的，娘病了十几年，躺了十几年，都成精了。

好吧，你把门带上，我怕风。娘说。

房间里哪来的风啊，昔昔笑，不过关门倒正合她的心思。关上门她可以在客厅里放心大胆看会电视，放心大胆打声呼噜，天天围着老娘转，她想轻松一会儿，哪怕就一小会儿，也行。

都说五十岁是知天命的年龄，可昔昔四十八了，还不知道自己天命究竟是什么样的。

轻松得起来吗？儿子上班后，基本不着家，不到三更半夜喇叭响你根本难见他的人影。

喇叭响是因为他懒得下车开门，要昔昔开了门，他才一溜烟把摩托车开进客厅，他们住一楼，摩托车放院子里面有贼惦记。

铁都有人惦记，自己咋就不如一堆铁呢？昔昔摇摇头，打开电视机，在沙发上躺了下来，眼睛盯在荧屏上，思维却开始走神。

男人除了下死力做事，啥也不吭一下，你病了也好，冷了也好，饿了也好，他只会拿眼看着你，一个劲抽烟，抽完了从口袋里往外掏钱。钱是血汗挣来的，他掏得很认真，一张张地点，点一下手指头哆嗦一下，像割身上的肉。难为他了。结婚时一精精壮壮的小伙子眼下已成一干瘦小老头了，那肉究竟叫谁割了去，她也说不出个所以然来。

都是叫儿子给磨的。她迷迷糊糊地想，娘的病也磨人，但磨的只是昔昔她自己。他是入赘来的男人，虽说有一个女婿半个儿一说，可毕竟差了半个，不如做女儿的贴心。女儿是娘的小夹袄呢。眼下，她这个夹袄夹得都快生霉了，娘咋还不死呢？她把手里的遥控板一按，胡乱调起台来。

这有点像儿子，儿子看电视，从来不正正经经看，抱着遥控板左一下右一下地按，为这父子俩差点动了手。

那天，儿子又在调台，男人火了，到底你想看啥，东一榔头西一棒槌的。

儿子说，我喜欢不行啊。

男人说，喜欢当然可以，可你买电池的钱都没见拿回来一分，还好意思说喜欢？

这话伤着了儿子的自尊，儿子上班就这德行，一个月不到，跳了三回槽，好像天底下就没满他心的工作。

要见钱啊，简单，我上街抢去。儿子气呼呼顶了句。

男人不敢作声了，儿子要真是去大街抢钱，他这辈子算白操心了。男人就嘀嘀咕咕了一句，你哪一年才不用老子惦记啊。

儿子不领情，我要你惦记了吗？真是的。

昔昔想到这，忽然苦笑了一下，想了想，摸出手机，按下了儿子的号码，偏偏，电话里一个很好听的姑娘很温柔地提醒，对不起，您呼叫的用户欠费停机。

都这么大的人了，手机欠费也不知道，得让人担心到什么时候啊。发了会呆，她从柜里摸出一百元钱，出门，在街对面的移动网点替儿子充了话费。

拿了缴费单，昔昔觉得好像一下子和儿子距离贴得很近很近，近得暂时可以不为他担心了。

慢吞吞打开防盗门时，客厅里自己放在沙发上的手机正一阵赶一阵响个不停。

昔昔的电话很少响过，除了男人就是儿子打，男人怕花钱，基本不打，儿子倒是打，一干坏事要找娘伸手就打过来了。

莫非儿子又犯事了？昔昔一把抢了电话就接听，里面却不是儿子急惶惶的声音，是娘的。

昔昔一下子挂了电话，浪费话费呢这是。人跟着就冲到了娘的卧室门口，娘一定是要大便了才打电话的，一般小便娘都会忍着，忍到她进房时才说的。为这事，娘一天到晚尽量少喝水，少进食，久病床前呢。娘知道深浅的。

进了门，娘却没憋出一身难受的样子。

昔昔俯下身子，娘您有事？

娘说，也没啥事，我怕你凉着，提个醒。

凉着。好端端的咋会凉着？昔昔奇怪了，莫不是娘躺久了，思维也走了岔路。

前一会我还听你在外面打呵欠，后来就没动静了，想来你是困着了。娘瘪了瘪嘴说。

困着了就会凉啊，真是的。昔昔埋怨了一句。

可，可我听外面好像下雨了呢？娘像个犯了错的孩子偏过头，娘是担心啊。

下雨，有吗？刚才出去还好端端的天。昔昔转身来到了客厅，老糊涂了这是。正心烦呢，一声炸雷响起来，吓了她一跳，电视荧屏上，一阵又一阵的雷雨在画面上翻滚交织着。

昔昔一下子蒙在那儿。

跟着眼里有泪光奔涌出来，原来自己也是有人惦记，有人担心的啊。

擦了把泪，昔昔重又走进卧室，冲娘轻言轻语说，娘，真的下雨了呢，来，我给您把杯子的水换成温的。

作　翅

人死三天翘。

面对这种不是真理却广为流传的民间格调，我从来存有质疑，老人言和经验一说，千百年来不乏种种无稽之谈。

《荀子·正名》有云，无稽之言，不见之行，不闻之谋，君子慎之。

然而，晚期胰腺癌的老丈人给我这个自诩为人行事慎之的女婿上了刻骨铭心的一课。

当止疼栓、曲马多都无法缓解老丈人的病痛时，癌细胞无休止的扩散让老丈人无端地暴躁起来，曾经多么好脾气的一个老头，用乡下话来讲，走路都怕竹叶落下来打了头的人，说的话，一句比一句打人了。

所提的要求，不单是无理，近乎于无赖了。

腊月二十三，按老话说，是年下，灶王爷都晓得回天庭去的，再在医院里住下去，不是事了。

有钱没钱，回家过年，有病没病，回家团年。

前后做了几次工作，老丈人勉强点了头，答应出院。

一大家人前呼后拥回到乡下的家里，一向冷清的院落顿时有了生机。

老丈人似乎很享受这种热闹，吃过晚饭，当然，他的晚饭很简单，也很原始，一碗稀得可以照见人影的米汤。因为吐血屙血，十余天来仅靠流质食物维持身体营养的老丈人，对所有带着荤腥的饭菜都持警惕态度。爱人心疼他，托人网了一只斑鸠给熬了汤，饭后刚喂了一口，老丈人就闭着眼，拿手直摆，意思是拿远点。

搁古装剧里，多数人会以为，那是一碗鹤顶红，有谋财害命的嫌疑。

爱人的脸，顿时挂不住了。

这么新鲜的斑鸠汤，有营养，又不伤胃，您多喝一口吧。

老丈人眼睛冷不丁一瞪，伤不伤胃，我没你清楚？能吃能喝我不晓得张嘴？想我死就明说。

爱人张着的嘴巴，被噎得半天合不拢。老丈人心里最疼的，就是她这个女儿啊，从小到大，都是温言相向的。

莫非，真有人死三天翘一说？

一句作翘的话，让满屋人都赔了小心，本来打算开车回城办事的小舅子，终于没能走成，在乡下待了一晚。

那一夜，老丈人睡眠质量前所未有地高，太不可思议了，之前在医院，靠药物都没能让老丈人睡眠有所改变的。

用一句作翘的话，老丈人打破了以往一大家人各自为政的格局。

每个人看他的眼神，都小心翼翼了许多。

毕竟是弥留之际的老人，一切都将就他吧，再者说了，还有人之将死其言也善的时候等着我们呢。偏偏，生命进入倒计时的老丈人不给达成共识的我们唤起他半点善解人意的印象。

当吗啡开始进入老丈人身体为他排忧解难时，老丈人开始让我们做子女的，有忧不能排，有难无法解了。

天底下药物的毒性，讲究个以毒攻毒，人心，难不成也要以毒攻毒？

诚然，老丈人的话语，已经由噎得死人升级了版本，用丈母娘的话来说，毒得死人了。丈母娘患有脑萎缩，能说出这么有见地的话，内心，显然是受了极大的委屈，都说愤怒出诗人，看来，委屈还能出哲人。

丈母娘脑子虽然萎缩，夫妻情分尚没完全泯灭，每晚垂了手问老丈人，今晚我陪你睡吧，端茶递水的，方便。

指望你心疼人，只怕我坟头都长满了青草。老丈人的话音虽然虚弱，吐出的字杀伤力却达到十级。

少年夫妻老来伴，老丈人这一病，活生生把丈母娘做伴的权利给剥夺了。

好在丈母娘脑子时而糊涂时而清醒，没祥林嫂一样逢人抹泪，诉说不幸。

不幸的是我们这些做子女的，怎么做都难满老丈人的心。

这一回，轮到小舅子遭了殃。都说叫花子也有三天年，小舅子在年前三天，忙得放屁都要瞅着蹲大便时一起解决，每天回来陪在病床前就只有两个小时不到，够难为他了。即便这样，还是遭了老丈人的腹诽。别以为老子病糊涂了，告诉你，老子清醒着，你当时一个劲要让老子出院，不就是怕老子死医院里，回不了中堂。

天地良心，这种病，医生跟小舅子交代得再明白不过，在医院，无非是打点补充能量的药水。止疼的药，总归就那几样，家里环境怎么也比医院好吧，家里的膳食怎么都比外面餐馆的强吧。

小舅子的一番举动，应了公公给媳妇提裤子那句古话，好人落不下好。

说到这儿，千万别以为我凭着女婿身份就能幸免，我也没居功自傲的想法，尽管医院期间我一直陪床，陪得医生护士都说我是中国好女婿，可惜，老丈人一句话给否了。不算卸磨杀驴，真要卸磨杀驴我也认了，问题是，老丈人只要还有一口气，就得仰仗我这个驴来拉一圈磨。

那天，我接了一个电话，是一个很重要的饭局，声明一下，我已经几个月不参与饭局了，没心情。那天是大年初五，家里有人，不缺我一个，我就爽快答应了，说到底，是想出去透透气，老丈人这病，捆绑得我由内及外都发霉了。

孰料，电话刚挂，老丈人从病床探出身子，口气极不友善地说，我都这样了，你还有心情出去吃饭？

您都哪样了啊？我怔住了，退一万步讲，哪样了我也得吃饭不是。

典型的无理取闹。

那天的饭局没参加，晚上，我在电脑前写东西，兼顾着陪护老丈人，他的疼痛越发加剧了，我给喂服了一颗吗啡后，他紧皱的眉头逐渐平复起来，看着我，猝不及防间，哭了，说我真的没想到会这么给你们添这么大麻烦啊，我给自己算了一千种死法，唯独没算到自己会疼得死去活来的。

那一刻，我忽然明白过来，老丈人不是怕自己被疼死，他怕的是，我们都不在身边，他疼与不疼，都没人问候一声。

所谓的人死三天翘，跟会叫的孩子有奶吃，本质上并无两样，说到底，都是借一些反常的行为以引起亲人的关注。

写到这儿，我忽然汗颜了，医生护士夸我中国好女婿时，我还扬扬得意来着，我其实在意的，是外界对我的置评，而不是老丈人的疼痛，坦白说，我仅仅停留在表层。

败家的娘

一直想数落一把娘，把娘小时对我的数落悉数奉还。

这么一说，你一定明白了，我是个爱记仇的人，是的，用娘数落我的话说，你这个孩子，心狠，打小就不知道惦记人。

我不惦记人了吗？大错特错了不是，我至今还惦记着三岁时娘给我的一巴掌，在屁股上，火辣辣地疼到今天。

正是那一巴掌，让我对娘的瞎眼传说产生了极大的怀疑，据奶奶说，娘的眼睛一直有毛病，用乡下老话说，只能通个路程。也就是说，娘的眼神用来走个路可以，穿针引线烧火捣灶什么的，得靠一双手去摸索着才能完成。可那一巴掌，怎么就那么准呢，当时我的小屁股因为日子过得艰难都没长开，跟现在的肉鸡屁股有的一拼，娘那一巴掌完全是覆盖性的打击啊，没半点遗漏。

之后我盯着娘那双灰蒙蒙的眼睛瞪了好久。

却没瞪出个什么眉目来。

听娘自己说，她跟爹结婚那会，根本看不清爹的长相，倒是后来，日子好过了点，她的眼神逐渐看东西有了轮廓，再后来，辨得出锅碗瓢盆，看得清柴米油盐了，这是乡下女人必须过手的伙计，哪怕你是个瘸子、瞎子，也没人能顶替你。没办法，女人主内，喂猪养鸡，缝补浆洗；男人主外，使牛唤马，耕田耙地。分工天经地义，老天爷不会因为你身体有缺陷而格外开恩。

老天爷一旦开恩，小家门户的日子，就开不出烟火了。

娘打我，是觉得我给她丢了脸，让不知情的外人见了，以为我是没娘的孩子。在乡下，没娘的孩子是相当打眼的，但凡你看见一个孩子放了学，一个人在路上像怕踩死了蚂蚁似的慢吞吞挪步，要么抬头看呼啸而过的麻雀觅食，要么低头看水里嬉戏的鱼儿翻花，那一定是个没娘的孩子。

没娘的孩子，没人管，家，就成了夜幕落下来后一个栖息的窝。有娘的孩子不这样，得急急惶惶往家赶，要打猪草，要捡柴火，还要带弟妹，更要防手脚慢了挨娘的巴掌。

我那会才三岁，没学上，也没猪草打，更没柴火捡，有个妹妹，还没到要我带的时候，妹妹在娘肚子里怀着。

我就成了两不沾的孩子，一个人在路上转悠，想快跑就快跑，想慢爬就慢爬，有娘没娘，还真的让人费疑猜。

写到这儿，我突然有点怀念那段时光了，我的怀念没半点矫情的成分，是建立在同情现在孩子的基础上。

现在的孩子，三岁都在上兴趣班了，再不济的也能念乘法口诀，会背唐诗宋词，想要一个人悠哉游哉玩儿，那是比做千秋大梦还奢侈的事儿，就算爹娘不指望你出人头地放任自流，也怕人贩子给拐了不是？

眼下的人心，都叫钞票给蒙住眼了，问个路都要收人家问路费的。

我挨的那一巴掌，跟问路有关。

那天晃着晃着，我一个人走到村口，大人们都在地里忙活着，村口空荡荡的，蚂蚁都难看见一只。慢着，这话说早了，远远地，一个蚂蚁样的黑影一点点变大，向我移动过来，再往后，黑影变大变高了，还变得有鼻子有眼了，是个女人。

很面生。

女人四下里望望，没人，只好蹲下身子，眼睛跟我眼睛对齐了，女人从裤兜里挖出一块泥巴糖来，暗红色，像她的脸。

我眼里放出暗红色来，泥巴糖甜，这个我知道，知道了舌头就不好受，有一丝丝甘甜在牙齿缝里蔓延，我把嘴吧嗒得一声赶一声响，饿牢里放出来的模样。

女人说，问你个路啊，到书记家怎么走？

我说你跟我走就是了。

女人把糖塞进我嘴里，围着我周身转了一圈自言自语说，书记家的娃，穿这么破？

我说我不是书记家的娃，我是书记隔壁家的娃。

女人这才点头，我说呢。

说完在我屁股上摸了一把，这娃瘦得，豺狼见了哭三场呢，你娘也真是的，这样的裤子还能上身？女人在我屁股上摸到一手泥。

就是这个屁股，让娘打我一巴掌还骂了我，净干一些卖屁股的事。

当年我不明白这话的意思，现在才知道，我卖的不是自己屁股，是卖了娘的脸。

女人牵着我的手，一步三摇走到书记家，抬头看了看天，太阳还有一竿子高才落山，书记一时半会回不来。女人就说，这样吧，你把裤子脱了。

我赶紧捂住屁股说干啥？

女人从靠肩的胳膊衬衣处抽出针线，说我麻溜给你连几针，免得蚊子等会来给你打针。

那时的妇女，针线是不离身的，歇班时纳鞋底，扎鞋垫，做到了真正意义上的见缝插针。

你别说，我还真的怕蚊子给我打针，乡下的花蚊子，晚上可厉害了，一针打进屁股，马上能肿起一个包来，恶痒恶痒地疼，一抓就破皮，流黄水。我屁股那，毫不夸张地说，是体无完肤了。

麻利地脱了裤子，递给女人，女人把针在头发上蹭了几下，就穿花引蝶起来，这哪是缝补衣服啊，那是优美的舞蹈，我想起娘每次给我缝补衣服的场景来，她都是把衣服触到鼻子跟前，眼睛恨不得黏在破洞那，才会犹豫着下针，完了再对着亮光处照一照，再下针，就那样，针脚还跟飞跑的蜈蚣爪子一样吓人，张牙舞爪的。

就这手针线活一比，娘都不好意思叫娘了。

我当时就跟女人说，你给我当干娘吧，以后我的屁股就不怕蚊子打针了。

女人哈哈大笑，把线头咬断，说你这娃属猴的啊，顺杆爬得挺快的。

我说我属狗，只会狗刨，不会爬树。

晚上回家，娘的巴掌刨在我屁股上。

那女人是来村里住队的乡里干部，不然，裤兜里怎么会有泥巴糖呢，在那个物质相当匮乏的年代，一年到头看不见糖的人家不在少数，谁会败家到把泥巴糖装裤兜里啊。

不是败家的女人却败了娘的名声，女人问书记说，你隔壁女人也太不做家了，那针线活，跟狗啃的差不多。你别说，她说的还真形象，娘每次给我们缝补衣服，那架势真的跟狗啃骨头差不多。

都说好事不出门，坏话不过夜，还真是。当天晚上娘没听我咣咣拍打屁股上的蚊子，就拿眼神往我这望了几下，我坐在门槛上吃饭，娘的眼神递不到我屁股上。晚上洗澡时，那话已经风一般吹到我家门口了，娘不知道人家女干部说的那个不做家的女人是自己，也就不以为意，直到她的手伸向我屁股时才发现了裤子那的洞没了。

娘一审，我这边就出了漏洞，三岁的我不晓得看娘眼色，会看眼色也没自圆其说的本事，就只能小孩子嘴里吐真言了。

结局是，一向贫瘠的娘给了我非常丰满的一巴掌，在屁股上，比蚊子打针更具破坏性和毁灭性。

受了委屈的我嘴一瘪，嗓门刚要裂开呢，扑哧一声响，屁股上那个补丁被娘恶狠狠撕裂开来，我的嘴巴马上闭上了，好奇让我忘了疼痛，我揉揉眼睛，只见娘破天荒地在晚上点了罩子灯，就着明亮的灯光抽出了胳膊上的针线，把衣服凑在眼皮下，一针一针扎了进去。

娘扎得很投入，这时就算我哭破嗓门只怕也无济于事。

那一夜，娘真的很败家，她把一年没舍得用的灯油全部用完了，爹的，我的，哥的，姐的，家里所有破烂衣服全部被她找出来缝补了一遍。

那针脚，前所未有的细密、整齐，不再像蜈蚣的爪子，而像百足虫的腿脚，紧致有序。

奶奶名字的存在方式

知道奶奶名字时，我已经二十有一了。

不是我多么不孝，实在是乡下像我奶奶那个年纪的，名和姓难得有点用途，被人挂在嘴边的多是依附于男人背后的称呼。比如我奶奶，村里跟我一辈的人都喊幺婆，比我长一辈的人都叫幺婶。我爷爷，是幺房出来的。

幺房的辈大，大房的人大，这是放之全国而皆准的真理。

那个时候没有户口本一说，每家每户的户口都在会计的账本上。奶奶的名字，自然是英雄无用武之地，一脸落魄地躺在会计的账本上，也不完全是没用，每年三提五统结账时，奶奶的名字会被一串数据缀上并覆盖，拖欠到来年。

那是个家家户户都严重超支的年代。

据我所知，奶奶的名字，一生被重视过两次，一次来自爷爷，一次来自我，应了那句古话，爷孙一般大。

来自爷爷，不难理解，奶奶跟爷爷拿结婚证的时候，已经是雄鸡一唱天下白，新中国了，妇女地位直线上升，结婚证上必须有名字就是最具体的体现，过去的妇女，有名字的少，大家闺秀、小家碧玉例外。

奶奶出身低贱，跟大家闺秀、小家碧玉都不靠边，一穷家小户打猪草的丫头，有名字是多么奢侈的事啊。共产党让她奢侈了一把，扯结婚证时才有了自己的名字，哪怕是临时请私塾先生取的。

私塾先生有点不靠谱，给奶奶的名字很高端大气上档次，也很低调奢华有内涵，蒋永兰这三个字从此就专属于奶奶了。说句不带私心的话，奶奶的形象是愧对这个名字的，不兰不香也就罢了，还驼背，还半瞎，暗藏小儿麻痹症的隐疾。

兰，可是花中四君子啊。回想起来，奶奶倒真是兰质蕙心的，驼背不影响她行事公正，半瞎不妨碍她心里明亮。

奶奶生了五个孩子，以她这样的身体，是养不活的，连爷爷都动了送两个给别人的心思，是奶奶要死要活给留住了。半瞎的奶奶驼着背瘸着脚跟大家一样下地，不一样的是，她比别人要付出多一倍的艰辛。奶奶不在乎，奶奶说，一根草，一滴露，各有各的活法。奶奶所谓的活法就是，孩子都有一口气就行，人活的就是一口气，有气自有精神。居然都活过来了，还健健康康的。

只一个二姑，我未曾谋过面，她在十二岁时给大集体放牛，被狼叼走了，奶奶和爷爷只捡到二姑脚上的一只鞋。每逢二姑被狼叼走的日子，奶奶就像祥林嫂一样重三遍四地念叨，说二姑要活着，我家铁定有了弯杨树，大翻身了。之所以这么认为，是因为跟二姑最要好的一个姑娘后来做了大队书记，奶奶的意思不言而喻，二姑比那姑娘更聪明更伶俐，那姑娘都能做大队书记，二姑准能成公家人。

奶奶这是有失偏颇了，她如今依然健在的四个子女，都智商平平，说平平我还是藏了私心的，骨子里我很想给父辈的这些兄妹拔高一下，但我不能昧着良心说瞎话。

为奶奶的名字，我差点说了瞎话。

二十岁那年，我迷上了写作，还发表了处女作。第二年，县里一张文学小报征作者对“三民”集成进行发掘、采风、搜集和整理工作，我荣幸成为其中一个人。三民是“民间故事，民间艺术、民俗文化”的简称，想到奶奶小时哼给我听的歌谣，我根据印象写了几个，主编很喜欢，发稿时要求必须有口述者的名字。我当时怔了一下，怔是因为我忽然发现我不知道奶奶的名字，这也太说不过去了，主编知道了会怎么看我？

我就信口胡诌说，口述者没名字，要不，佚名吧。

主编看了我一眼，意味深长说，真要佚名，也是佚在搜集者名头上，不是口述者身上，这是对文化传承者的尊重。

冷汗嗖就从我背后渗出来，我对奶奶的尊重呢，有过吗，在哪儿？

要知道，奶奶对我写作可是抱以前所未有的尊重，只要有机会跟我坐到一张饭桌上，她都会跟我说，昨晚又做梦了，梦见两个金甲神仙护着我驾上云头，一片仙乐声中接我上天庭了，老天爷这是托梦给她，我是天上文曲星下凡呢。

奶奶的这些梦，差不多成了我写作的唯一支撑，在当年的乡下，我差不多成了一个另类，比二流子还不入流。二流子好歹晓得找媳妇，晓得把别人东西往自家屋里拿，我呢，为了一次笔会，卖掉家里一头年猪，那年月，一头年猪可以换一个媳妇上门的。

感谢奶奶的梦，让我走到了今天，成了家乡这么多年唯一一个靠笔杆子走出来并吃上一口文化饭的职业作家。目不识丁的奶奶，就这么不可思议地践行了如今流行的赏识教育，不可谓不是一个奇迹。

更为奇迹的是，奶奶把有她名字的那张样报一直保存着，塞在枕头下，最后还带进了棺材里。

奶奶咽气时那句话很荒唐，说这张报纸给她带着，黄泉路上可以不下油锅，不过刀山火海，更不会下十八层地狱。

多愚昧的想法，奶奶以为名字上沾了文气就应该是上等人了，上等人死后是可以直升西方极乐世界的。

死后的奶奶快不快乐，只有奶奶自己知道。

老家流行立碑的那一年，我带儿子回乡下给奶奶扫墓。

看着奶奶坟头附近陆续冒出的新碑，五岁的儿子说，爸爸，太奶奶怎么没有碑啊，是不是太奶奶没有名字？儿子那会正看二十四孝的绘图书，他很奇怪古代的女人怎么都没有名字，曾为这事问过我。

我给奶奶磕完头，点燃纸钱，慢条斯理说，太奶奶的碑，立在爸爸心里呢。

儿子跑到别家坟头前，比画了一下墓碑的大小，又在我胸口那比画了一下，说那么大一块碑塞你心口上，你不疼啊？

我摸一把儿子的头说，当然疼啊，不疼爸爸怎么知道太奶奶名字的存在呢。

盼爷爷得病

小时候，最盼望的事，不是过年，是盼着爷爷得病。

人之初性本善这一流传几千年的古训，在我这儿，居然没能行得通。

惭愧之余，我忍不住要鄙薄自己，太不宅心仁厚了。

记忆中能够打捞出来有关爷爷的片段，寥寥无几，无几到只剩下一个字眼，那就是——病。

爷爷的病是被咳嗽牵着出来的，这是我跟奶奶的共识。

我跟爷爷奶奶对面床铺睡，那时不过十多岁模样，缺吃少穿导致人醒事就迟，哪像现在孩子，才三四岁，都成了人精。

爷爷瞌睡少，不是因为人老，是他的肺折磨着他睡不踏实，夜里常听见他的手把灯草席子抓得刺啦啦的响，爷爷一直留着长指甲，这让他的手指头看起来更加瘦骨，更加嶙峋。

我也睡不着，自然是睡不着，肚子里没填饱，空着那么多地方，脑子里就得七想八想，找东西来填充。

哪像现在，为了养生，我每晚只吃八分饱。

说七想八想有点夸张，那会我只想一件事，爷爷咋还不病呢？

爷爷的病早就有了，在肺上。

那个年代，但凡能咬牙扛过去的疼痛，都不算病，咬牙扛不住了，得靠针药解决的，才能叫病。

天热，爷爷抓了一夜凉席，奶奶帮爷爷打了一夜扇，爷爷才勉强睡着，在凌晨，伴着一阵一阵的咳嗽。

我就知道，爷爷如我所愿，病了。

我有经验的。

距上一次爷爷起病，有日子了。

上一次，是在四月头，爷爷晚上多坐了会，被夜露浸了，被夜风侵了。上床时胸口发闷，奶奶就忧心忡忡地说，叫你早点上床，你不听。

爷爷心虚，说没那么灵吧。

老话偏偏就那么灵，过了四月八，凉风不再杀。说的是乡下这个地方，虽说是到了四月，初伏了，可夜里的凉风还是杀人的皮肤，体质差的人，一不小心就让凉风杀进肺了。

凉风真的杀进爷爷肺部。

爷爷肺部的病菌跟四月头的凉风里应外合一撺掇，爷爷第二天早上就咳出血来。

父亲母亲借了公家板车拉爷爷上公社医院去打针，奶奶腿上有残疾，跟不上板车，我跟得上，撒着脚丫子去了。

上坡时，母亲在一边推车，我在板车另一边使劲，其实是帮倒忙，父亲掌把，随时要回头，怕板车后面把我腿脚给磕着碰着。

爷爷躺板车上，一床被子半边垫在下面，半边斜搭在身上。

爷爷在咳嗽的间隙夸我，说一个公鸡四两力，我都得孙子的济了。

这样的夸奖，我喜欢听。

下坡和平路上，爷爷让我爬到板车上面，陪他一起享受，真的是享受，那时私人户是没板车的，只有生产队才有，而且还不是谁都能借了用。

爷爷早先当过贫协小组长，所以才有这个面子。

到医院打一瓶吊针，是当时老人生病后再奢侈不过的待遇，多数人家尽不起这个孝道。父亲能尽得起这个孝，缘于他的上门女婿身份，怕被人前背后说是忤逆老丈人。

我不怕忤逆爷爷，十来岁的孩子，没那么多顾虑。

我只知道，爷爷病了，会有人来探望，这个人，特指我的一个远房姑妈。

一般人探望，都是两个肩膀托张嘴，说几句安慰话，然后走人，大家都一样的穷，拿不出礼物，真的拿来，也是父母的压力，还不起人情。

这个姑妈，日子跟我们过得稍微有点不一样，她有个女儿在大队教书，是能够见到活钱的乡下姑妈。

这让姑妈在我们面前，很是光鲜。

姑妈也乐意享受这份光鲜，在娘家人面前。

姑妈上一次来，带来一瓶梨子罐头，白亮的玻璃瓶里，白玉一样切成片的梨子，太珍贵了。

那是我第一次知道，世上还有这么好看好吃的东西。

严格说，我并没吃上罐头瓶里白玉一样的梨子。

我只是喝了一口罐头瓶里的水，水里漂着一粒梨子的碎渣。足够了，我的舌头那一整天，都是香的。不矫情地说，要是我做《舌尖上的美食》这个纪录片，梨子罐头一定是我首选。

这一次，爷爷如我所愿病了，姑妈却没如我所愿带来梨子罐头看爷爷。

姑妈带来在她看来更为高级的东西，一包过滤嘴香烟。

爷爷那时已经不能抽烟了，肺癌晚期。

姑妈信誓旦旦地说，抽这个，带把的，根本不伤肺。

爷爷是想抽烟的，看着被姑妈神化了的那个过滤嘴，爷爷美美抽了起来。抽得很珍惜，也很显摆。

整整十天，爷爷让我跟在他后面，强撑着在每天晚饭后，嘴里叼着带把的香烟，从湾子东头晃悠到湾子西头，我们那一湾子有十多户人家，爷爷把时间掐算得很好，一包烟二十根，每家门口他都丢下一根烟蒂把。

还有十根，他打算等身体好一点，走对面湾子去抽的。

那样他享受的尊崇就会扩大到对面湾子的十户人家。

可惜，爷爷这点小小愿望被他几个孙子给毁了，我们兄妹五个，每人偷偷拿了一根过滤嘴香烟，在小伙伴面前显摆，为了看清过滤嘴到底神奇在哪儿，我们悄悄撕开过滤嘴，一点一点撕扯里面的纤维，结果大失所望，就是皱巴巴的一些说不上名的东西。

好在，那纤维丝也极为少见，满足了一下我们显摆的欲望。

爷爷罕见地发怒了，怒火攻心之下，靠着虚荣提着的那口气一下子溃败，爷爷的肺在抽风箱一样呼哧呼哧响了几天后，某一天晚上，突然安静下来。

安静得让睡在对面床上的我，毛骨悚然的。

剩下的五根过滤嘴香烟，送爷爷出殡时被点燃，同时还有一瓶梨子罐头被打开，供在棺材前。

那瓶罐头，按风俗，爷爷上路后是可以吃的，传说孩子吃了可以免灾星。

我们兄妹，难得地保持一致，都没动嘴。

一直让那瓶梨子罐头变了味道，变了颜色，才端在爷爷坟前，倒掉。

二胎生育指标松动后，我曾经想，再要一个女儿，该多好。

那样在我垂垂老矣的时候，偶尔起个病，会让孙子看见有个姑妈来探望。

这个念头只是一闪即过，眼下别说一个远房姑妈，就是十个亲姑妈又能带着什么珍贵东西来探望？

地球都成村了，还有什么东西能是稀罕物。

真正的稀罕物，应该是那份亲情，哪怕带着显摆的成分。

以后的孙子，未必有心思盼爷爷生病的。

父亲的破烂

我一直都不是一个硬得起心肠的人，但对父亲，我自认为还是硬的。我有硬得起来的理由，关于这个理由，我想还是不说出来的好，免得大家以为我是个记仇的人。

父母都是那种没文化没得很纯粹的人，母亲用目不识丁来形容一点也不为过，至于父亲，他好歹会写自己名字，这是乡下作为一家之主必备的硬件。早些年生产队大集体需要签字画押的地方多，我们家是以超支闻名于全村的，父亲的名字就那么不体面地在那些欠条上蹲着，歪歪斜斜地蹲了大半辈子。后来日子好过了，给父亲在银行开了户头，他与银行本子上电脑打出的自己名字正面相遇了，却一下子陌生起来，重三遍四地问工作人员，这是我的名字吗，咋这么中规中矩啊？

父亲是那种中规中矩了一辈子的人，正是这个中规中矩，他断送了我的前程——一个美术家的前程。念初中时，我要死要活地迷上了画画，其实应该叫作美术的，画画是我们乡里的说法，而且我还平生第一次撒谎找他要了八元钱，说是交考试资料费，买了一个对开的画板背在身上，那样让我看起来很有点画家的范儿。我就在一个下午逃学回家，央求父亲给我做一回模特，这是存了心思的，父亲一直想给自己照张相，可就是舍不得钱，能给父亲画出一张像来，也是不错的。父亲在生活中历来都是采取退而求其次的态度，日子的步步紧逼，让他学会了隐忍，但他未必能隐忍我手里那笔钱不够理直气壮的去处。

那个下午，父亲板着身子端坐了半天，结果我却画了个半点也不像他的人出来，不是我在绘画上没悟性，而是我一心想把父亲画得伟岸点，深沉点。我看过很多关于父亲的绘画作品，大都有能让人心灵产生震撼的艺术效果。原谅我吧，是父亲的错，他长得实在太猥琐了，没一张国字脸罢了，没一双浓眉大眼也就算了，怎么还可以五短身材呢？就比《水浒》里的武大郎略微高大那么一点。

父亲耽搁半天的工分却换来一张自己不认识的脸，他的懊丧可想而知，但他没有骂我，只轻描淡写丢出一句话来，还不如挑半天草头来得轻松呢。在乡下，挑草头是重活，也是能得高工分的活儿，爹个子不大，但跑起来，特快，都是叫生活给逼出来的。

就这么一句话，父亲彻底否决了我的才能，那画板，我再也没敢背上身过，悄悄地藏在了床底下。

日子似乎就是在床底下这么溜走的，一直到我成了家立了业，在城里把日子过得滋滋润润的，滋润得一年到头，才晓得回一趟乡下，理一理自己的来龙去脉。回去了，兄弟姐妹家儿时伙伴处那么一走，待在父母身边的时候累计不到两个小时。当然这话有失偏颇，听儿子说，每次我睡着了，父母都还在床前一看好几个小时电视呢，直到所有频道都飘起了雪花。有什么好看的啊？一台老旧的小彩电，那颜色就像酱缸里浸泡出来的，人物的脸嘴都变了形。撇开这个姑且不论，儿媳妇也在床上躺着，多不方便啊，咋不晓得避嫌呢？

捡破烂把个脑筋也捡成破烂了，我颇有微词却不好张口。

打从不能下地劳作后，父母单开了烟火，没事迷上了捡破烂。每年腊月底里回家，纵然我不出门，也没能有与父亲待上两小时的可能。往往我还在梦里，父亲已没了踪影，起来晃一圈，不见人，问母亲吧，说是早上路了，赶着腊月底里，家家户户清理屋子，那破烂就多，是平日里的几倍多。我想象不出那几倍多的破烂父亲是怎么搬运回来的，也懒得想象，潜意识里，父亲一直不曾给我捡过脸面，我好歹，还有个作家身份呢。

脸面，不捡就不捡吧，我在乡下的日子少，少得我不站在父亲身边时，很多人都差点忘了父亲还有我这么个儿子，算是眼不见心不烦吧。

可终究，父亲还是烦上了我。

那天，是腊月底，但离我们回去过年尚有几天时日。冬天的夜晚来得早，像我这么不赖床的人都捂进了热被窝，可以想象有多晚了。电话突然响了起来，是大嫂打来的，口气很急促，带着惊惶，说老三啊，快回来，爹不行了，只晓得喊你名字了。

在我们乡下，老人一旦思维模糊到只晓得惦记不在身边的孩子，那就只有一个可能，要走路了。那一刻，我突然有了莫名的不安，父亲，已经七十有三了呢。乡下有说法，七十三，八十四，阎王不叫自己去。

要说，父亲即便去了，也是顺头路，我的不安显得有点矫情了不是？

但我一向不是个矫情的人，那晚我们找了车赶回去后，我第一次冲妻子发了脾气，恶狠狠的，积攒了半辈子的斯文形象，一瞬间瓦解了。其实没多大事儿，只为一本书，出门前我交代妻子了的，要带上。

我欠父亲一本书。

她居然，给忘了。

那是我在台湾出版的第一本书，繁体版本的，对于写作这个行当的事，我基本不跟父亲多说一个字，他统共就只认识自己的名字啊，能说出个子丑寅卯来吗？显然不能。可偏偏是书出版不久，我接到父亲电话，是姐姐在他身边打来的，说父亲有事找我。接了，父亲在那边吞吞吐吐的，说老三啊，我想找你要个东西？我说什么东西您只管说吧。父亲在那边犹豫了一下，又一下，最终没说，他把电话给了姐姐，姐姐倒是只管说了，姐姐说爹想要你那本书，台湾出的。

我冲姐姐发了牢骚，说爹这是凑什么热闹啊，那本书他除了认得我的姓，还能认得什么啊。跟着挂了电话。那会我正为那本书闹心呢，台湾那边只给我很少的样书，多少人索要啊，父亲捡破烂难不成还捡出文化来，能读繁体书了？我自己都认不全那些字呢。

这应该是父亲一辈子唯一一次利用高科技通过声电波跟我的对话，期间父亲也进城到过我家，却一次也没落脚，在我身后站一站就走开，欲言又止的样子，我没理他，有电脑在跟前，我是谁也不理的。

这一次，不理不行了。

赶回乡下时，已是凌晨了。

父亲床前围了一大群人，见我进去，许多人都伸出指头，嘘了一声，意思是父亲刚睡着了。

我看一眼父亲，还是一副猥琐的样子，估计这辈子他是与伟岸深沉什么的无缘了。

一屋子人都退出来，闲坐着，聊起父亲的病来。母亲很委屈，撩起衣袖擦一下眼，说晚上还喝酒了的，咋就突然起了病，还一下子人事不省了呢？她怕做子女的怪她没照料好父亲呢。

我没说话，站起来，来回走动着，但凡回到乡下，我都有这么个习惯，总觉得坐不住。

父亲忽然在里屋咳嗽了一声，声音有点疲惫，说是老三回来了？

我说是啊，然后进屋，父亲把被子往下按了按，以便头能比较方便地转动，末了他偏过头看着我，不说话，只是笑。我眼圈涩了一下，说我给你带书回来了，台湾的。完了冲外面喊妻子名字，说给爹带的书呢？

妻子两手空空进来的，小声说，只顾连夜找车，书的事给忙忘了。我火了，你这是跟我表功啊？诚然，连夜送我们回家的，是妻弟。

父亲摆摆手，说书的事早忘了，他有更重要的宝贝要给我呢。

父亲有宝贝给我？滑天下之大稽呢。正寻思着呢，他把头探到床前，指一下床空，意思有东西要我帮忙拿出来。

我扎下头，把目光递进床空里。

一个破烂不堪的画板钻进了眼帘。

是这个吗？我满脸疑惑掏出那个破旧的画板，掸一下灰尘，那上面却是干净的，举起来，给父亲看。

嗯，你打开看看。父亲说。

打开了，是一些发黄的或者被雨水渍了的报纸夹在里面。什么意思呢？我看一眼父亲，父亲说你再看看。

再看，就看出眉目了，那些发黄发烂的报纸上，无一例外的都有我的名字，那是我初学写作时发表的一些豆腐块，现在，我都羞于承认这些文字与我有关了。

母亲什么时候进来的，我不知道，我只听见母亲说，你爹捡破烂，跟人吹牛说，自己儿子把书写到台湾出版了。

结果呢，自然是没人信，你爹急了，打电话找你要书，母亲再擦一把眼。

我没给父亲书，父亲没办法，就到处淘旧报纸。但凡有你名字的他都宝贝样捡了回来，装在画板里。母亲还没说完呢，父亲打断了她，有点得意地说，知道吗，我现在会写你名字了。

写我名字？做什么用？我很奇怪父亲的得意，父亲郑重其事地说，用处大着呢，我跟人家说了，只要有这个名字的破烂，我高价回收。

嗨，这算什么事啊，一不小心，我居然，成了父亲的破烂。

声音脱水的岳父

手机铃声响起来时，才凌晨五点。看一眼来电显示，我没接，还赌着气呢，心里。

电话是岳父打来的。

周末去了一趟乡下，乘兴而去，败兴而归，儿子吃坏了肚子，不是在岳父家，岳父却在责难逃。

城里的气温跟乡下是有差别的，尤其在春秋之交，儿子不算是温室里长大的孩子，我和妻子也知道春捂秋冻一说，没承想，浅秋中这么一冻吧，儿子凉了胃。

半大小子，吃死老子，凉了胃也不影响正长身体的儿子的食欲。我再三跟岳母强调给儿子弄些清淡的即可，未雨先绸缪，儿子只是凉胃，还没拉肚子的迹象，轻油腻即可。偏偏岳父生怕儿子跟着我们过着饥寒交迫的日子，非得带着他去走亲戚，居然还是乡里乡亲的那种亲戚。我不大喜欢儿子出现在这种场合，搞得八百年没吃过酒席似的，我们好歹，背着城里人的身份呢。

岳父被同村一家娶媳妇的人家请了去当知客，替主人家总管事务，这是很有荣光的事，在乡下，只有能独当一面且八面玲珑的能人才能担此重任。

能干的岳父却干了不能上台面的事，让儿子给大鱼大肉甲鱼火锅塞满了肚子。稍微有点生活常识的人都知道，凉了胃不能吃油腻辛辣的食物，油腻辛辣的食物本来就是腹泻的诱因之一，我知道真正让岳父做这个不上台面事的诱因，是他太溺爱孩子。

儿子吃的时候是欢天喜地的，小孩子，你能指望他对饮食有个很好的掌控？孩子成长的经验告诉我们，你越是不想他做什么，他越是做得分外起劲。书面的说法，叫叛逆；口头说法，是拧着筋。

拧着筋的儿子跟岳父的溺爱正好沆瀣一气，自然没有好下场，酒席还没完，儿子捂着翻江倒海的肚子滑下桌子，一溜烟钻进厕所，刚解开裤子，肚子里的污秽之物就喷薄而出了。

而且是，一而再，再而三地喷，把肚子里尚未消化的存货都给拉出来了。

岳父觍着脸把儿子交到我们手里时，表情讪讪的。

我这人，肚子里存不了四两猪油，妻子骂我的话是，肠子直，张开嘴巴能看见屁股眼。我当时就不带拐弯地用在岳父家学会的乡下话冷着脸给了一句，什么叫吃了篾片屙晒席，这就是。

末了赶紧回城，家里备着常用药，按往常经验，喝两颗泻立停就没事了。

经验总有不应验的时候，儿子喝了两颗泻立停，泻却没立即停，肚子里空空如也，拉出的都是绿色果冻样的东西，拉脱水了。

看了相熟的医生，说继续用药吧。医生是个很有职业操守的人，选择用药时，历来遵循可以口服的不注射，可肌肉注射不静脉注射的原则。

我也是喜欢问责的人，把脱水事故归功于岳父，妻子懒得跟我争执，她是法律工作者，知道避嫌一词不光适用于工作，更适合于家庭生活。

一夜没睡安稳，根据医生建议，转钟时又给儿子服了一次药，好不容易才熬到凌晨五点，那可是睡早床的最美时光啊。

岳父居然不避嫌打来电话。

妻子已经出门了，她有个案子在手里，今天结案。

儿子脱水这个案子就该我来结了，岳父是当事人，自然不能法外开恩，到底还是把电话拨了过去，语气带着不耐烦，什么事啊，这么早？

岳父嗫嚅一下嘴巴，说小宝好了吗？

拉着呢。我没好气。

给他吃药啊。岳父急了。

吃了。我口气淡淡的。

咋不见好转呢？

就算是观音菩萨的灵丹妙药，也得有个过程吧。我知道岳父家里请了一尊观音菩萨，天天敬着香火，不阴不阳给了这么一句。

岳父像是得到提示，激动起来，对的，菩萨，我怎么忘了求求菩萨。

求菩萨管还不如求泰山呢。我啪一声挂了电话，泰山就是岳父大人，我意思求他以后别这么没事找事了。

不知道是人老了没记性，还是人老了没脸皮，中午我刚躺下，补个午觉，电话又响了，不是手机，是住宅电话。

岳父知道一般这个时候，是妻子在家，殊不知，妻子的案子节外生枝了，我也就节外生枝接了电话。

话筒刚拿起来，岳父的声音就急急忙忙爬了过来，小宝好点没？

没呢。我冷冷地接了口。

那边语气一下子弱了三分，怎么是你，小宝妈呢？

我答非所问说，她啊，也还没脱水呢。这是我跟妻子之间的戏谑之言，案子结了叫脱水。

岳父无言了，以为我跟妻子为儿子脱水吵了嘴，怏怏挂了电话。

晚上，儿子不拉了，生龙活虎起来，第一件事就是打电话给岳父，说外公我好了，下次你还要请我大吃一斤（惊）。这是儿子惯常跟岳父的幽默，故意曲解成语，意思是喜欢的美食他最低标准要吃上一斤。

我听了，才真正大吃一惊，忍不住训儿子说，还吃，没拉趴下是吧，电话给我。

儿子惴惴不安把电话递到我手里，岳父在那边干咳了一声，没声音，只有干燥的电流声吱吱窜进耳朵，怎么听都是脱水的感觉，一点也不温润，这是那个在乡下婚嫁场面嗓门特别嘹亮中气特别充沛的知客先生，我的岳父大人吗？

门里师

说到门里师，在江汉平原的黑王寨，当首推厨子，没办法，民以食为天。

我是在看央视美食栏目《舌尖上的中国》想起老家门里师的一个厨子的，严格说，是个厨娘，姓陈，年纪很有一些了，小九十，依然健在着，厨艺是否健在呢？不得而知。

先说一点知道的事。

早先的黑王寨，机械化还没代替体力劳动，人忙死忙活一天下来，骨头都累散了架，一般是吃罢饭推倒碗倒头便睡。第二天还要早起呢，老话说得好，三早一个工。如此一来嘛，走夜路的人就不多，喜欢熬夜的则更寥寥无几了，那年月的狗，都比现在的狗闲适许多。

无几并不是没有，陈大娘就经常带了儿子姑娘熬夜，必须熬，在黑王寨，她这种孤儿寡母的人家，熬夜才有田地之外的收入。陈大娘的厨艺，是她的娘传下来的，典型的门里师，结果陈大娘也真将儿子姑娘给带出来了。

陈大娘的娘，是做过县长夫人的，能坐稳夫人位置，不是靠的长相，是靠的厨艺。这就很难得了，一个没读过书的乡下女人，很早就知道要想抓住男人的心，首先要抓住男人的胃，多巾帼不让须眉的见识。

高手在民间，能人在乡下，这无疑是最大的佐证。

更难得的是陈大娘，十岁时，她左右逢源的县长爹，被日本人抓去杀了，娘也不知所终。这县长有点意思，明里是国民党的县长，暗里为共产党做事，夹缝中求生存却不曾讨好日本人。

从锦衣玉食的娇小姐一下子沦为四处乞讨的丫头，多次饿得眼冒金星的陈大娘嫁人之前最宏大的理想就是，将来有一天，好好吃一顿大鱼大肉，不放一片菜叶。多么可怜的惊天大愿啊，现在想想。

不用等将来，陈大娘嫁人那天，就如愿以偿了，敞开肚皮吃上了没一片菜叶的大鱼大肉。黑王寨这个地方不大，婚姻上排场却是不小，讲究个八碗十盘。

就得支大灶，熬汤卤凉菜。

汤锅里的香气一弥漫，娘的身影就晃动在陈大娘眼前，娘的手艺就显露在陈大娘脑海，三岁能看到老，三岁也能记到老。十岁时吃过的那些好菜就这么在记忆中逐步清晰逐渐明了，活色生香起来。靠这个，陈大娘硬是一点一点把娘的手艺捡了起来，还青出于蓝胜于蓝。

陈大娘做厨子，有个规矩，夜晚必在靠近厨房的走廊上睡。理由是，好把握蒸锅的火候，一般乡里人家做喜事，蒸锅是架在走廊上的。八碗是靠蒸出来的，什么肉条、鱼丸、鸡啊鱼的全得上蒸笼。其实这是陈大娘自重手艺人身份呢，凡给人做厨，绝不进主人家房屋半步，要什么东西冲主人家嚷嚷一声。睡走廊上一是为了显示自己的清白，二是为了照看汤锅的汤水，该添佐料添佐料，该撒葱花撒葱花，都是长期摸索出来的一点经验。

因为这两点，陈大娘在那一方口碑特别好，谁家做事都请她出山，我和媳妇结婚就是陈大娘一手在厨房张罗的，老丈人家跟陈大娘，是一个村子的。

在结婚这事上，我和媳妇赶了个时髦，一个不算招，一个不算嫁，用黑王寨的俗语说，叫老水牛掉进夹沟里，两边捞。

什么也没捞着，捞了一通累。

黑王寨有讲究，新人进门，必须蹿厨。蹿厨，很形象的两个字，就是新郎新娘必须蹿到厨房给厨子敬烟、敬糖，厨房里高兴了，上菜就快，喜事就有喜庆样，反过来，厨房里冷火凉灶的，喜宴从哪喜起来？

我这人，有点少见多怪，第一次看见女的掌厨，还第一次看见女人抽烟，陈大娘是抽烟的。

那时的黑王寨，不是说女人抽烟就多么不正经，而是抽不起，跟喝茶一样，都不是小门小户能扛得下的开支，但凡家里女人好这两口的，都是败家婆娘的行为。

蹿厨前，老丈人特意叮嘱我，陈大娘是抽烟的，我就按规矩，敬了两根，好事成双嘛。陈大娘的儿子，反而不抽烟，他把烟接下来，转手递给了陈大娘，陈大娘见我望着她，拿手在围裙上擦一下，笑，很突兀地说了一句，我的娘，也抽烟的。

她的娘？媳妇看出我疑惑，扯一下袖子，我们退出去，进了新房，媳妇才说了陈大娘的身世。

原来不光厨艺这玩意可以门里师，抽烟这爱好也可以门里师的，我感慨。

头天晚上开龙凤席，闹洞房，忽悠一下就过去了，二天绝早我被尿涨醒上了趟厕所，从后门进的屋。黑王寨一带后门多开在厨房边上，拿柴火倒泔水什么的方便，免得进正门，暗合了自古君子远庖厨一说。

我向来不认为自己是君子，手都没洗就给刚从走廊起身的陈大娘敬了根烟，她手里正摸出一个打火机呢，我借着酒意开玩笑说，这开门七件事柴米油盐酱醋茶，没有烟啊？

陈大娘咧开嘴笑，说你傻了吧，开门七件事，烟是没开门就有的。

你别说，那时光，一般人家的门都没开呢。

我那根烟，让陈大娘提前开了厨房门，却也让陈大娘提前终止了厨子这一职业，这是事后我听老丈人说的。

因为带着宿醉，我那根烟并没递到陈大娘手中，掉在了汤锅靠墙的那一角，陈大娘弓着腰去捡那根烟时，不小心碰着了汤锅，汤锅一倾斜，半锅熬了一夜的汤泼在陈大娘的大腿根上。陈大娘没吭声，拎着裤管龇着牙，把那根烟抖抖索索喂进嘴里，点上，恶狠狠吸了一口，那烟就去了半截。

没人知道她怎么熬下来那一天的，她依然掌着厨，眉宇间看不出半点破绽，直到客人散场，她才匆匆跟儿子说，娘先回家了，这里的尾你帮我收。儿子才看出娘的神情不对，走路的姿势也不对，一挪一拉的。事后，陈大娘的大腿，整整脱了几层皮才好。再有人请她做喜厨，她一概摇头拒绝，做到头了。这是她唯一的借口。

是的，做到头了，喜宴上有讲究的，主厨帮厨的都不能出现红伤，陈大娘被烫的一双大腿，虽没出血，却也是伤啊。打那以后，陈大娘但凡见到老丈人，第一句话就是打探我们两口子过得好不好，据说，喜宴上主厨有了红伤会影响两口子，把日子过得鸡飞狗上墙。

做上头了的陈大娘却没活上头的意思，清明节回乡下，老远看见一个老人挑着半担水在给移栽的棉花饮定根水，走近了，细一看，是陈大娘，我笑，说老家伙老家伙，您这是越老越加活啊？完了递上一根烟。

陈大娘歇下担子，说越不加紧干活就越老得快，你们文化人不是说生命在于运动吗？跟着把烟喂进嘴里，眯了眼等我点火。

我凑拢去，给大娘点燃，她忽然用极小的声音问了我一句，你们没把日子过得鸡飞狗上墙吧？

我回头看了看媳妇，媳妇还在后面十米开外，每次回娘家，搞得我比她还归心似箭样的。

想了想，我回答陈大娘说，我倒是很想鸡飞狗上墙一回，可老丈人没给我做这个榜样啊，这算不算也是门里师啊？

黑王寨方圆十里，老丈人老丈母两口子是出了名的相敬如宾，反正打我跟媳妇认识，就没见两老红过脸。

这个也能门里师？陈大娘怔了一下，烟卡在喉咙里，眼圈红了，你这个促狭鬼，是不想让大娘心里有愧才这么说的吧。

第四辑

岁月的暗伤

听　蛙

麦子黄时家家雨，青草池塘处处蛙……

儿子在阳台摇头晃脑读诗词赏析呢。我点燃一根烟，很滋润抽了两口，儿子爱读诗词，好事，他老爸我可写了不少诗呢。

稻花香里说丰年，听取蛙声一片……啧啧，不简单，五岁的儿子能读这么多诗了。

忽然，朗读声没有了，取而代之的，是儿子的脚步声。我抬起头，儿子已在我身后了，有什么不对吗？我问儿子。

爸，这古人诗词里怎么都是蛙啊？

我笑了笑，田园风光，当然离不开蛙了。

那蛙是什么东西啊，儿子从小在城里长大，钢筋水泥的都市，别说是蛙了，连蚂蚁都见不到一只，老鼠倒是窜得欢，时不时从下水道探出头来向人群窥视一番。

我想了想说，蛙吗，就是青蛙，青蛙是两栖动物。

儿子很没礼貌打断了我，儿子说，爸爸，我只听说有三栖的。

三栖，谁？我张大了嘴。

刘德华啊，影视歌三栖明星。

去，扯哪儿了，都是电视给害的。我耐着性子解释说，两栖动物是指在水里和陆地都能生存的动物。

那它也是明星啦，儿子歪起小脑袋，要是我能见见就好了。

我摸一下他的脑袋瓜，想见还不容易吗，乡下你大伯家门口池塘到处都是。眼下刚初夏，我想起了儿时在乡下和大哥捞蝌蚪的场景，萤火虫在水草上空飞舞，蛙声一片中，我们晃动手电，黑压压的在水中涌动的，是成千上万的蝌蚪。

儿子一拉我胳膊说，五一放长假，我们去乡下吧，看青蛙，听蛙声，再捞几个小蝌蚪回来给幼儿园的小朋友看看。

见儿子这么兴奋，我沉吟一会说，好吧。

说实话，我也想回一趟乡下老家，不为别的，就为多呼吸几口新鲜空气。

天天在城里，我都成无聊的都市人了，好几家诗歌刊物编辑给我打电话，说我的字里行间，少了原汁原味的生活气息。

怎么会这样呢，我可是天天活在生活气息中啊。

五一下了不长不短的一场雨，正好，适合听蛙声，雨后的蛙声，用此起彼伏也不为过。

大哥大嫂见我们回来，很高兴，我也虚伪地说儿子想他们了，要说是回来听蛙声的，显得太矫情了，好歹我也是乡村走出去的，说这话，大哥大嫂会生分的。

儿子没落屋，就到池塘边去转悠了，没多久回来了，脸上很沮丧，儿子附在我耳边小声说，爸，你骗人，池塘里啥也没有，就有鱼。

儿子天天吃荤，鱼是认得的。

我小声回过去说，晚上就有了，白天它们怕人。

儿子扭过头去问他大伯，你们这儿有青蛙吗？

大哥误会儿子的问话了，大哥抓了抓头皮说，咋，想吃青蛙啊，眼下可不好弄，要搁前两年，大伯一准请你吃炸田鸡。我们乡下习惯将青蛙叫田鸡，因为青蛙的肉比鸡肉还要鲜，还要嫩。

儿子嘟起了嘴，谁个要吃了，我只想看看。

我瞪了儿子一眼，晚上看不行吗，没见你大伯正忙吗，眼下正在收割油菜，是犁耙水响的季节，农忙正开始呢。

儿子闷闷不乐地又到池塘边转悠去了，我则下地帮哥嫂割油菜，农家五月无闲人呢。

吃过晚饭，我向哥讨了一个手电筒，然后去找哥的长筒胶鞋，哥问，做啥？

我说，领小文去看青蛙啊，夜里穿胶鞋，免得蛇咬。

嫂子就笑，蛇，蛇早被人捉光了，我们村的陈三你晓得吗，捉蛇都发财了呢。

我一愣，陈三，早几年他不一直捉青蛙卖吗，被城管的抓住了罚款，还打电话找我借过钱的。

早先是捉蛙，可眼下青蛙不是稀了吗，才又捉蛇的，蛇比蛙利润大啊。嫂子撇撇嘴，人家这叫顺应市场经济。

我脸一红，嫂子不会含沙射影吧，当初，县里调我到老家干乡长，我却要求去了文联，清水衙门的，一直没为哥嫂做点什么，对此嫂子一直颇有微词。

雨后的池塘上面，萤火虫依然忽上忽下忽左忽右地窜来窜去，我和儿子支长了耳朵，只听见鲤鱼的游动声和小鱼觅食的吧唧声，至于呱呱呱此起彼伏的蛙鸣，竟消失得无影无踪。

我一下子想起一篇小说来，失语的村庄，我那蛙声一片的村庄，也悄然失语了吗？

终于，一声短促的蛙鸣响了起来，呱，呱，我对儿子说，听，蛙声。

儿子拧亮手电，一步一步循声过去，然后无精打采回来，真难看，还两栖明星呢。

不会吧，青蛙其实挺可爱的啊。我牵着儿子的手走过去，手电的昏黄光环下，一长一短发出呱呱叫声的，哪是什么青蛙啊，是一只狗见了都要绕道走的癞蛤蟆。

儿子的失望明显从语气中表达出来，爸，回去吧，咱家不是有电脑吗，电脑里一定有青蛙。

我愣了一下，可电脑里没蛙鸣啊。

有的，儿子肯定地说，在 VCD 光盘里我听过的。

一个人的演出

我不是一个喜欢夸大自己痛苦的人，但这会儿，我确实有了轻生的念头。

什么原因就懒得多说了，一个将死的人，多说一句少说一句已没了什么实在的意义。

想死得无牵无挂不是个很简单的事，所以我多少还是有点心事重重的，以致撞了人也没有发觉。

虽说我是一个将死的人，但疼的感觉还是有的，疼了就要骂人，这是我的一贯作风，所以我很不淑女地骂了一句粗话，你他妈的没长眼睛啊。

奇怪，挨了骂没半点回应，这人的涵养够好的，将死之时还能碰上个涵养好的人，难得。抬起头，我非常专注地望了那个撞我的人一眼。

就一眼，我的嘴巴合不拢了，同样地，骂出去的话也收不回了。

真是一个没长眼睛的人，当然，这话在爱抬杠的人眼里是经不起推敲的，应该这样说，是个盲人，而且是个盲得让人心疼的人。

双目失明也就罢了，两腿也空荡荡地坐在轮椅上，那轮椅是特制的，面前搁了一架电子琴，琴上架一麦克风，音箱就放在本该属于搁她双腿的踏板上。

很年轻的一个姑娘，如果双腿健全的话，应该可以用珠圆玉润来形容的，如果双目有神的话，应该可以用秋水盈盈来比喻的。

姑娘转了一下头，冲远处喊，妈妈，有人来了，我该演出了。

演出，一个人一架琴一个麦克风也叫演出？我哑然失笑。

一个中年女人小碎步跑了过来，像从地底下冒出来的，人呢，在哪儿？她那张饱经风霜摧残的脸四处巡视了一遍后小声嘀咕了这么一句。

我，不是人吗？这念头吓了我一跳，将死跟已死能成恒等吗？真是的。

可能看出我脸色不对劲，女人冲姑娘耳边悄声说了一句，等会吧，看演出的人还没来呢。

是的，看这样演出的人，应该是一帮有闲心同情别人的老头老太们，我不属于这样的人群。

打从晓事起，我就没施舍过别人一分钱，凭什么啊？我还希望得到别人的同情呢！

可谁同情过我啊。

风更大了，天气冷得足以让人心里开裂呢，这样的天气，有人来看这种所谓的演出？鬼才相信。

在没成为鬼之前，我更不相信。

姑娘在风中支起了耳朵，似乎在听有没有由远而近的脚步声。

显然是没有，姑娘有点失望，咬了咬唇又搓了搓手，还是启动电源，按动了键盘。

嘴一张，居然是刘德华在北京残奥会上的主打歌曲《每个人都是第一名》。

“成功的秘诀在你肯不肯，流最热的汗，用最真的心，第一名属于每个人——”间或有路人匆匆缩着脖子走过，没人往她面前的纸箱里投上一枚硬币，大家都目不斜视。这样的场景大家都熟视无睹，麻木了。

女人在姑娘身后跺了会脚，忽然俯耳冲姑娘说了句什么，人就消失在楼后转弯处。不到两分钟，女人出现了，穿一双笨重的大头靴，一步三摇过来，冲姑娘面前纸箱丢了两个一元的硬币，再一步三摇地走开。

一首歌唱完，女人刚好回到姑娘身边，装作一腔惊喜对姑娘说，闺女，有人捐了钱呢，完了故意把两个硬币在盒子里摇得叮叮响。

姑娘的脸上有了笑意，那我再唱啊。

于是又开了腔，女人间或又俯耳冲姑娘耳语一句，在楼后转弯消失一会儿，再出现时脚上换成老棉靴，踢踢踏踏过来，丢两个硬币后，踢踢踏踏又走开。

玩什么把戏呢？这是。

周而复始下来，我醒悟过来了，原来做娘的冒充观众给女儿鼓励呢。

是怎样一个人的演出啊。我的眼里忽然生涩起来，捏了捏口袋里最后一张百元钞票，我走上前，轻轻把它丢了进去。

本来，我打算用它开两瓶安定再买上一瓶饮料和一盘熟食来结束自己生命的。

女人这时候刚好去换鞋了，想了想，我冲姑娘说了一句，谢谢你，以这样一个人的演出送我上路。

姑娘的手一下子僵住了，上路？怎么，你不是我娘？

我怔了一下，你知道你娘做过什么？

知道。姑娘的鼻子抽泣了一下，为了让我不至于对生命绝望，她配合我做了这次演出。见我没吭声，姑娘又接上一句，娘借口肚子坏了上厕所，换了鞋走来丢钱呢。

你能分辨出娘的脚步声？我有点不相信地问她。

能啊，娘的脚步声变了，可娘的气息没变啊。她歪着头冲我站的位置补充说。

娘的气息？我也是做娘的呢，只是我的孩子以后分辨不了娘的气息了。轻轻拍了一下姑娘红肿的小手，嘘口气，我转过了身子。

我是在走出老远听到后面有人在叫喊的，一回头，那个女人正气喘吁吁赶上来，手里攥着一张百元的钞票。

什么事？我问她。

她把钞票塞给我，深深鞠了一躬说，谢谢大妹子的配合。

配合，我有吗？我一脸疑惑地看着那个女人。

是您的慷慨解囊，让我女儿的生命得到嫁接。女人抹了把泪。

生命得到嫁接？我越发不懂了。

女儿出门时说过，如果这次演出没一个人捐钱的话，她就没活下去的勇气了。女人的泪一下子蹿了出来。

我捏着那张钞票站在那儿，忽然没了迈近死亡的勇气。

死亡才是一个人的演出呢。

莫愁村里你莫愁

回莫愁村，纯粹是林晓慧无意识的一个举动，如同人垂死之前的那种挣扎，神经系统引起的自然反射。只不过，林晓慧的反射，带某种质疑。

莫愁村里，真的能让人莫愁？当央视《美丽中国乡村行——莫愁村里你莫愁》这个题目出现在林晓慧眼前时，林晓慧才想起自己和朱三有共同的家乡，莫愁故里。

当兵，考学，打工，跳农门的三部曲。朱三有是当兵出的农门，林晓慧是考学出的农门。都没选择衣锦还乡，人有大志在，何处不翻飞。

是在两人展翅后就要比翼双飞时出的事，在定婚庆公司路上，一辆失控的轿车迎面撞来，朱三有猛打方向盘，副驾驶坐上的林晓慧毫发无损。在事故鉴定现场，一个老警察感叹说，处理这么多交通事故，这是他见过最不清醒的驾驶员，多少人，在出事那一瞬间，会潜意识把方向盘往自己最有利方向猛打过去。

只有林晓慧知道，朱三有是清醒的，前所未有的清醒，在那一瞬间。

打那以后，朱三有再也没有清醒过。

ICU 病房住了一个月，朱三有生命迹象有，呼吸有，唯独思想意识没有。

此生，他或许就成了一个植物人，医生相当于盖棺定论了。

一语成谶，林晓慧想起两人之前在神农架自然保护区里旅游时，朱三有曾说过一句话，真想做这里的一株植物啊，自然生长，平静老去，不以物喜不为己悲。

眼下，朱三有真的做到了不以物喜不为己悲。

林晓慧却无法做到自然生长，平静老去。

家家婆，家家婆，我挑水来你烧火。好稔熟的语调，在林晓慧身边的店面里响起来，三味酥屋。蛮会傍名气啊，林晓慧想起初中课本上的三味书屋来。

记得刚上这一课时，林晓慧问朱三有，三味是哪三味啊。

朱三有想当然说，肯定是三种香味。

哪三种呢？林晓慧刨根问底。

应该是芝麻饼，核桃仁，还有……

还有啥？

还有，还有，朱三有望着林晓慧舌头嘻嘻一笑，还有新媳妇的舌头根。

讨厌，林晓慧的舌头根缩了回去。

记忆也很识趣缩了回去，林晓慧推着轮椅上的朱三有进了店面。

一个七八岁的小男孩端过一碗水冲一个六七岁的小女孩唱着儿歌，女孩正在兑水和面，面在木盆里躺着，碗是碗，盆是盆，场面很温馨。两个小孩在玩过家家。

和面做点啥呢？小女孩问男孩。

做芝麻饼吧，芝麻饼烤酥了特别香。小男孩使劲想了想。

就你能。小女孩一撇嘴，就你晓得芝麻饼香。

林晓慧忍不住蹲在小女孩面前，为男孩子说话，小哥哥说得没错呢，世上有三香。

哪三香？小女孩童心上来了。

芝麻饼，核桃仁，新媳妇的舌头根啊。林晓慧摸着小女孩的头说，你不知道的，这三样，可以把人从睡梦里香醒的。

能把人从睡梦里香醒？小女孩歪着头，冲小男孩说，我们快点做芝麻饼，把那个睡懒觉的叔叔给香醒。林晓慧一时无话了，一句戏言而已，孩子当了真。

总不能拂了孩子一片心意，童心，可是最天真的。

小男孩真的就把做好的芝麻饼递到朱三有鼻子前，说这么香的芝麻饼，叔叔肯定会香醒的。朱三有的呼吸依旧那么平稳。

肯定是还差核桃仁，小女孩很认真，说你等我。

没三分钟，小女孩跑了回来，手心捧着一个大核桃，我买的。口气中是满满的得意，这下叔叔肯定得香醒。

核桃砸开，果然有一股幽香，可以从舌尖窜到肠胃的那种香。小女孩小心翼翼用胖乎乎手指拈了核桃仁递到朱三有鼻翼下面，林晓慧不忍目睹小女孩的失望，悄然背过身子擦眼泪。

怎么还不香醒呢？叔叔鼻子都动了。小男孩打趣说，还缺新媳妇的舌头根吧。

鼻子都动了，这小男孩很会哄女孩啊。林晓慧使劲摇头，当年朱三有也是这么哄自己的，他送给林晓慧核桃仁的当晚一个劲要闻一闻林晓慧的舌头香不香。

林晓慧怎么拒绝的？一个画面浮上脑海，林晓慧说，我又不是你新媳妇，舌头肯定不会香。林晓慧意思很委婉，成亲那天，好好让你吻个够。

今天，就是两人成亲的大喜日子呢。

特殊的日子满上朱三有一个心意吧。一念及此，林晓慧回过身，轻轻俯下头，把舌头递进朱三有的嘴巴里。

朱三有的呼吸忽然急促起来，小男孩的芝麻饼，小女孩的核桃仁，两股香气直往朱三有鼻子里面钻。

林晓慧正惊奇着，舌尖蓦的一疼，是朱三有的牙齿，朱三有的牙齿能咬人了。

林晓慧眼里一热，刚要叫唤，朱三有的舌头轻轻搅动起来，尽管缓慢，林晓慧还是感受到了，她不敢动弹，一任朱三有的舌尖抵进自己舌根深处，有股幽香在两人的口腔中蔓延开来。

是芝麻糖和核桃仁混合的清香。清醒过来的朱三有如是说。

你的名字应该改一下了。推着朱三有走出三味酥屋时，林晓慧调皮地一吐舌头。

三有不是很好吗？你有我有大家有。

你有我有大家都有，远不如你莫愁我莫愁大家莫愁。一句话从林晓慧舌头根里弹出来，自然得没有半点下意识。

包袱草

三十年前，我十岁，挨了父亲一顿胖打。

三十年后，我儿子十岁，挨了父亲一顿熊骂，为一杯包袱草泡制的茶。

父亲是招上门的女婿，多数时候，以病猫姿态示人，难得发一次威，必然得仰仗着什么。这个什么，跟爷爷不无干系，典型的狐假虎威。

乡下待久的人，都晓得，上门女婿很多时候，连老丈人的半个儿子都算不上，顶多算老丈人的一个影子，还见不得光。父亲却把事情做得很能见光。

他是恼恨爷爷不到六十岁就跟我们分家单过了。六十岁的男人，在乡下还属于硬劳力。爷爷这一分家，相当于把家里的肩扛手提的硬活路，全压在父亲一人身上。

肚子有气的父亲，自然得找发泄的渠道。

我挨的那顿胖打，是父亲故意膈应爷爷的。

节气刚好是白露，我贪图凉快，睡觉露着肚子。应了那句老人言：白露身不露，露了要泻肚。泻肚我不怕，怕的是咳嗽。我的肺不好，只要凉了，动不动就咳上三两个月，正经八倍的百日咳。

找你爷爷咳去！父亲把我往外一推，下了地。地里的活路催着赶着，他没空搭理我。

爷爷是个肺痨鬼，他的不到六十岁分家，一半是想图过轻省日子，还有一半，是以治病为名，见天扛着锄头在山上挖包袱草。

就是书上说的桔梗。包袱草泡茶，养阴润肺利咽喉。

一般人家，不舍得见天喝这茶的。桔梗是中药，可以换钱。在乡下，能换钱的东西，都金贵着呢，那个年代，一年到头家里是见不到活钱的。

我不去，包袱草泡的茶，味道苦，看爷爷喝得蛮香甜，我疑心他老得舌头没了味觉。

咳嗽自然加剧了。父亲狠狠打了我，边打边骂：我累死累活一天做到晚，你还嫌我包袱不够重啊，这么折腾我。

我哭的声音，父亲打我的响动，都朝向一个方向，爷爷住的小偏厦。

父亲是暗骂爷爷把我们当包袱一样给甩了。

冤枉爷爷了。我们兄妹五个，哪个上学的学费，不是爷爷悄悄给的啊，虽然一年只有三块，可那三块，是足以压垮父亲肩头的最后一根稻草。

父亲只顾田里忙活，压根不知道这三块钱的出处，他是招大汉（我们当地对上门女婿的一种戏称），每天埋头苦干之余，有稀饭腌菜填饱肚子，就是人上人了。

果然让父亲熬成了人上人，我们兄妹五个，居然有了个出息之人，在城里安家落户，孙子还随了父亲姓。这个出息之人，是我。

让儿子随父亲姓，也是我的主意，算是对父亲劳碌大半辈子的一种嘉奖。其实我是存了心思的，我和爱人，一个不算娶，一个不算嫁，儿子随父亲姓，变相是跟着我姓。

父亲那辈人，招上门时都有说法在前的。先头的儿女得随母姓，尾上的子女随父姓。我和妹妹，是尾上的孩子。

吃水不忘挖井人，偶尔，我会接了爷爷进城小住，真正意义的小住。爷爷的咳嗽太吵人，痰多，经常憋着憋着憋不住了，一口痰吐在地面砖上。爷爷怕孙媳妇看见，会自作聪明拿脚踩上去，使劲旋几旋，欲盖弥彰不是，那个黑色的圆巴巴，简直是昭然若揭。

父亲这时就来劲了，拿眼不轻不重地看一眼爷爷。只看，不吭声，这是我的家，他们生分着，拘谨着。儿子很有点当家做主的架势，常常指挥爷爷和姥爷做这做那的。没办法，爷孙一般大，我们不好插手管。

这种时候，吼儿子跟吼老人没区别。好在爷爷是个知进退的人，不常来。

最后一次来，是爷爷八十四岁那年八月的尾上。爷爷咳嗽声到了拿剪子都剪不断的地步，去医院做检查，医生告诉我，病人想吃点啥就尽量满足吧。

爷爷那会儿已经不想吃什么了，他嗓子有股胀气往外翻涌，咕嘟咕嘟冒着泡，根本进不去任何米水。

送爷爷回到乡下，爷爷躺在床上，看着床头的茶瓶，眼睛直勾勾的。

包袱草！我眼睛一亮，爷爷一辈子好这口。

箱子柜里翻腾半天，没有存货。爷爷没力气爬山很多年了。

我去给爷爷挖包袱草去！扛着锄头，我带着儿子上了山。

儿子欢天喜地的，他对死亡气息的接近还没明显的感触。

包袱草，学名叫桔梗，我告诉儿子，朝鲜族有首民歌《桔梗谣》，唱的就是这个包袱草。包袱草开紫色的小花，这个我印象很深。上了山，我却傻了眼，山早就开成了耕地，种了桃树李树，草都被农药打死了，哪里还有包袱草。

怏怏下了山，寻思着怎么跟父亲交代呢，进屋，竟然闻到一股带着苦味的淡香，在哪找到这么鲜嫩的包袱草？我看见一根去皮抽芯的桔梗，白白嫩嫩躺在开水里。

你奶奶坟上呗！父亲不轻不重地看我一眼说。

闻见包袱草的香味，儿子发起人来疯，抢了那茶去喝。

父亲是突然发的怒，一把夺过儿子手里的茶杯，熊着脸吼骂，你太爷累死累活做一辈子，医院都不舍得住一天，你还好意思抢太爷茶喝。

我嫌爷爷是包袱了吗？父亲这话，扎扎实实挤对了我。

娘的路程眼睛

打小到大，我都恨娘。

应了那句老话，养儿不知娘辛苦，养女方报父母恩。

让我更有底气恨娘的，是我养的恰好是个儿子。

没敢要二胎，头胎儿子娘都没帮着带一天，怕生出个女儿来，娘看都不会看一眼。哦，忘了告诉大家，娘只有个路程眼睛，乡下人的说法，就是娘那双眼睛只能摸索着看个脚下的路程。娘走路，脚步抬得很高，落下时，尽可能慢，尽可能低。看娘抬脚，不知情的人还以为娘在学踩高跷，看娘落脚，不晓根底的人以为娘在上演蒋干盗书。

娘不记人的脸，只记人的声音，这让我颇为遗憾。再大的风光，娘都看不见，这不成心的吗？要知道，我和儿子的作品都在全国各大报刊上开出了浪花一朵朵，都开到海外国外了。

肉蒙在蒸菜里吃了，这让我多少有点不悦。娘可以忽视我的成就，反正我的成长是苦菜悄悄一支花，靠自己拼命汲取大地养分。儿子因为是独生子女，他把姑娘的那份好命都占了去。

老祖宗说过的，姑娘是棵菜籽命，落到肥处一棵菜，落到瘦处一根苔。

儿子落在肥处，长成莱了，很多人看好的一棵菜。

哪像他老子我，自始至终，是一根苔。怨气就这么冲天地喷射出来。

轮到我这胎，据说娘极想要个姑娘的，两个儿子，两个姑娘，多好的兆头，偏生我，把娘老了伸脚的指标给侵占了。

我们那儿，把走姑娘家，叫有个伸脚的地方。

一个姐姐，显然是不够娘老了伸脚的，娘后来到底生了小妹，赌气一样。

我很惭愧，一出生就那么不孝，强行要把娘伸脚的路给挖断一条。

娘更惭愧自己的路程眼睛，姐姐都有外孙了，也没见娘把脚伸到姐姐家一回。娘怕自己饭桌上把筷子伸到别人碗里，更担心自己手头的筷子跟别人筷子搅合在一起。

妹妹嫁得远，远得娘眼里压根就没那段路程的存在。

尽管娘处处小心，娘还是落下不少话把，让乡亲们背后费了不少口舌来腌臜她。家是娘把持着，父亲是招上门的女婿，没话语权。

过去讲，帝王重长子，百姓疼幺儿。

娘却没疼我这个幺儿，读书成绩最好的我，跟哥哥姐姐妹妹一样，都只念了初中，丢车保帅壮士断腕那一套，在娘这儿行不通。要说五根指头有长有短，可娘不愿让任何一根受了委屈。

结果是，我们兄妹五人，个个都一脸的委屈。

要是我们家供出一个大学生来，没准就当官当府了，朝中有人还怕把大家伙一个一个拉巴不出去？

强似一大窝子就出了一个穷酸文人，一年到头，连头年猪的礼都没人送上门。

是说我呢。

十八岁那年，我参加县里诗歌比赛，获了奖，被邀请参加笔会，我犯了大难。

路费，住宿费，哪儿找去？娘给我找到了，在年猪身上。

卖了年猪，送我到村口等汽车去县城的时候，娘抬眼望着天很兴奋地说，娘做了梦的，你这朵云就要下雨了。

娘的路程眼睛看不见天上云朵的，我知道。

我还知道，村口那些看热闹的人眼里，娘就是一个败家婆娘，眼睛看不见就算了，心里还不识数。

等我把一双腿从泥地里拔出来，走进城里时，娘眼睛完全看不清路程了，迈步子之前，会先伸出一双手摸索。她坚持不拄拐杖，走路都是半步半步挪动。

娘是要证明，她有眼睛的。回乡下过年，娘跟我说，我在电视上看见你了。

那台黑白电视机在一边叽叽喳喳叫着，娘眼睛朝着电视方向说，你在电视上说话呢。那是我的一个电视专访。

儿子在一边突然插了嘴：奶奶你看见我没，我也上电视了。

娘怔了一下，满脸的歉意。娘不习惯对着孙子撒谎。那台黑白电视，除了收几个地方台，儿子上大学的那个城市的电视台，根本收不到。

儿子从手机里调出他接受采访的视频说，这里，您看！

手机视频的声音不大，娘把手机举到耳朵跟前，听儿子的声音。很难为娘的耳朵，代替眼睛行使那么多年功能，早不灵敏了。

娘到底还是听见儿子声音了，很高兴地说，看见了，看见了，我孙好有出息。

儿子不高兴了，说您哪是看，分明是在听！

儿子臭美呢，上电视节目前，化妆师专门给捯饬了的，用儿子话说帅得不要不要的。

娘没能看见帅得不要不要的孙子，她印象中，肯定是孙子三岁时拖着鼻涕在她身边跑进跑出的模样。

三岁那年暑假，儿子在娘身边待了两个月。要说也真是奇了怪了，那段时间，只能通个路程眼睛的娘，硬是能把儿子的一举一动都看得清清楚楚明明白白真真切切，小到脖子上出痱子，大到屁股上长疙瘩，都难逃娘的那双路程眼睛。

过完年，我们回城，娘一脚深一脚浅地送我们上车。

怎么阻拦都没用。能帮我们拿东西，还是能替我们引路？

人都上车了，娘忽然冲我招手，示意我下车，她有话要交代。

每次都这样，媳妇和儿子见怪不怪了。

连经常跑那条线的司机，也熟悉了这一送别流程。

不耐烦地下了车，娘把嘴巴附在我耳边：跟我乖孙说一声，叫他别恨奶奶。

好端端的他恨你干吗？娘这是怎么了，眼睛不通路程，心里也不通路程了。

没能看见他上电视啊，娘只有个路程眼睛，你知道的。

我假装生气：当然要恨，您儿子孙子的风光，平白无故都叫别人看了。

娘拿心在看着呢！娘讨好地望着我，你们脚下的路程都通上天了，娘晓得。

娘晓得的不外乎就是那一套，写文章的人都是天上的文曲星下凡。

唉，这路程眼睛，这路程见识，跟娘想辩都辩不明。

同　桌

王军是我同桌。

王军曾经是我同桌。

王军是个跟我关系一点也不好的同桌，甚至我清楚地记得，他是唯一打过我一嘴巴的同桌。

我之所以这会儿还记得他，并不是说我多么记恨他，而是，王军曾立誓要当一名作家。

眼下，我恰巧成了一名作家，写到这儿，我想起老祖宗们在著书时常用的一句话，“造化弄人啊。”

同桌王军很有钱，至少在当时是不可置疑的。他常示威性地从口袋里掂出五元或十元的大票拍在桌上，如同现在某些习惯炫耀的小青年，将个多功能手机举在手上到处拍照，有点哗众取宠的意思。

可恨当年我太过于贫瘠，知识和见识比金钱还要贫瘠，对王军的哗众取宠总是一脸的艳羡。别说我一个穷家子弟会如此，连好多老师都眼红心跳呢，那时候，他们一个月的工资也不过几十元钱，这样一说，你就知道了，王军有理由瞧不起任何人，包括我这个好求上进的同桌。

语文老师是个幽默风趣的人，在一次评点作文课上，语文老师先是表扬了我，说我的作文中规中矩，时间地点人物事物前因后果交代得不错，也就是说，是一篇真正的作文。

而王军呢，下笔千言离题万里，信马由缰不知所云。王军在老师的点评下把个平日高昂的头压得很低很低。不过，就在王军低头反思时老师来了这么一句：不过，不过，王军有可能成为一个作家。记得老师刚说完这句话，王军眼中就亮光大盛，好像头上真有一道作家的光环在闪耀，80 年代初期，作家是最令人景仰的了。

我心里非常不服，我的作文都写成真正的作文了，却没可能成为一个作家，老师都那样定论了，这个王军居然凭一个离谱的文章受此褒奖。我不无妒忌地要过王军的作文，一而再再而三地读，后来再有作文，我就写成了王军的德行。

王军呢，不再随随便便往外拍钱了，他把钱都订了《作文指导》《少年文艺》等刊物，他想成为一名作家呢，当然这得多看课外读物，记得当时有一本名叫《随便翻翻》的杂志，知识性趣味性开拓性一体，很有创新意识。老师擅自做主，替王军订了一年。作为同桌，我自然就近水楼台了。

一年下来，王军的作文开始中规中矩了，而我呢，则变成信马由缰了。

最先发现这一变化的依然是语文老师，语文老师悄悄对王军说，郑全是不是经常看你的杂志啊，以后少借给他，他都写成你的模式了。

老师其实是一番舐犊之情，他怕我误入歧途越陷越深，像我这样的贫困生最主要的是念好书考上师范，作家梦是想都不能想的，除非像王军那样有个当大队书记的爹。

王军不是一个小气的人，但对于有人居然也觊觎他的作家梦，王军是不能容忍的。古人都说书非借不能读也，我又怎能免俗，借不到是吧，我趁王军上厕所时就翻他的书桌偷看，一来二去，我竟憋成一种功夫，能在教室坐上半天而不上厕所，为我日后静下心来写作打下了良好的基础。

好景不长，就在一次我正翻阅一期刚出的《随便翻翻》杂志时，王军折回来拿手纸，见我正翻阅他尚未读过的新书时，王军二话不说，抬手一记耳光打在我脸上，谁让你偷看的。

面对王军的质问，我压低嗓子反驳，我不过是随便翻翻而已。

要翻翻你自己的东西。王军一把抢回书撕个稀烂，我让你翻，我让你随便翻翻。

记得我当时就哭了，不是为王军打我一嘴巴，而是为那本粉身碎骨的《随便翻翻》。当天晚上我就背起书包辍了学，任父母百般劝告都不再回校。

不过从此以后，我真养成了随便翻翻的习惯，一直翻到今天能见到我名字的许多刊物。

校庆那天，作为母校唯一一名作家，我得到隆重的邀请，吃饭时，一人挤到我身边坐下，我一愣，正是王军，王军嘻嘻一笑，今天我跟你一块坐，谁让咱俩当初是同桌。

我举杯一笑，对，是同桌。

笑完我发现眼中有泪正悄悄滑落。

拿得出手的同学

妻是一个家底殷实的文学青年，肯屈尊嫁我是因为她所在的小城，就我一人在那些不大不小的刊物上发表过一些不长不短的小说。引用妻的原话是，自己不能成为一个作家，嫁给作家当个老婆也不错。

爱情令人盲目，这话不幸从妻身上得到印证，妻一盲目，就嫁给了仅仅上了两年初中的我。文学青年大都浪漫，一贯以细心著称的妻在婚姻上的表现就显得有点毛手毛脚，居然没顾上政审我。

蜜月一过，妻发现一件事，妻问，婚礼上咋不见你一个同学，你人缘很差吗？

我一拍胸，人缘差你老公能当作家？咱这叫世事洞明皆学问，低调处理，懂吗？

妻恍然大悟，对对。低调点好，虚心能使人进步呢，要当好作家一定要求上进，我赞成。妻一脸幸福躺在我怀里，妻哪里知道貌岸然的我所有同学都在山沟里掏泥巴，人是有虚荣心的，夫妻又能怎样，知道老底了她还不照样看轻我？

真羡慕妻啊，三天一小聚，五天一大会，高中的，大学的，党校的，培训班的，得，用主席他老人家的话说，都是来自五湖四海的同志，为同一个目标走到一起，成了同学。看着妻隔三岔五参加同学会，我都快流口水了，痛苦呀，谁让我没一个拿得出手的同学？

春节临近时，妻突发奇想，回你乡下老家待几天，没准你能找出点灵感。也是的，故乡，是唯一能清晰梳理出一个人来龙去脉的地方，心中或许还能迸出点啥思想呢。

结果回去了，碰上了一场豪雪，从初一下到了初五。

那天正与妻在雪地里闲逛，碰上一人，背竹篓，扛猎枪，老远同我打着手势，我心里一激灵，莫不是初中同学大梁，大梁上初中就开始玩枪呢。

妻问，谁呀？

我说同……一个“学”字没吐出来，改了口，同村的一个伙伴。

大梁蹿过来，擂了我一拳，真是你呀，是不是早就看到我，不想打招呼？

我脸一红，为自己辩护，哪呀，我眼神不好。这倒是个说得过去的理由，我鼻梁上架了一副眼镜，平光的，戴眼镜是为了显得自己有学识，虚荣呗。

走，上我家喝酒，一起去。大梁拉了我的手，同时招呼着妻，篓里还沾有血迹，看样子大梁有不小的收获。

刚辍学那会儿，我经常跟着大梁打兔子野鸡，我俩在校是铁哥们。

盛情难却，就去。干煸兔子煨野鸡，妻吃得孩子般高兴，一扫闷在家里的不能出门的怨气，妻还劝我喝酒，妻说男人哪有不喝上两口的，我这人经不住劝，再者遇上大梁也高兴，就喝冒了。迷迷糊糊间，听得大梁吭哧吭哧的喘气，还听见妻跟大梁媳妇唠叨的话语。

半夜醒来一时寒气正浓，我是叫膀胱承受不住尿意胀醒的，歪歪倒倒出屋小便进来，感觉有人帮我掖了掖被子，恍惚间，以为是妻，也没在意又沉睡过去。

凌晨五点，手机的闹铃叫醒了我，我一向有个习惯，喜欢在清晨感受天籁的同时或思考或静坐或抽烟或什么也不干静倚到天明，悄悄起床关了闹铃，我习惯从床头柜上去摸烟，一摸，摸个空，这才想起是在大梁家，脚头有人动了一下，朦胧间看不真切，开了灯望过去，大梁蜷成一团，只用被角搭住了小腹，莫非，为了我这个作家同学，他一夜就这么扛过来的？下意识地回想一下，昨夜真的好暖和呢。

我心里一热，将被子往大梁身上扯，大梁醒了，连忙往回蹬，使不得的，你们文化人，身子太弱。

吃罢早饭，我看见大梁媳妇熬姜汤，大梁一鼓作气喝了两碗，可喷嚏还是一个接一个。

回城的路上妻说，你同学真是不错。

我不答，妻默不作声了。一会儿，又说，我咋没一个像你这样拿得出手的同学。

喊报告的孩子

报告。丁小三的声音又在外面怯生生地响起来。

我继续讲着我的课，没有理睬。

班长沈小花牵了牵我的衣角，说，您还没让他进来呢。沈小花说这话时我刚踱到她课桌前。

事不过三呢，丁小三是一周内第四次迟到喊报告了，置我的威信何在？

我停下讲课，冷冷看了一眼丁小三，你当教室是你家菜园子们啊，想几时进就几时进？

不是的。丁小三低下头。

不是的还明知故犯。我加重语气给了他一句，以后再迟到，你就不用喊报告了。

不喊报告？丁小三没反应过来。

进菜园子门还用喊报告？我不客气地回了一句，丁小三的脸一下子扎进了胸前。

看得出，他是知道羞耻的孩子，初中生了，好与歹还是拎得清的。

我暗自舒了一口气。

可第二天上课，拎得清好歹的丁小三却让我那口气白舒了，上课十分钟后，他又一次戳在教室门外喊了报告。

沈小花不牵我衣角了，牵我也不会喊他进来，菜园子门而已，爱进不进他说了算。

再以后，丁小三竟与我达成了默契，每天迟到了喊报告，然后在我的漠视下走向座位，说心里话，丁小三的成绩还是可以的，就是散漫了点，农村的孩子，大多木讷。他懒得向我解释，我也懒得向他问个明白。

当然，这是二十年前的往事了。

勾起我对这段往事回忆的，是桌上一张请柬，丁小三托沈小花送来的，说是想请我吃顿便饭，在九重天，九重天大酒楼的便饭，不是一般人吃得起的，我问沈小花，平白无故的请吃什么饭？

沈小花甜甜一笑，去了您就知道了，沈小花眼下是我的同事，她师范毕业后回到母校任教，跟我很是对脾气。

就去了，搭的士去的，跟沈小花一起去九重天酒楼吃饭，步行恐怕不太合适，沈小花是这样解释的。

其实沈小花解释不解释我都理解，人在年轻时，谁不希望响响亮亮过日子呢，我现在已跟年轻有距离了，是睁只眼闭只眼的时候了，步行不会让我觉得少了多少底气，但沈小花不。

进了九重天我才发现当年教过的那班学生竟全在场，倒是主人丁小三不见踪影。

沈小花嘟了一下嘴，德行，这丁小三怎么当主人的，老师来了竟没搞个仪式队列欢迎。

我说至于吗，我又不是外国总统，还得鸣炮奏乐不成？

正叽叽喳喳跟过去的学生打招呼呢，包厢外响起中气十足的两个字——报告。

一回头，很熟悉的场景，像岁月的再版，丁小三正局促不安地站在门外。

我一时没反应过来，上点年纪的人都这样，沈小花不失时机牵牵我的衣角，您快说让他进来啊。

我从往昔的回忆中醒过神来哈哈大笑说，今天，这儿是你的菜园子门呢，我没权力呼来唤去的。

丁小三眼里闪着泪花说，老师您错了，从今往后，这酒楼就是您的菜园子门，你想进只管进，想出随便出。

沈小花这才告诉我，丁小三从今天正式买下九重天，他要打造本市餐饮业的航母呢。

丁小三整了整衣冠，大步流星冲进来跟我握手，谢谢你当年没有放弃那个喊报告的孩子。

放弃，怎么这样说？我很好奇。

您不知道，当初因为我迟到，所有的老师都不能容忍我，学校都快劝我退学了，刚好您接手我们班，才让我得以顺利完成学业……丁小三说。

我的心痛了一下，为当初对他的漠视，不过，你为什么要迟到呢？我忍不住问了一句，二十年了，丁小三是我教过的学生中最为奇特的一个。要知道，那时他初三呢，中考前的冲刺阶段。

丁小三迟疑了一下，这正是我今天请您来的原因，让您见一个您未曾谋面的学生。

随着丁小三的一声有请，一个和沈小花差不多年纪的女子走了进来，远远地，冲我就是三鞠躬。

我一怔，又是怎么回事啊？

那女子说，真正该喊报告的，应该是我。那年我病了，休学在家，是丁小三每天为我补的课，才没误了中考。

哦，这么回事啊。我怎么没见过你呢？我还是奇怪。

沈小花说，她在四中念书呢，是丁小三邻居。

我那会任教的是三中，也就是说我无心插了一棵成荫的柳。

沈小花说，是啊，眼下刘丽也回了四中教书呢，刘丽就是那女子。

刘丽说，因为您，我学会了善待每一个喊报告的孩子。

我说等等，你是不是就是那个在本市教育网站发帖说，当你的学生在课堂上睡着了，先不要急着叫醒他，他一定是太困了的那个刘丽？

刘丽点点头笑了，正是。丁小三走过来说，只有喊过报告的孩子才会有这番远见卓识，您说是吧，老师。

刘丽推了丁小三一把，嗔怪说，有你这么夸老婆的吗？丁小三说我夸你了吗，我是夸老师呢。惭愧啊，当初我可视这个喊报告的丁小三为可有可无的。

新鲜的东西

我不是一个好面子的男人，一点都不是。

我可以在街上一边捏着油条往嘴里塞，一边还嗯嗯啊啊和熟人打招呼，就算是面对一个漂亮得可以让人窒息的女孩子，我也没半点觉得不好意思。

我一向在意的，是自己的心情，面子是做给别人看的，我是一个自私的人，只晓得自己活得舒心随意就行。

很抱歉，多年养成的习惯，改不掉，也不打算改了，都人到中年了，还学什么新把戏，你不能逼着一只老狗去学跳圈吧？

眼下我就打算去买一根油条，外带一杯豆浆，我喜欢那种炸得焦黄酥脆的油条，金晃晃的，有嚼头。趁我牙齿功能健全的时候，享受一下脆生生的生活。炸油条的是对中年夫妇，油锅里的油热腾腾翻煎着，让人无端地感到温暖。

我把钱递过去，拿个方便袋装了油条。

热腾腾的油条，钻进白色的方便袋里，立即起了一层白茫茫的雾气。

晾一晾会更酥脆，我不急于吃，拎了袋子转身走向对面的豆浆店，那家豆浆店的豆浆都是现场打榨的，新鲜。让人食欲大振的那种新鲜。

这年头，能让人觉得真正有点新鲜的东西不多了。

卖豆浆的是位老太太，是慢条斯理的那种老，不是老态龙钟的那种老。

我喜欢这种老，从容中透露出对世事的洞明。

是的，洞明。

偏偏这会儿我手中的方便袋洞明开了，啪的一声，那根油条从方便袋里直挺挺地窜出来，栽在地上，怎么那么迫不及待呢？真是的，我傻张着嘴，望着那根油条。

很糗的事呢，这是。

我开始从口袋里挖钱，准备折回去再买一根。

油条颓废地躺在地上，一副无辜的模样。

妈的，我才无辜呢。到嘴的食居然跑了。

刚要回头，老太太慢吞吞地从凳子上站起身子说，早上刚拖了地呢，很干净的。

我很奇怪，有些老人怕年轻人嫌自己弄的东西不干净，喜欢这样一而再再而三地解释以招揽生意。

我可不是那种挑剔的人，而且我也从没说过她的豆浆不干净。

接过豆浆我冲老太太笑了笑，有点惋惜地看了看地上那根油条，要搁以往，这个时间刚好是我大嚼特嚼油条享受生活的时候呢。

真的很干净呢。老太太望着我又重申了一遍。

机器榨出来的豆浆，不干净也说不过去呢，又没过您老人家的手，怎么这么啰唆啊？

啰唆不是我的性格。

我转了身子，拿脚刚要跨过那根油条时，老太太忽然用与她年龄很不相称的敏捷身手弯下身子，捡起了那根油条。

干什么呢？我脚步一迟疑停在了半空中。

老太太没迟疑，把油条拿到眼前倒来倒去看了一遍，又拿嘴吹了吹，很以为功地举到我面前，瞧见没，干净得很。

干不干净我不知道，不过老太太眼里很干净。老太太把油条又往我跟前举了一下，拿去吃啊，再冷就软了，又干又硬，不过口的。

什么，我吃它？我吓了一跳，掉在地上的油条再捡起来吃，人家怎么看我啊？

知道的说我有勤俭节约的美德，不知道的还以为我是穷巴脸了，我再不好面子，也不至于在众目睽睽之下捡掉地上的东西吃吧。谢谢，吃脏东西会生病的。我怔了一下把脚步落下来，回答老太太说。

脏，哪儿脏了？老太太急忙取出老花镜戴上，又把油条凑到鼻子尖前瞅了一遍。

我缓了缓口气，诚恳地冲老太太说了一句，有些灰尘是看不出来的，要用显微镜呢。

老太太不看油条了，看我，看得我心里发毛。

完了老太太慢条斯理取下眼镜说，是你心里有灰尘吧。

我心里干净得很呢。我想这老太太真是让人匪夷所思的一个人。

老太太忽然把那根油条缩回去二话没说就往嘴里塞，一边鼓起腮帮一边含糊不清地说，能有多脏呢，我吃给你看。

老太太的牙床不太好，她嚼得很吃力。

我脸上一下子有了汗。

感觉一双双大眼正扎在我背上，不就是一根油条吗？犯得着。这老太太的举动也未免太新鲜了吧。刚才我还说这年头能让人觉得真正有点新鲜的东西不多了呢。

尿　床

小时我尿床，朝露先生说，尿床好啊，尿床的孩子有出息。

朝露先生是我的语文老师，教小学教了一辈子。

那时候启蒙迟，我八岁上学，学写作文时十岁了，三年级。据说，朝露先生是整个村小学作文教得最好的老师，在公社是不是最好呢？不知道，那时没那么些名堂的作文竞赛。

说他教得好是因为从他手里读完五年书的学生，下学了写封信编副对联啥的从来不求人。我没念书前，有个表哥在部队，每次回封信吧，都得请隔壁的四叔帮忙，四叔还很不情不愿的，说费了脑筋，人的脑筋可是用一回少一回的，得补脑。

娘知道四叔好点嘴头食，就用荷包蛋给他补脑。一碗漂五个，五个鸡蛋，什么概念，相当于半年的学费，在当时很令人心疼的。

我很气愤，当然不是为几个鸡蛋，是为四叔的那一份傲慢，要三请三邀方肯进门，还一肚子牢骚，说耽误了他困觉。

这话在今天回想起来并不矫情，那时的农民个个是起早贪黑地出工，累得筋疲力尽的，哪像现在的农民，有的是时间自己支配。

四叔要是写对联，还得我在一边伺候，或牵纸，或递茶，很奴仆的样子，这令我不舒服。我当时就想，我得学会写作文，将来让四叔的儿子给我牵纸，递茶，也奴仆一回。四叔儿子笨，每次都被我想方设法哄了他的零嘴吃。四婶的荷包蛋我就不吃了，她炒完菜从来不刷锅，烧的开水中还有煳末和油星，我吃不下去的。

为此，娘还骂我嗝食呢。

果然就盼着朝露先生教我们作文了，那年仲夏，我抓耳挠腮写下了第一篇作文，其实是日记，名叫赶鸡。

赶鸡对乡下的孩子不陌生，禾场上晒的粮食多由老人孩子看管，可以挣工分的。

我是第一名交的作文，且写得不短，有三百字呢。满以为朝露先生会好好表扬一番的，第二天评语下来，我却傻了眼。

评语上有这么一句话……可怜你小小年纪竟然不知道夏天应该晒麦，秋天才会晒稻，稻这会儿还在田里没含苞呢……

我才想起来，因为疏于观察，把麦场写成稻场了，自此，我养成了观察的好习惯。

自觉不自觉地，我开始每周一篇作文，请朝露先生指点，朝露先生是民办教师，假期和社员一起下地，人便晒得黑黑的，调皮的学生背里都叫他——蒋黑子。这话有讲究，朝露先生姓蒋，加之常为调皮的学生黑了脸生气。五年级，学革命烈士的断头诗时，朝露先生在台上慷慨激昂地痛斥说，蒋家王朝，一群黑帮分子，台下学生便哄然大笑，先生不知道我们这会正想起了他的外号，算是不谋而合吧。

十二岁的我喜欢卖弄自己的小聪明，就将这节课发生的趣事写成了作文，上交了。

满以为朝露先生会生气的，不料，先生却很高兴，单独叫我到办公室，说，好作文，活灵活现，多注意身边的人和事，记住，写熟不写生。

先生的写熟不写生，让我如今依然受益，大凡我的作品，总能从中读出熟悉的生活气息，或者熟悉的人物身影。

快毕业时，全县进行了一场作文竞赛，先生骑着自行车驮我去的，六十多里路啊。临走时，娘再三跟先生叮嘱，不要让我多喝水，这娃尿床呢。我很不好意思，朝露先生就笑，难怪这么聪明呢，左撇子，尿床的人都聪明。那次考完试住招待所一起吃饭，我才发现朝露先生是个左撇子，难怪先生说得那么肯定。

睡觉前，先生还打趣说，要是他也尿床，就能考上公办教师的。

可惜先生不尿床，可惜我不是左撇子，看来，一个人是不该把聪明占全的。

我的文章被《小说选刊》转载时，本准备给先生报喜的，却听到朝露先生下岗的消息，以朝露先生的资历，应该在最后一批民转公之列啊，为什么偏偏没转成呢？

朝露先生没说多的话，一卷铺盖回了乡下，种地，春节写对联卖，日子过得并不丧气，没事还看书，教孙子牙牙学语。

同时下岗的教师中，开始有人上访了，上面发了文件，竞争上岗，也就是说，凭考试成绩，能者上庸者下。

我把朝露先生接到家里，家里有电脑，查资料方便，再者，我也想尽一份力，能有今天的成绩，朝露先生是我最早的支点，我想也给先生做一回支点，放榜那天，先生高中了。高中的先生多喝了两杯，夜里，竟然尿床了，都快六十的人了呢。

先生说，尿床好啊，要早点尿，我也不会多等这几十年呢。看得出，先生真的很高兴，没半点的难为情。

我也高兴，但爱人不高兴，先生这是中风的前兆呢，爱人说。

我心里一惊，这才想起来，爱人曾经做过医生。

没出息

没出息。我妈又骂我爸了，骂完一扭屁股出了门，去找东志妈打麻将了。

我爸就很没出息地笑，笑完了还叮嘱一句，多带点钱啊。生怕我娘输不尽兴似的又给娘坤包里塞上一千元。

我妈打麻将，很得东志妈欣赏，不是妈的脾气有多好，而是我妈牌风正，从不挂账，输了也不皱眉，不像别人，输点钱就阴着脸，那样的氛围，能尽兴吗？

打麻将，娱乐而已。我妈经常这样标榜自己，不就是花钱买高兴吗？

当然这是我娘在东志娘面前的姿态，一回家就不这样了，我妈立即掏出记事簿在开支一栏添上输掉的数目，完了眼圈红红地叹息，我咋就摊上你这个没出息的男人啊。

相比而言，我就比我爹出息多了，我在东志面前常赢他的东西。

他爸虽说正局，我爸虽说副局，但正局的儿子就一定比副局的儿子脑子好使吗，谁说的。

比方说，东志经常有做不了的作业，他得求我，求普通职工的孩子他怕掉面子，好歹我爸是副局，干部子弟在一起就不是求了，属于探讨。

探讨的结果通常是，作业我帮他代劳，他请我吃麦当劳。

在我眼里，这是很划算的事儿呢，代劳一次作业我可以温故而知新不说，还能有四五十元的物质奖励，一举两得的事呢。

我娘打一天麻将能挣五十元吗？挣不了。

我想我是应该划归有出息的了，那天晚上我娘输了钱回来又骂我爸没出息时，我安慰她说，算了妈，三十年河东，四十年河西，我比东志有出息就行了，难道你希望你儿子没出息？

你比东志有出息？我娘把我从头到脚用目光梳理了一通，摇摇头说，没看出来。

出息不是看出来的。我举了举手中的麦当劳，瞧见没啊？东志送我的。

东志送你的？我爸一怔，好啊，哈哈哈，今天终于见着回头钱了。这话我听着咋那么耳熟啊，正想呢，我妈不屑地给了爸爸一句，瞧你那没出息样，想玩点幽默还套人家冯巩小品里的。

笑声一下子被掐断了似的，我爸很没出息地闭了嘴。

我妈不闭嘴，怎么回事啊？这是，你怎么乱收人家东西呢？

我说你也不是收人东西了吗？

那收跟这收，能比吗？我娘恨铁不成钢地点了我一指头，我收的是你爸的下级，你收的是你爸的上级啊。

我说，他自愿的啊。

自愿，天下就没有免费的午餐！我妈一紧张，乖啊，是不是你帮他干坏事啦？

瞧妈这点素质。我不乐意了，好歹我臂上也扛着三道杠杠，干坏事的人能扛杠杠？

那是怎么回事？我妈嘘了口气。

是这样的，我得意地一撇嘴，妈你知道的，东志打小就脑子进水，一百内的加减还是请老师补课才考及格的，眼下咱们不是上三年级吗？

三年级咋啦？娘一瞪眼，少给我卖关子行不？

三年级要学乘除法啊。我也一瞪眼，他就请我给他补习了。

苕唉，你自己有空多做题，跟他补什么习。我妈拧了一下我耳朵，他家不是有钱吗，让他妈给他找补习好了。

我说才不呢，给他补习吧，相当于我又学习了一遍，而且更重要的……

更重要的是啥？我爸一般情况下不插嘴，这回他也想听听更重要的是啥。

更重要的是，我把妈输的钱也挣回来啊，爸妈你们算算，从小学补到初中高中我能挣他多少麦当劳的钱？

一想到麦当劳，我的肚子咕咕叫了起来，我端起来，刚要下口，啪一声我妈伸手抢了过去，一个十分漂亮的抛物线划过，那麦当劳就躺垃圾桶里了。

我的嘴张得大大的，正发呆呢，我妈一屁股坐到地板上，双手拍打着大腿号啕大哭起来，造孽哟，找个男人没出息也就罢了，生个儿子也还没出息，我命苦啊我……

我怎么没出息了啊，我不到十岁，都能利用知识挣钱了啊。

正纳闷呢，妈的号啕声再次响起，瞧人家东志，小小年纪就有领导意识了，晓得雇枪手完成作业，你倒好，屁颠屁颠为人家卖力还乐呵呵的……

领导意识？我望了望臂上的三道杠，我在班级大小也是个领导啊，咋就比不会做作业的东志没出息呢？

我妈妈不会脑子里也进水了吧？

失窃的“自尊”

张小东趴在课桌上，对着一块放大镜像研究哥德巴赫猜想一样认真。

放大镜里能有啥呢？有的。张小东通过放大镜看见讲台上老师的五官都变了形。

变形多半是因为扭曲，是的，老师脸上这会儿扭曲得不行，一副痛心疾首的模样。耻辱啊耻辱，我带了多少年尖子班，还没带出个眼尖到别人抽屉里的学生，一句话，谁拿了李佳薇的 MP3 谁主动还给她，当然，老师咽了咽唾液，不好意思还也可以委托老师还，希望同学们能够相信老师，这件事到我这儿就为止了，老师是不会上报到学校的。

张小东冷不丁就笑了一下，对着放大镜里的老师笑，都上高中的学生了，老师还拿这套哄小孩把戏的手段来忽悠学生，太小儿科了，当他们这帮尖子生名不副实呢。

老师被这声冷笑弄得有点不知所措了。

她的眼光开始扫描，像电脑游戏上的工兵一样在每个人脸上探测，她相信，她眼光所到之处，那个贼一定会在照妖镜下现形的。

张小东举着放大镜，随着老师视线转动，他第一次发现，原来老师美丽的丹凤眼里会发出令人震慑的光芒，这光芒足以让任何一个差生不寒而栗的。

张小东不是差生，所以当老师眼光转向他时，他就忘了闪避，但他忘了，手里的放大镜是可以将任何物体放大百倍以上的。

老师自然在放大镜里就目光如炬了，张小东恍然间感到手被灼了一下，心一惊，啪，放大镜就脱了手掉在了课桌上。

老师的丹凤眼狐疑地在他脸上停顿了五秒钟，忽然从嘴角牵出了一丝笑意。

老师收回眼光，不扫描了，开始背着手，从一张课桌踱到另一张课桌，踱到张小东和李佳薇之间老师不踱了，停下来，这一停是很有策略的，张小东坐李佳薇后面，老师是什么意思呢？

很显然，两重意思，一是给李佳薇施予安慰，二是给张小东施加压力。

老师潜意识里认为，只有做了贼的人才会心虚，而张小东刚才的举动就是心虚的反应。

老师就又一次语重心长起来。

老师说，我也知道，那个伸了手的同学现在很后悔，这样吧，老师给这个同学一个机会，允许他在没人时悄悄把MP3还给李佳薇，人，做点错事不要紧，要紧的是知错就改，你说是不是啊，张小东？

老师末尾时突然来了这么一问，吓了张小东一跳。

张小东结结巴巴回了一句，是，是的。

晓得就好。老师如释重负喘了一口气，说，下自习吧。

老师满以为，张小东会故意磨蹭到最后一个走出教室的，偏偏，张小东呼一下第一个蹿出了教室门。

哪来这么坨稀泥巴，扶都扶不上墙。老师重重叹了口气，真是朽木不可雕也。

扶不上墙不要紧，她有的是办法，教了二十年书，难道还斗不过一个十五六岁的毛头小子？没准，这个张小东去埋赃的地方取赃物了呢，有谁那么苕，偷了东西随身携带？这么转念一想吧，老师又满怀信心了，也许，下一节课李佳薇就破涕为笑跟自己汇报说 MP3 失而复得了呢。

偏偏，上午四节课过去了，李佳薇脸上依然没有破涕。这 MP3 是她下岗的爸爸踩了半个月的三轮才买给她学英语用的。中午时分，老师脑子里老闪着一个人在烈日下弓着腰狠命踩三轮的身影，老师坐不住了，决定再到教室里转转。转有两个目的，一是工作负责的意思，二呢，她希望在张小东身上找到点蛛丝马迹。

去了，张小东却在没心没肺地呼呼大睡，李佳薇在前面抽动的双肩一点也没引起他的同情，不就一个 MP3 吗，他张小东早就淘汰不用的玩意，明天带一个送你就是了，但今天坚决不能送的，一送，人家不都以为是他张小东偷了，张小东自认为还丢不起这个脸。

偷 MP3，顶没出息了，张小东一直认为自己是有出息的人，也是的，全班除了张小东敢跟老师顶嘴还从没人敢正眼看一眼老师，这可是一班的尖子生呢。

尖子生都有一个共性——听话。

张小东的不听话，或多或少让老师心里不大快活，要搁平日，老师也懒得计较了，但这一回的不听话，老师有理由计较，她可是站在挽救失足少年立场上计较的。这样一想，老师就很有底气地碰了碰张小东说，你，到我办公室来一下。

张小东揉了揉眼睛，在全班同学注视下满不在乎地走出教室，有点大义凛然的意思。

办公室里其他老师们都在午休，老师尽量把声音压得很低，张小东，知道老师为什么叫你来吗？

知道，张小东满不在乎地答了一句，不就一个 MP3 吗，李佳薇太没出息了，好意思哭。老师嘘了一声语带双关地说，知道就好，你这么有出息，应该晓得老师的良苦用心了。

张小东冷笑了一声，挑衅说，是不是要我承认偷了那个 MP3 才算理解老师的良苦用心啊？

老师脸涨得通红，小声点，你以为拿了别人东西很光彩啊？老师是不想让别的老师知道她的尖子班出了失窃事件呢，那样学校里会扣她班级分的。

张小东脖子一梗，漫不经心说，失窃一个 MP3 您都这么用心良苦，那我失窃了更贵重的东西您怎么不闻不问啊？

老师恨铁不成钢地一拍桌子，人家李佳薇失窃了 MP3 ，你那么有出息的人能失窃啥？

张小东轻轻一咬牙，磕出两个字——自尊。

自尊也会失窃？老师一下子怔住了，这孩子，也太玩世不恭了吧，跟老师玩深沉。

少年陈家安的风寒

有自行车的男生站起来。班主任在下了晚自习后突然这么说了一句，哗啦啦就站起十来个人在班主任的尾音里。

陈家安是最后一个站起来的，他那辆自行车除了铃铛不响全身都响，链盒雨板都被他下岗的爸爸给改革精简了，呈现一副全裸状态，所以他站起来前就很是犹豫了一番。

在别人眼里，那应该不算一辆自行车的吧，尤其在江梦娇这样的女孩眼里，江梦娇是他同桌。是江梦娇用肘子撞了他一下，他才站起来的。

那分明是提醒他也是有车一族呢。

班主任拿手点了点冒起来的人头，又扳着指头在花名册上数了数，然后很欣慰地吐出两个字来，正好。什么叫正好？陈家安心里疑惑了一下。

就一下，班主任又发话了，最近学校周边有坏人骚扰女同学，学校安排，每个班下晚自习的女生得由专人护送，现在我庄严地宣布，有自行车的男生，你们就是护花使者了。

呵呵，护花使者。有自行车的男生都笑了起来，笑完了就在心里寻思，谁护谁呢？

陈家安把一双眼睛落在江梦娇身上，有自行车的男生全把眼睛落在了江梦娇身上。

不用说，江梦娇是大家最想护的一朵花。

班主任果然就先指上江梦娇了，他只说了四个字，你就跟他。他是谁？全班同学的眼光刷地砸向陈家安，班主任的指头这会就定格在陈家安鼻子上，要搁以前，陈家安最不能容忍的就是班主任拿手指他鼻子了。

但这一回，班主任的凌空一指让陈家安想到了四个字——受宠若惊。

是的，受宠若惊。他不无得意地坐下来，开始收拾桌面，他要心安理得地享受江梦娇的邀请。

在这种时候，他想他应该矜持一点才对，不能猴急猴急地上去瞎献殷勤，她是需要他保护的。主次哪能轻易颠倒呢？

江梦娇的邀请却带有命令的成分，用肘子命令的，她用肘子碰了他一下，嘴巴向外一噘，意思是还不送我？

陈家安的矜持立刻没有了，像个小跟班似的关了课桌，起身出了教室，后面传来一阵口哨声，陈家安脸上刷地就红了，好在夜色的阴影在他脸上打了底色。江梦娇看不见。

陈家安双脚叉地，冲江梦娇说，坐上去。

江梦娇就毫不客气地跳上后座，陈家安说，坐稳了吗？

稳了。江梦娇说。

陈家安就一踩脚踏，自行车呼一下往前启动了。

全裸的自行车在街灯下拉出一道又一道光怪陆离的倒影，江梦娇先还正襟危坐的，可车速一快，她就半偎在陈家安身上了。

陈家安脑海中迅速浮上两个字来，温暖。

在这个冬日的夜晚，少年陈家安第一次给女人下的定义就是，温暖。

那温暖在若干年后回想起来，仍令陈家安心里滑过一丝幸福的战栗。

冬日就在这种温暖中渐去渐远，春天悄不经意来临了。

陈家安在下了棉袄穿上春装后第一次发现，江梦娇的头发不知是什么时候变得葱茏起来的，葱茏背后还隐藏着一丝若有若无的幽香。

这幽香让陈家安一度又一度地心里缺氧。

长夜难眠起来，好几次，陈家安看见江梦娇进了屋，亮了靠街的灯，而且窗户上还映出江梦娇一件件脱下衣服的剪影。

陈家安就抑制不住地遐想，衣服里面裹着的，应该是比栀子花还清香的躯体吧？

陈家安渐渐有了心思，他先是把自行车的链盒和雨板全给装了上去，而且把全身都响的地方也都用机油上了一遍，他不想在夜晚招摇过市了，他只想静静护着江梦娇走过属于他们两人的那段时光。

那样的时光，无疑是值得留恋的，令人忘返的那种留恋。

每一次，他都会在江梦娇进入家门后再悄悄折回来，在她的窗户下倾听，听哗哗水声漫过她的身体，有一次，他再也忍不住，手情不自禁地试着推了一下窗户，居然，是虚掩着的。窗户开了半扇。

江梦娇在里面没觉察到，只是咦了一声，自言自语说了声好大的风啊。跟着踱到窗前，把窗户又掩了掩。街灯的映射下，江梦娇全裸的身躯呈起伏状态，凹凸有致地让立在墙角阴影处的陈家安一览无余。

陈家安心里又一次严重缺氧了，一个大胆的念头浮上脑海，明天这时候，一定趁机在她窗户上做做手脚，再对江梦娇的身体来一番扫描，当然能触摸一下更美妙，仅仅扫描触摸一下她江梦娇不该有什么损失的。

然而，没有明天了，第二天晚自习，班主任笑吟吟地宣布，护花活动正式取消。为什么取消呢？理由有二，一是那个经常骚扰女学生的犯罪嫌疑人已经被抓起来了；二是，二是什么呢？班主任挠了挠头皮说，个别心术不正的同学利用送女同学之便要心眼，有骚扰女同学的倾向。

至于要什么心眼，班主任没说下去。

怎么个倾向法，班主任也没说下去。

陈家安脸色却在那一瞬间变得十分苍白，失去鲜血的那种苍白。

江梦娇看见了，拿肘子碰了碰他，说，你不舒服？是不是昨晚送我遭了风寒？等会我陪你看医生去好吗？

早春的夜风是带寒气的。少年陈家安莫名其妙地眼角一热，跟着在一阵装腔作势的咳嗽声中捂住了自己的脸。

余　香

赠人玫瑰，手留余香。

如果一个四十岁的男人还需要别人来馈赠的话，那他真就找不到活下去的理由了。

但我，依然活着。

需要别人馈赠地活着。

老婆已经离我而去，女儿也改口喊别人叫爸爸。

很悲哀不是？

我悲哀不悲哀已不重要，重要的是别人看我的眼神都是千篇一律的悲哀。

一个悲哀的人，按正常逻辑来推理，是需要社会馈赠，或者——资助的。

问题是，我一直搞不懂为什么很多事情一到我面前都要不明不白加上“问题是”这三个字。

问题是，在老婆孩子弃我而去之前我一直在资助别人啊。

千万别以为我是有多大产业的大款，也别以为我是个多么求上进的官，我只是一个普普通通的工薪阶层，挣的钱够用，当然，紧一紧也略有盈余。

我就选择了紧一紧过日子，每年资助一个乡下的贫困学生。

那些学生呢，把我资助的钱也紧了又紧，一个个居然上了大学。

因为大家都紧巴巴地过，所以我一直没跟那些受我资助的孩子见过面。

其实，也没见面的必要，难不成自己紧一紧裤腰带省下的钱粮还得人家来叩头谢恩。

这样我才心里发紧呢，有违我初衷的事我绝对不干。

但老婆违了自己的初衷跟我分道扬镳了，她说过要跟我过一辈子的啊。

到现在我还记得离婚前老婆跟我的一段对话。

当初干吗要死要活地嫁我？

因为你是一个好人。

那好人做点好事不对吗？

好人做好事我不反对，但不能不负责任地做下去。

我做下去正是为了证明我是个负责任的人啊？

你是负责任了，但那是社会的责任，不是家庭的责任。

你的意思是说我不是个好人了？

是，依然是，而且还是个不折不扣的好男人。

是好男人你干吗还要离开我呢，女人一辈子不就是想找一个好男人吗？

离开你是因为我想证明自己是个好女人。

怎么讲，这话？

好女人首先得对孩子负责，能死当官的爹，不死叫花子娘。

我没对孩子负责吗？

你负责的是别人的孩子。

当时我的胸口闷了一下，看孩子，孩子正一言不发地拿眼瞪我，对我没给他买玩具没带他旅游一直耿耿于怀的孩子旗帜鲜明地站在了他妈妈一边。

做点好事是为了让老婆孩子也领略一个送人玫瑰手留余香的高尚境界啊，咋就背道而驰了呢？

我趿了鞋夹了根烟心事重重地走在大街上，夜市的霓虹灯下，我的身影像一条不知疲倦的狗，忠心不二地跟着主人。

一个一个的女人从我眼前晃过，没一人注意到我的落魄。

女人，两个温暖了我大半辈子的字眼，就这么从我的生活中消失了。

我抱着膀子顺着一根柱子蹲下来，以前我喜欢高高在上地俯视人生，是的，任何一个做过好事的人都有过高高在上的感觉，是灵魂深处的高高在上。

现在，我得学会在人生谷底往上探望人生了。

探望的结果，是一个小女孩走到了我的跟前。

手里还捏着一枚硬币。

叔叔，你饿吗？

我摇了摇头，继续抱着肩膀。

那你一定是冷了。小女孩凑近我身边蹲下来，一脸愁容地望着我，我的衣服太小了，你穿不上的。

呵呵，我被小女孩的神态逗笑了，叔叔是心里冷，你帮不上的。

小女孩嘟起了嘴巴，拿胖乎乎的小手堵上我的嘴巴，说叔叔你吸一口气。

干吗呢？我望着小女孩十分不解地吸了一口气。

香不？小女孩问。

香。我肯定地回答，小女孩的手掌上溢着奶香。

妈妈说了，是香就能让人温暖的。

是香就能让人温暖的？我心头一震，这跟送人玫瑰有异曲同工之妙啊。

受人馈赠或者资助的感觉，真好。

我整了整衣衫，冲小女孩笑笑，说，叔叔送人玫瑰去了。

玫瑰，你有吗？小女孩围着我转了一圈，歪着头好奇地问。

有的，在心中。我把小女孩的手指又一次凑近鼻子，漫天盖地的奶香一下子弥漫了我。

这样的馈赠，谁不需要？

留一点爱心

广场上又多了一个摊位，讨钱的摊位。

越是节日越热闹。儿子第一次用成语造句，破天荒地得到表扬，是受了这帮乞丐的启发。

儿子说，节日一到，广场上的乞丐像雨后春笋一样冒了出来。当时儿子的老师半开玩笑半当真地对我说，你儿子的语言很有文学味啊。

老师是我同学，知道我是个作家。

但当老师的也最怕自己学生中有当作家的家长，这会令他对孩子的作文辅导找不到明确的方向。

我先得注意自己的方向，不饶舌了，还是回过头来说说新来的这个乞丐吧。

两条腿蜷着，上面搭了条毛巾，从毛巾的形状可以推测出，他的两条腿扭麻花般缠杂在一起。多半是小儿麻痹症，那样的腿我见多了，会让人心里像缠杂着乱麻般痛苦。

这个乞丐还晓得自己有碍观瞻，难得！一般的乞丐总是变着法儿把自己弄得无比悲惨，以博过往行人慈善之心大发，哐当哐当往铁罐丢硬币。

儿子喜欢听丢硬币的声响，这让他多少有点成就感。

不过儿子却见不得自己上当，但凡是职业乞丐，休想得到他第二次的施舍。

一个人只能施舍一次，爱心也不能滥用的。儿子跟我学舌说，我得给自己留一点爱心。

眼下，儿子就蹲在地上琢磨那个乞丐裹在毛巾下的腿。

儿子说，我想看看你的脚，行吗？

乞丐拿白眼翻了一下儿子，不吭声。

儿子亮出一个硬币，说，就一眼，好吗？

我知道儿子为什么那么强烈地要看一眼他的腿脚，有次吃饭时我警告过挑食的儿子，不肯吃蔬菜的孩子患上小儿麻痹症的概率是很高的，不信你看看大街那些乞儿，都是没蔬菜吃长成了蔬菜模样。

儿子想看看不吃蔬菜的人留下的后遗症呢。也好，让那个乞丐麻花般扭在一起的蚯蚓般细腿震慑一下子，比我说一百遍要强。

苦口婆心是绝对换不来这样直接视觉造成的冲击的。

我也蹲下来，给儿子帮腔说，你就让他看一眼吧，我请你吃肯德基。

当我没吃过肯德基啊。乞丐忽然开了口，恶声恶气给了我一句。

没趣，我快快站起来，冲儿子嘟囔说，走吧，人家不愿意接受你的施舍呢。

儿子搔了一下头说，一元钱看一眼人家的痛苦，这个等式是不成立的，爸爸，借我五十元。

五十元，干什么呢？

我出五十元，他总该给我看吧。儿子说我看过电视，不吃蔬菜不会得小儿麻痹症的。

那他盖着毛巾干啥？我问。要不就是侏儒。儿子肯定地说，只有侏儒才不肯将自己的腿亮出来。

我正要接嘴，乞丐一把抢过我刚塞给儿子的五十元钱，说，给你看，给你看。有毛病呢这是，你们。

毛巾掀开了，竟是双完好的腿，若真要说有什么毛病，也多半是骨子里有毛病。

他要站直了，一定比我高。儿子拿眼量了量，回头冲我说。

乞丐不说话，对着阳光照了照那五十元钞票，喜滋滋冲儿子伸出手来，还有一枚硬币呢？

我一怔，说你什么意思啊，要知道，我身上就带五十元了，准备给儿子去咨询一下增高鞋垫的。

照这情形看，先得给儿子的心理增一下高。

儿子看了看乞丐，歪着头想了想，把硬币丢了进去。哐当一声脆响，吓了我一跳，儿子说，走吧，我不想买增高鞋垫了。为什么，我笑了笑，很奇怪地问他。

怎么着我也比他高啊。儿子拿嘴努了一下面前跪着的乞丐。

儿子才十岁，说这话是不是太文学味了点。我想。完了再看儿子，感觉儿子骨节真的是正在拔高。

我心里暗自庆幸了一下，儿子在拔高的同时，还能给自己留一点爱心。

很难得的。

精彩马上回来

陈大才把脚点在油门上，脑门心开始冒油汗。

张成坐在副驾驶上，一副悠闲自得的架势，嘴上的烟一明一灭的，陈大才在那一明一灭的火光中琢磨了半天，心里还是一明一暗的。

琢磨不透就干脆不琢磨了，他只要记得自己是在排戏就行了。

是的，排戏，作为一个特技飞车演员，陈大才这回排的不是导演的戏，而是大成集团老总张成自己安排的戏。

一辆人力车缓缓从远处拖了货物过来，看得出那货物在人力车师傅眼里很贵重，要不然他也不会一步三回头去瞅车里的货丢了没有。

就要的是他一步三回头，才能找到出这个车祸的理由。

张成掐灭了烟，这是个暗号，如同片场导演喊 OK！开拍。

陈大才脚上一带劲，轿车嗖一声就蹿了出去，直挺挺撞向三轮车上的货物。

张成交代得很清楚，尽量不要让车主受到伤筋动骨的大伤，当然，擦破点皮的轻伤是必须有的，流点血是在所难免的。否则这戏就演得不够专业了。

这点要求对陈大才来说不算要求，对玩飞车特技的人，这是初级阶段必备的水平。

哐当一声，二十万元就没了呢。

陈大才叹了口气，闭上眼，这张成总是钱多得烧包了，玩这么刺激的游戏。

后视镜中，那个三轮车主气急败坏从地上爬了起来，张成慢吞吞下了车。

两人一照面，那个三轮车主忽然不气势汹汹地大嚷了，说张成是你啊？

张成装作惊喜莫名的样子一把抱住那个人说，李贵啊真是你，狗日的今天我撞对人了。

陈大才嘴里嘘了一下，啥叫撞对人了，是寻着人撞的。

李贵搔了搔头皮，望着地上一堆被撞碎的花瓶，苦着脸说，兄弟你走吧，我自己收拾。

张成蹲下身子，捡起碎片故作惊讶说，景德镇的货呢，值老价钱了！跟着返回车，从包里摸出一个方便袋，那里面装着二十万元人民币。

张成把方便袋往李贵手里塞，说，哥们，看在同学分上，千万别报警啊。完了装作慌里慌张的模样说，我赶时间呢。

钻回车，嗖一声，陈大才再点油门，车就没影了，剩下李贵一人在路灯下使劲揉眼睛，不相信眼前的一切是真的。

一个下岗工人，一场有惊无险的车祸，二十万元，哪儿梦去啊？

别说李贵，连陈大才都觉得像做梦，就点一下油门，两万元劳务费到手了，他在片场要排多少遍要计算多少次路线，要踩多少次油门才挣两万元啊。

这样的梦多来几次吧。陈大才从张成的车上下来时，这么感叹了一句。

居然，真又来了两次，每次间隔一个月，一次撞的是送纯净水的，一次撞的是拖地板的电动三轮。

像第一回的再版，两人都认识张成，都是二十万元打发的，陈大才隐隐觉得，真有那么点排戏的感觉呢。

六万元，不是个小数，陈大才决定请张成吃顿饭，希望这场戏永远排下去，排得精彩有加，像电视上说的，广告过后精彩马上回来。

可惜，精彩再也没回来过。

那天陈大才偶遇张成，上了车，陈大才坐在主驾驶的位置上，两人闲聊起来。

陈大才习惯性把脚点在油门上，问张成，咋了，不回来玩精彩游戏了？啥精彩游戏？张成又把烟吸得一明一灭的。

撞三轮的游戏啊。陈大才心说当老总的人咋这么健忘呢？

那个啊，不会再回来了。张成意味深长地笑了笑，知道为什么吗？

不知道。陈大才脑门出了层油汗，他还以为张成烧包了玩刺激，看样子不是如此啊。

我这是报答他们。张成吐出一口烟圈娓娓道来，上高中时，他们三个是我同学，家底比我好，高考时我要交六十元的报名费，那时我已经不名一文了，如果报不上名，三年努力就付诸东流，家里是指望不上了。我那天心情非常沮丧，穿了衣服准备离校出走，偏偏，他们三个冒失鬼将我唯一一套没打补丁的衣服在疯闹中给弄烂了，我当时发了火，他们三人一人掏了二十元赔给我，打那以后，我们再没说过话，一直到高考结束。

那为什么要送二十万元给他们？陈大才有点不明白，换自己不嫉恨一辈子才怪。

我以前也不明白，现在走到今天，回首很多往事才想起来，他们是故意弄烂我衣服的，不多不少刚好赔了六十元，要知道，三十年前，我那身衣服值不了二十元钱的。张成叹口气，当年，他们顾及我的面子巧妙地捐助了我，今天，我是不是也该想一想他们的自尊了，你看见了的，他们一个个过得并不如意。

陈大才脑子里恍恍惚惚的，原来一个过得并不如意的人也有如意算盘敲响的时候啊。习惯成自然，陈大才鬼使神差地抬了一下眼，后视镜中，一个踩着三轮车的人正狠命弓了腰扑进了他的视线。

又一个过得并不如意的人呢，陈大才拿眼角的余光扫了一眼张成，张成像受到遥控似的掐灭了烟。

这是双方约定的暗号呢。陈大才没加半点思索，脑子进入彩排状态，啪一踩油门，转向一打，车箭一般向那辆三轮车扑了过去。

这一回，他没来得及计算路线和交点，他只想马上把进入片场后临战的精彩感觉找回来。

疯　子

咦，人呢？走过升旗台时，我眼里一空，回头望了一眼妻，妻挺着大肚子，并不言语。

他这会应该守在这儿的呀，我抬手看表，八点差十分。

一个疯子，你倒挺惦记的。妻白了我一眼，比惦记我肚里的孩子还上心啦。

这话有点打人，我啥时没关心咱革命的下一代了，这疯子今天不在，咱只是有点好奇而已。

有必要交代一下这个疯子。是个男人，四十往上走的样儿，整天穿一身草绿军装，不干净，但整齐，风纪扣扣得严严的，在旗台周围站得直直的，也偶尔小坐片刻，却仰了头，露出醉心的笑，望着红旗在旗杆上飘。

听人说，疯子十八岁时被征兵领导看中，准备推荐进国旗护卫队呢，他爹一激动，喝了两杯黄汤到处嚷嚷，咱家小子要进京面圣了，在过去，相当于朝廷的带刀侍卫呢。

这话要换一个人说，也许就无可厚非，偏生他家成分是上中农，仅次于地主官农，再就要命的是，大队书记的儿子征兵被刷下来了。接兵走的那天，大队书记连同公社革委会主任一起赶到武装部，下了他的军装，封建余毒残余，能进革命队伍，呸，妄想不是。

人就是在那时疯的。当时五星红旗正冉冉升起呢，疯子看着一身草绿的新兵在庄严的国歌声中，微仰着头满脸庄严地敬礼时，泪，一下子就从眼里漫了出来。泪飞顿作倾盆雨啊。

疯子就这么彻底地疯了，不过幸运的是，是文疯，不打人，不过也不下地侍弄庄稼，整天侍弄一个半导体收音机，一听到国歌声，立马咔嚓一声，双脚立正，双腿并拢，挺胸收腹，手贴裤缝。想象着国旗正冉冉向上升起，头就不由自主地向上微昂，一脸肃穆庄严相，末了，啪，一个标准的军礼定格在那儿，足有三分钟长。

这是一个小伙子在半导体的声音中有限的幻想，他还没见过真正的升旗。

再以后，小镇上有了黑白电视，疯子终于第一次见识了升国旗的庄严，三个国旗手迈着方步，英姿飒爽地走向升旗台，从装旗到升旗，尤其是牵旗手的那凌风一展，红旗便哗哗飘扬，更让他无限神往。

疯子又开始了新一轮的模仿，迈方步，展红旗，一丝不苟，甚至不知从哪儿讨来了一套草绿色的旧军装。

小城日渐繁华起来，民工大量进城，疯子也进了城，不过他去得最多的是两个地方，一是县政府，二是人武部，很简单，这是两个能让他看见红旗飘扬的地方，也是能让他听见军歌嘹亮的地方，更是他能举手敬礼而不遭人非议的地方。

认识疯子是在我探亲不久，当时我正同妻热恋着。当兵养成的习惯让我每天都要在广场上锻炼锻炼，妻是舞蹈演员，每天早上的压腿、下腰、劈叉什么的也不敢松懈。

八点钟，广场上的旗台下准能见着疯子，静静肃立着，在国歌声中慢慢仰头，一脸庄严。尤其是那个比我敬得还合格的军礼，定格在初升的阳光下，总让我不由自主地感动！

我铁定他跟我一样，是部队的老转，正要上去招呼时，妻拦住了，说一个疯子，你不怕人笑话？

我到底还是怕人笑话，不曾同他搭上一句话，不过，每天早上八点，我总在旗台附近转悠，看风雨无阻中的那身草绿，听国歌旋律中的那种肃穆。

疯子并不知道我的存在，知道了又如何，他迥乎常人的思维并不会因我的关注而感动，他只是认为他做的一切就两个字，应该！是的，升旗时是该有人敬礼的，哪怕是注目礼，这是小学生都该知道的常识。

广场上走来走去的人中，谁肯收住脚步，专注一下那冉冉升起的五星红旗？

空空如也的旗台下，我坐了下来，示意妻子也休息一会。待会就要升旗了，可疯子竟不知去了哪里，很反常的事啊？

广场上的工作人员走了过来，开始装旗，我忍不住多了句嘴，那个天天敬礼的疯子呢？

哦，他呀，病了，前天早上不是下暴雨吗，淋得透了心，昨天还坚持来着，今天只怕走不动路了。那人说。

国歌声中，红旗开始一点一点向上升起，我和妻微仰着头，看蓝天白云下，红旗格外耀目，啪地我听见一声响，妻转过头一看，不知啥时我已跳了起来，双脚立正，双腿并拢，左手贴裤缝，右手举向额头。

妻在阳光下眯了眼，微微一笑说，疯子！

我听出妻口气中有抑制不住的欢喜。

妻其实早就知道，我在部队就是旗手，我的照片还上过当地的报纸。

落　脚

都说盖房子累人，我却不大觉得，竖了两层半的小洋楼，也没见掉多少肉。钱码在那儿用，能累吗，累的都是穷人，没听老话说吗，那叫穷受罪。

我可是穷得只剩下钱的人了，没料到一开始装修，我才觉得累了。刚做完博古架，来一哥们嘴一咂，啧、啧，啥年头了，做博古架，充斯文呀。

得，砸了。按哥们的意思整。

才铺上水曲柳木地坂，老婆同学关心上了，你烦不烦，天天打蜡擦地板，嫌从厨房解放得不彻底呀。

妈的，全都站着说话不腰疼，老婆是个耳朵软的人，我呢，也是个缺主见的德行，反正咱“穷”啊，那就穷折腾呗。

折腾够了，边角废料堆了一满屋，那天来一客人，是路过落脚的，咱是礼仪之邦不是，路过得喝杯茶呀。

客人没处下脚，客人说，找个守转盘劳务市场的民工，一天就解决了。

我说也是的，客人显出极大的热情，我帮你去找。骑了我的摩托车就去了。

一支烟的工夫，客人就很有派头地回来了，对身后的民工大呼小叫说，好好干，少不了你一个子儿，啊。俨然他是老板。

老婆去厨房忙乎开了，我们这儿盖房子，一般厨房算附属建筑物，装修再乱也与厨房无关。我给老婆打下手，客人在厨房转悠一圈，插不上手，客人就去了主楼，我知道客人去干什么了，去对民工指手画脚了，客人平日在单位里地位低下，在家基本上就是卑贱了，能有一个指手画脚的时机，自然极为珍惜。

民工年纪不大，干活却不惜力气，我看见他将边角废料装在两只大筐里往外挑，扁担压得肩头都起了槽。我想那一定很疼，疼得足以叫人龇牙咧嘴的，民工当然是龇牙咧嘴的，不过他是在笑，是笑今天不会空手而归了，还是仅仅对主人的一种讨好，不得而知。

吃中饭时，儿子蹦蹦跳跳回来了，客人与我对饮。妻给儿子添饭，间或几次民工挑了担子在眼前晃过，妻不忍，妻招呼说，一起吃点吧。

民工涨红了脸，不，不饿。

我打趣说，你的意思是说我们无事干的人反而饿了。

民工不答话，只低了头往外走，客人笑了，他不敢吃，端了主家的碗怕扣工钱，我懂的。

我说，你是不是也守过转盘劳务市场呀，搞得如此专业。

客人早先干过体力活，一听这话，不乐意了，筷子一摔，揭我短呀，有钱很了不起是不是？老子不是非要跑到你锅里盛一碗饭。完了气冲冲走了。

我和老婆很是没趣，酒自然喝不下去了，民工不知何时去了楼里面没再出来，我知道这种人，一般都会看主人脸色，会把事情做得小心翼翼。在儿子敲打碗筷的旋律中，偶尔能听到房中传来有一下没一下的敲打声。儿子好不容易吃完了，民工也出来了，说，有凉水吗？

老婆开了一罐饮料递过去，他连连摆手拒绝，放心吧，又不扣你工钱。我加上一句。不是怕扣钱，是这饮料越喝越渴。

他执意不喝饮料，老婆只好倒了一杯凉水递过去。

他一咕嘟喝完后，抹抹嘴，说，谢了，我该走了，麻烦把工钱结一下。

我掏出工钱递过去，他接过后对着太阳晃了晃，不好意思冲我笑笑，转身就走。走不多远，又折回来，对我儿子说，叔叔用边角废料给你做个小狗屋，你一定养狗吧？跟着抬头冲我一笑，听说你们城里人都爱养宠物的。

我也笑，你可给我添难了，咱们这儿还没有狗市呢。

民工一下着了急，一脸的热汗，要，要不赶明儿我给你捉一只小狗来。

我说，行啊，这狗屋等你捉来落脚呢。

民工走了老远，老婆还在笑，没见过这样的民工，替主人操好大的心思。

第二天，我正跟老婆儿子吃晚饭呢，门外传来了一声狗叫，跟着有人喊门。门开处，昨天那民工一脸腼腆站在门外，怀里抱着一只毛色纯白的小狗，儿子哇一声欢呼着跑了过去。

民工依然没有吃饭就走了，走得很急生怕我们追上去给钱似的。

我压根没打算给钱的，老婆也是。老婆只是对我说，明儿到转盘劳务市场打听打听，看他是哪儿的人，没事咱们去他那儿转转，只当多了一个落脚的亲戚。

朋友老狼

朋友老狼，不是唱歌那个老狼，那老狼我朋友严重看不上。

艺人，搁古时，下三流。我朋友老狼眉头深锁界定完那老狼后，作杞人忧天状，我们处于一个道德滑坡的时代，太需要有思想的人出来引领了！

引领什么，我不得而知。

思想浅薄如我辈，是被老狼朋友看不上的。

老狼喜欢喝酒，又极度鄙夷酒肉之徒。

经常，在午餐过了一半，晚餐几乎结束时，我会接到老狼电话，吃没吃？过来喝两杯。

没来得及婉拒，老狼语气严厉追过来，别端着，都是一群有思想的人。

话说到这个份上，不端一端还真不行，我是典型的著书只为稻粱谋的斯文败类，靠写点诗歌混点名气，靠写点故事混点小钱，跟一群有思想的人在一起，玩鸡立鹤群？

端，是最明智的选择。

也有别无选择的时候。

周末，图书馆写字累了，挑了周润发的小马哥系列温故而知新，老狼突然降临，像抓住现行犯罪分子一样两眼发光，啧啧，都不敢想象你这么低级趣味。

那一刻我是真羞愧，怎么可以在老狼这么有思想的人面前看这种低品位的港片，老狼都看什么啊，美剧。

高大上得不行。

喝酒去，喝酒去。老狼强行关了我电脑。

我还有一首诗要写。

生活中不只有诗和远方，还有眼前的苟且。老狼教育我说，喝酒可不是苟且，撇开烟出文章酒出诗不说，唐伯虎也说了，车尘马足富者趣，酒盏花枝贫者缘。

老狼这点上不含糊，毫不隐瞒自己贫者身份。

古往今来的思想家，扳着指头数，几个是富者？

从某种迹象来说，老狼暗合某些思想家的人生轨迹。

比如他经济上捉襟见肘，比如他婚姻上毫无建树。

老狼喝的酒，都是被他那些朋友帮着埋单。

我不能拒绝，只能去，去的路上，老狼呼朋引伴（异性居多），干吗呢，做面膜，你能不能有点追求，最美的妆容是读书，过来喝酒，在天然居，别问还有谁，都是一群有思想的人，保险你与君一席话胜读十年书。

不凑巧，老狼吆喝半天，应者寥寥。

寥寥的结果，就我和老狼，喝上了。

天然居这点好，从不玩店大欺客的把戏，两人占据一席的情况不鲜见。

我和老狼相邻的一桌，也是两人。

一男一女。

男的四十出头，女的年及开妍。

关键是，那对男女也开了一瓶酒，女孩偶尔举杯逢迎一下，多数时候，男人在喝，喝酒也就罢了，还喋喋不休，喋喋不休也就罢了，女孩竟然听着很入迷，时而托腮，时而微笑。

这是跟老狼诠释什么叫与君一席话胜读十年书的节奏啊。

老狼声音是突然高亢的，眼光越过我肩膀，对着我背后的那对男女，北大还是清华那个教授门事件最后啥结果啊？

我一怔，这个跟喝酒有关？

老狼咕嘟咽下一口酒，无关。

无关你凑什么热闹，那是富者趣，把你的贫者缘结好就行，我举杯。

老狼这点好，知道端人碗，受人管。很欣然端起酒盏，压下有关花枝的话题。

偏偏，服务员舌头长，送最后一盘醒酒的黄瓜段时饶舌了一句，顶花带刺的黄瓜，要多鲜嫩有多鲜嫩。

老狼冷不丁拍了桌子，嫩黄瓜咋了，当我们是老牛，好一口嫩的？

服务员大囧，老狼嗤一声冷笑，要说也怪不到你头上，怪也怪我们这群有思想的人没做出更好的引领。

我被噎着了，老狼没排除问责于我的意思。

我们不点这个黄瓜段，店里就不会上这个黄瓜段，店里不准备这道菜，大棚就不会生长反季节蔬菜。老狼不看服务员，仰头看天花板，长叹一声，有欲并不可怕，就怕纵啊。

我纵欲了吗？我明明是被老狼拉来喝酒的啊。

老狼表情极为不屑，慷慨激昂起来，大国不纵，没有战乱；官员不纵，不生腐败；商贩不纵，食品何以成毒；众生不纵，国泰民安。

正纵情着呢，身后女孩发话了，服务员，哪来的神经病啊，能让我们父女安安静静吃个饭吗，吵死人了。

女孩的声音很清脆，我看见，老狼的眼里的绿光一下子黯淡下来。

他们是父女？

你以为呢？

你不觉得他们太像那个，那个情人关系？

女儿不就是父亲上辈子情人吗？我冷笑，亏你自诩是有思想的人。

人群中多看了你一眼

熙熙攘攘的火车站，只因为在人群中多看了你一眼，两个人同时被撞了，在目光对峙的一刹那。

身形有没有颤抖，不知道，但心里，绝对颤了几颤。

两人大脑都没断片。

龙吴东第一反应是伸手去摸腰间，竟摸了个空，那个形影不离的电警棍，不在！

疤棍习惯性把手插进裤兜，抓捕疤棍时，龙吴东不止一次从那里面掏出过弹簧刀。

寒气在两人脸上弥漫，眼里喷出的却是火花。

搁儿子话说，这叫冰火两重天。

要命，儿子！龙吴东心里一缩，眼光迅速扫描周围，还好，儿子正专心致志聊着微信，他身边，没形迹可疑的人呈扇面包围上去。

疤棍曾在公开不公开场合叫嚣，总有一天，要做了龙吴东的儿子。

疤棍迎上前一步，龙吴东知道这时候，不能退，一退，就意味着真的没了退路。龙吴东也上前一步，乍一看，老友重逢般的激情碰撞模式就要上演。

果不其然，疤棍一把攥住龙吴东的手。

嗓音压了下来，如果我没猜错，那个玩手机的是你儿子吧？

道高一尺魔高一丈，疤棍没白跟龙吴东打这么多年交道。

是我儿子，咋啦？龙吴东口气淡淡的。

送儿子上大学？疤棍口气也淡，却带着一股阴冷，洞房花烛夜，金榜题名时，人生两大喜事呢。

龙吴东笑，绵里藏针还击过去，人生还有两大喜事疤棍你知道不，久旱逢甘霖，他乡遇故知。

疤棍眼里暗淡了一下，他知道龙吴东话里的隐语，将自己绳之以法，是龙吴东最大夙愿，他总以为，疤棍身上有命案。

冤枉疤棍了，疤棍就是那种一言不合就要动手打架的老炮儿一个，离大奸大恶相去甚远，但又是龙吴东所在派出所辖区最不安定的社会隐患。

呵呵，疤棍再次笑，画外音的方式，故知，的确是故知。

跟疤棍打交道多年，龙吴东每次都是掌握话语权的，哪怕身在他乡，这份气势也不能输，龙吴东摆出知根知底表情，业务发展到了省城？

省城楼房高，不用低头啊！疤棍口气带点嘲弄，更像是警示，这可不是在你的屋檐下。

正较劲，少不更事的儿子凑上前来，老爸，碰见熟人了？

疤棍右手攥住龙吴东右手，左手揽上龙吴东左肩，老熟人这会借个地方聊会天，不需要跟你这个儿子请示吧？

儿子冲龙吴东摆手，说你们聊，我正好等几个同学会合了一起走。

那好，等会叔叔送你一份大礼！疤棍笑眯眯地冲龙吴东一使眼色。

投鼠忌器，龙吴东只得随了疤棍挟持，往角落里走。

疤棍那句送儿子大礼，击中了龙吴东的软肋。

到底你想做什么？儿子身影一旦离开自己视线，龙吴东口气软了三分。

想你给我随份大礼！疤棍嘴巴抽搐了一下。

给你随份大礼？龙吴东脚底冒出一股凉气，疤棍不会玩调虎离山，对儿子痛下杀手吧……

这是五千元钱！正胡思乱想着，疤棍突然掏出一沓钱塞进龙吴东的口袋。

转移赃款？这招高明啊！龙吴东看着自己的警服，哑然了。

拒绝显然是不明智的，疤棍敢这么气定神闲，肯定是安排有人盯着自己儿子，龙吴东口气悻悻的，你不怕我来个人赃俱获？

人赃俱获？疤棍脸上写满疑惑，我要你给我随份大礼，过下手的事，你想哪了？

龙吴东正在奇怪呢，疤棍手机响了。

疤棍语气兴奋得不行，儿子，我在车站出口等你们呢，没看见我？这就对了，老爸我碰见咱们派出所龙所长了，听说你们马上要举办婚礼，龙所长非得随份大礼！

什么跟什么啊？龙吴东听了个莫名所以。

疑惑间，疤棍挂了电话，双膝一软，说龙所长你江湖救急一下，儿子在外省打工，找个女友回来结婚，看了照片说我不像个善类，假你之手随个份子。

我随个份子这么重要？龙吴东不解。

当然重要，我这辈子活不出什么脸面了，可儿子，还要活脸面的啊。

眼看疤棍就要跪下，龙吴东刚才还软绵绵的手陡然生出气力，一把拽住疤棍，说男儿膝下有黄金，听明白没？咱得在儿子辈前活出尊严！

疤棍肯定听明白了，他喜不自胜一抹泪，我担保，活出尊严！

这一回，两人再次被撞了。

在目光对峙的一刹那。

龙吴东悄悄在那五千元上面多加了一千。

人群中，一男一女正挥手向两人跑过来。

……只因为在人群中多看了你一眼……车站广场上，王菲的《传奇》恰到好处响起。

I LIKE

I LIKE?

我喜欢?

这店名，有点哗众取宠呢。

吴志伟是在缘溪行，忘路之远近。忽逢一片喧闹的灯影，夹岸数百步，才在这一曲舒缓的JAZZ韵律中，偶遇这家咖啡店的。

信步踱了进去，无事之人总得给自己找点事。

说溪有点美化临明清街前这条护城河了，这年月，名不副实的东西多了去，比如吴志伟的总经理身份。

他都不知道公司到底做何营生，父母硬给他了这么一个头衔，颇有黄袍加身的感觉。

人还没落座，一女孩迎了上来，先生需要点什么?

吴志伟怔了一下，进咖啡店于他来说，无疑是叶公好龙，你都有什么?

咖啡店，应该有的咖啡品种都有啊！轮到女孩癔症了一下，这是一个有选择困难症的男人。卡布奇诺，或者拿铁，先生选一个。

有什么分别?吴志伟顺嘴问了一句。

仅仅为喝咖啡而喝咖啡，没区别！这话有点绕，更余音绕梁的是女孩的莺歌燕语。

那不仅仅为喝咖啡而喝咖啡呢？吴志伟好奇心上来。

卡布奇诺的含义是带我走。

带我走？吴志伟神情明显恍惚了。

在不当兵会后悔一辈子的念头驱使下，顺利通过体检和政审的吴志伟却没能顺利被带兵的指导员带走，母亲不同意，当兵有什么好？

当兵是没什么好，但是，我喜欢啊！

喜欢？母亲冷笑，饭碗你喜欢洗，还是被子你喜欢叠，或者是每天几十公里的拉练你喜欢跑？

每天几十公里的拉练？吴志伟身子抖了一下，不寒而栗。

大学军训第一天，他以中暑倒下而告终。

中暑，很耻辱的一个词，对男人来说，吴志伟倒下去之前，周围响起一片讥笑声，来自女生的喉咙。

吴志伟忍不住看了一眼服务员的脖子，女孩的脖子很平滑，还有着一份细腻，昏黄的灯光打在锁骨处，精致而性感，让吴志伟想起一个女孩的名字来。

一个他乡的女孩。

带我走！这是女孩毕业之前对他的央求。

女孩的央求没能敌过父亲的眼神，父亲是寡言的人，但他眼里的内容从来丰富得很，不是哀其不幸就是怒其不争。

吴志伟到底，在父亲授意下跟老家一个女孩走到了一起，小城两家知名企业因为联姻，强强联合之下成功上市。

经验有时是最大的敌人，这话不假，强强联合可以使两家企业双赢，却未必能够促成一对夫妻相敬如宾。

吴志伟第一次没了选择困难症，拿铁，我要拿铁！女孩说了，拿铁的含义是要有自己喜欢的生活，不被他人左右。

女孩笑一下，说先生稍等！

稍等的瞬间，吴志伟起身，走向壁架上的那些书，那架老式的留声机没能躲过他眼角的余光，你们老板蛮怀旧的啊。他冲忙碌着的女孩抛过去这么一句话。

怀旧？女孩笑，先生是第一个把我跟怀旧联系起来的人。

你是老板？

哪点不像？

不是不像，是觉得你支撑不起这个店面。吴志伟说小城人，喝得起咖啡的人多，但小城人似乎更愿意拿喝咖啡的钱喝酒。

我也从来没指望过给一个口渴的人喝功夫茶，女孩笑，如果说我开这个店是为了拉高小城人生活品位，先生肯定不信。

吴志伟当然不会相信。女孩笑，连我自己都不会相信。

那你为什么还要开这么一家咖啡店。

看了店名没？女孩答非所问说。

I LIKE。

对啊，我喜欢！不行吗？女孩调皮地一吐舌头，人这一辈子，总要做点自己喜欢的事，才不枉此生的。

电话就是在这会响起来的，是母亲，语气一如既往的严厉，一声不吭跑哪去了你，嘉嘉哭哭啼啼找你，知道不？

嘉嘉肯定在母亲面前告自己状了。

我在外面喝咖啡。吴志伟喉头堵了一下。

嘉嘉的声音哀怨地传过来，外面店里能有什么像样的咖啡，家里珍藏的果子狸咖啡都没动一颗。

吴志伟突然爆发了，我喜欢，不行吗？

挂了电话，涕泪横流的吴志伟端起面前的拿铁一饮而尽。

女孩吓一跳，先生你怎么了？

吴志伟擦一把鼻涕眼泪，不怎么，被咖啡苦着了。

见女孩有若木鸡呆立，吴志伟自言自语补上一句，你不懂的，我是一个怕苦的人。